E-Z DICKENS SUPERHÉROE LIBROS UNO Y DOS

TATUAJE ÁNGEL: LAS TRES

Cathy McGough

Stratford Living Publishing

Dedicación

Para Dorothy que creyó.

Índice de contenidos

LIBRO UNO:

TATUAJE ÁNGEL

PROLOGO

La primera criatura voló sobre el pecho de E-Z y aterrizó, con la barbilla hacia delante y las manos en las caderas. Giró una vez, en el sentido de las agujas del reloj. Girando más rápido, del aleteo de sus alas emanó una canción. La canción era un gemido grave. Una triste canción del pasado en celebración de una vida que ya no existía. La criatura se echó hacia atrás, con la cabeza apoyada en el pecho de E-Z. El giro se detuvo, pero la canción siguió sonando.

La segunda criatura se unió, haciendo el mismo ritual, pero girando en sentido contrario a las agujas del reloj. Crearon una nueva canción, sin los bip-bip y los zoom-zoom. Porque cuando cantaban, la onomatopeya no era necesaria. Mientras que en la conversación cotidiana con los humanos sí lo era. Esta canción se superpuso a la otra y se convirtió en una celebración alegre y aguda. Una oda a lo venidero, a una vida aún no vivida. Una canción para el futuro.

Un chorro de polvo de diamante brotó de las cuencas doradas de sus ojos cuando giraron en perfecta sincronía. El polvo de diamante roció sus ojos sobre el cuerpo dormido de E-Z. El intercambio continuó, hasta cubrirlo de polvo de diamante de pies a cabeza.

El adolescente siguió durmiendo profundamente. Hasta que el polvo de diamante le atravesó la carne; entonces abrió la boca para gritar, pero no emanó ningún sonido.

"Se está despertando, bip-bip".

"Levántale, zoom-zoom".

Juntos lo levantaron mientras abría los ojos vidriosos.

"Duerme más, bip-bip".

"No sientas dolor, zoom-zoom".

Acunando su cuerpo, las dos criaturas aceptaron su dolor.

"Levántate, bip-bip", ordenó.

Y la silla de ruedas, se levantó. Y, colocándose bajo el cuerpo de E-Z, esperó. Cuando descendió una gota de sangre, la silla la atrapó. La absorbió. La consumió, como si fuera un ser vivo.

A medida que aumentaba el poder de la silla, también ganaba fuerza. Pronto la silla pudo sostener a su amo en el aire. Esto permitió a las dos criaturas completar su tarea. Su tarea de unir la silla y el humano. Unirlos para toda la eternidad con el poder del polvo de diamante, la sangre y el dolor.

Mientras el cuerpo del adolescente temblaba, los pinchazos de su piel se curaron. La tarea se había completado. El polvo de diamante formaba parte de su esencia. Así, la música se detuvo.

"Ya está hecho. Ahora es a prueba de balas. Y tiene superfuerza, bip-bip".

"Sí, y es bueno, zoom-zoom".

La silla de ruedas volvió al suelo, y el adolescente a su cama.

"No tendrá recuerdos de ello, pero sus alas reales empezarán a funcionar muy pronto bip-bip".

"¿Y los demás efectos secundarios? ¿Cuándo empezarán, y serán perceptibles zoom-zoom?".

"Eso no lo sé. Puede que tenga cambios físicos... es un riesgo que merece la pena correr para reducir el dolor, bip-bip".

"De acuerdo zoom-zoom".

CAUSA

Todas las familias tienen desacuerdos. Algunas discuten por cualquier cosa. La familia Dickens estaba de acuerdo en la mayoría de las cosas. La música no era una de ellas.

"Vamos, papá", dijo E-Z, de doce años. "Me aburro y ahora mismo están poniendo un fin de semana todo de Muse en el satélite".

"¿No te has traído los auriculares?", le preguntó su madre, Laurel.

"Están en mi mochila, en el maletero". Suspiró.

"Siempre podríamos parar a buscarlos...".

Martin, el padre del chico, que conducía, consultó la hora. "Me gustaría llegar a la cabaña de las montañas antes de que anochezca. Musa me parece bien. Además, llegaremos pronto".

Laurel giró el dial del sistema de satélites de su flamante descapotable rojo. Dudó un momento en Classic Rock. El locutor dijo: "A continuación, el himno de Kiss I Wanna Rock N Roll All Night. No toques ese dial".

"¡Espera, es una buena canción!", gritó el chico.

"¿Qué, se acabó Muse?" preguntó Laurel, manteniendo la mano en el dial.

"Después de Kiss, ¿vale?".

"Kiss entonces", dijo Martin, mientras accionaba el limpiaparabrisas. Aún no llovía, pero retumbaban los truenos. Ramitas y otros escombros entraban y salían del vehículo mientras ascendían por la montaña.

Laurel estornudó y puso un marcapáginas en su página. Se cruzó de brazos temblando. "Ese viento sí que aúlla. ¿Te importa si subimos la capota?"

"Voto que sí", dijo E-Z, quitándose ramitas del pelo rubio.

THWACK.

No hubo tiempo de gritar cuando la música se apagó.

Al chico aún le zumbaban los oídos por el sonido unido a la explosión de cuatro airbags. La sangre le goteaba por la frente al tocar lo que tenía sobre las piernas: un árbol. La sangre se acumulaba dentro y alrededor del intruso de madera. Pasó el dedo por el tronco del árbol. Lo sintió como si fuera piel; él era el árbol, y el árbol era él.

"¿Mamá? ¿Papá?", sollozó, con el pecho agitado. "¿Mamá? ¿Papá? Por favor, contesta".

Necesitaba pedir ayuda. ¿Dónde estaba su teléfono? El impacto del choque lo había despejado. Podía verlo, pero estaba demasiado lejos para alcanzarlo. ¿O no? Era receptor, y algunos decían que su brazo lanzador era como de goma. Se concentró, estiró y estiró hasta que lo consiguió.

La señal era fuerte cuando sus dedos ensangrentados pulsaron 9-1-1, y luego se desconectó. Para que le encontraran, tenía que utilizar el nuevo servicio mejorado. Tecleó E9-1-1. Esto dio permiso a las autoridades para acceder a su ubicación, número de teléfono y dirección.

"Servicios de Emergencia. ¿Cuál es tu emergencia?"

"¡Socorro! ¡Necesitamos ayuda! Por favor. Mis padres!"
"Primero dime, ¿qué edad tienes? ¿Cómo te llamas?"
"Tengo doce años. Me llaman E-Z".
"Por favor, verifica tu dirección y número de teléfono".
Así lo hizo.
"Hola E-Z. Háblame de tus padres. ¿Puedes verlos? ¿Están conscientes?"
"Yo, no puedo verlos. Un árbol cayó sobre el coche, sobre ellos y sobre mis piernas. Ayudadme. Por favor".
"Estamos recibiendo tu localización ahora".
E-Z cerró los ojos.
"¿E-Z?" Más alto: "¡E-Z!"
El chico volvió en sí. "Yo, lo siento, yo".
"Vamos a enviar un helicóptero. Intenta mantenerte despierto. La ayuda está en camino".
"Gracias", se le cerraron los ojos, los abrió a la fuerza. "Tengo que permanecer despierto. Ella dijo que me mantuviera despierto". Lo único que quería era dormir, dormir para acabar con todo el dolor.

Por encima de él, dos luces, una verde y otra amarilla, parpadearon ante sus ojos. Por un segundo, le pareció ver unas pequeñas alas que se agitaban mientras los dos objetos revoloteaban.

"Está mal", dijo el verde, acercándose para verle más de cerca.

"Ayudémosle", dijo el amarillo planeando más alto.

E-Z levantó la mano para aplastar las luces parpadeantes. Un sonido agudo le lastimó los oídos.

"¿Estás de acuerdo en ayudarnos?", cantaron las luces.

"Acepto. Ayudadme".

Entonces todo se volvió negro.

EFECTO

Sam, el tío de E-Z, estaba en el hospital cuando se despertó. El chico no hizo la pregunta -dónde estaban sus padres- porque no quería oír la respuesta. Si no lo sabía, podía fingir que estaban bien. Que entrarían en su habitación y lo abrazarían en cualquier momento. Pero en el fondo de su mente sabía, de hecho creía que estaban muertos. Se lo imaginaba, cómo echaría las sábanas hacia atrás y correría hacia ellos y se reunirían en un abrazo grupal y llorarían sobre lo afortunados que eran. Pero un momento, ¿por qué no podía mover los dedos de los pies? Volvió a intentarlo, concentrándose mucho, pero no pasó nada.

Sam, que estaba mirando, dijo: "No hay forma sencilla de decírtelo", mientras luchaba por contener un sollozo.

"Mis piernas", dijo E-Z, "no, no puedo sentirlas".

El tío Sam apretó la mano de su sobrino. "Tus piernas..."

"Oh, no. No me lo digas. No me lo digas".

Soltó la mano de su tío. Se cubrió la cara, creando una barrera entre él y el mundo mientras las lágrimas rodaban por sus mejillas.

El tío Sam dudó. Su sobrino ya estaba llorando, ya estaba afligido y, sin embargo, tenía que hablarle de sus padres.

No había una forma fácil de decirlo, así que se le escapó: "Tus padres. Mi hermano y tu madre... no sobrevivieron".

Saberlo y oírlo eran dos cosas distintas. Una lo convertía en un hecho. E-Z echó la cabeza hacia atrás y aulló como un animal herido, temblando y deseando huir, a cualquier parte. Simplemente lejos.

"E-Z, estoy aquí por ti".

"¡No! No es verdad. Estás mintiendo. ¿Por qué me mientes? Se revolvió, cerrando los puños y golpeándolos contra el colchón, mientras rabiaba y rabiaba sin dar señales de detenerse.

Sam pulsó el botón que había cerca de la cama. Intentó calmarlo, pero E-Z estaba fuera de control, dando tumbos y maldiciendo. Llegaron dos enfermeras; una insertó la aguja mientras la otra, con Sam, intentaba mantenerlo quieto y le susurraba suavemente que todo iba a salir bien.

Sam observó cómo su sobrino, en el país de los sueños o dondequiera que estuviera ahora, esbozaba una sonrisa. Apreció aquella sonrisa, pensando que pasaría mucho tiempo antes de que volviera a ver una en el rostro de su sobrino. Iba a ser un camino largo y difícil. Su sobrino tendría que enfrentarse de frente al día en que su vida se desmoronara. Una vez que lo hiciera, podría luchar y juntos podrían construirle una vida nueva. Nueva, diferente, no igual. Nada volvería a ser igual.

Todo porque estaban en el lugar equivocado en el momento equivocado. Víctimas de la naturaleza: un árbol. Un árbol que se convirtió en el arma de la naturaleza por negligencia humana. La estructura de madera llevaba años muerta, con las raíces por encima del suelo compitiendo por su atención. Y cuando le dijeron que lo habían marcado con una X para talarlo en primavera, quiso gritar.

En lugar de eso, llamó al mejor abogado que conocía. Quería que alguien pagara, que se hiciera cargo de la factura de dos vidas truncadas demasiado pronto y de las piernas y la vida destrozadas de su sobrino.

¿Pero qué sentido tenía? Nada podía cambiar el pasado, pero en el futuro ayudaría a su sobrino a encontrar su camino. En ese momento Sam formuló un plan.

Sam se parecía a una versión adulta de Harry Potter (sin la cicatriz.) Como único pariente vivo de E-Z, se encargaría del cuidado de su sobrino. Un papel que había descuidado en el pasado. Intentaría ser como su hermano mayor Martin, no sustituirle.

Se sacudió las excusas que bullían en su interior. Intentando que utilizara el trabajo para liberarse de responsabilidades. Se alejaría, borraría todas las obligaciones. Entonces podría dejar de recriminarse a sí mismo. Odiándose por todo el tiempo perdido.

Mientras su sobrino seguía durmiendo, llamó al director general de su empresa de software. Como Programador Senior consumado en lo más alto de su campo, esperaba que llegaran a un acuerdo. Les dijo lo que quería hacer.

"Claro, Sam. Puedes trabajar a distancia. Nada cambiará. Haz lo que tengas que hacer. Estamos contigo. La familia es lo primero, siempre".

Cuando se desconectó, volvió junto a la cama de su sobrino. De momento, se mudaría a la casa familiar, para que E-Z pudiera seguir cerca de sus amigos y de la escuela. Juntos volverían a encajar las piezas y reconstruirían su vida. Eso si no se volvía totalmente loco. Después de todo, como soltero, tenía poca o ninguna experiencia con niños, y mucho menos con adolescentes.

***

Al salir del hospital, obligados por el destino, no tuvieron más remedio que crear un vínculo que iba más allá de la sangre.

E-Z se resistió, negándose a creer que podía hacerlo todo él solo. Al final no tuvo más remedio que aceptar la ayuda que le ofrecieron.

Sam dio un paso adelante, estuvo a su lado, casi como si supiera lo que su sobrino necesitaba antes de que se lo pidiera.

Y estuvo ahí para E-Z el segundo peor día de su vida, cuando le dijeron que no volvería a andar.

"Pasa", dijo el Dr. Hammersmith, uno de los mejores cirujanos neurólogos ortopédicos.

En su silla de ruedas, entró E-Z, seguido de Sam.

Hammersmith era famoso por arreglar lo que no tenía arreglo y él iba a arreglarle a él. En consultas anteriores le había prometido que volvería a jugar al béisbol.

"Lo siento", dijo Hammersmith. Tras unos segundos de incómodo silencio, lo llenó revolviendo unos papeles.

"¿Qué es exactamente lo que sientes? preguntó E-Z, empujando con todas sus fuerzas para avanzar en su asiento. Incapaz de lograrlo, permaneció donde estaba.

"Lo que me pidió", dijo Sam, avanzando sin esfuerzo en su asiento.

Hammersmith se aclaró la garganta. "Esperábamos que, puesto que todo funcionaba con normalidad, la parálisis fuera temporal. Por eso te envié a hacerte más pruebas y te sugerí algo de fisioterapia. Ahora ya no hay duda, siento decírtelo E-Z, pero nunca volverás a andar".

"¿Cómo puedes hacerle esto?" preguntó Sam.

La finalidad de sus palabras se hizo sentir. "¡Sácame de aquí, tío Sam!".

"Espera", dijo Hammersmith, incapaz de mirarles a los ojos. "Pedí ayuda a colegas de todo el mundo. Su conclusión fue la misma".

"Muchas gracias".

"E-Z, es hora de que sigas adelante. No quiero darte más falsas esperanzas. "

Sam se puso en pie, apoyando las manos en las empuñaduras de la silla de ruedas.

"¡Conseguiremos una segunda opinión y una tercera y una cuarta!".

"Podéis hacerlo -dijo Hammersmith-, pero ya lo hemos hecho. Si hubiera algo nuevo, ahí fuera -algo que pudiéramos aprovechar-, entonces lo haríamos. Las cosas pueden cambiar a lo largo de tu vida E-Z. El campo de la investigación con células madre está avanzando. Mientras tanto, no quiero que vivas tu vida por si acaso".

Luego se dirigió a Sam,

"No dejes que tu sobrino malgaste su vida. Ayúdale a reconstruirse y a volver a la tierra de los vivos. Ah, y odio sacar este tema, pero pronto necesitaremos la silla de ruedas, parece que escasea un poco. Si no te importa hacer otros preparativos".

"Bien", dijo Sam, mientras salían del despacho de Hammersmith sin hablar. Metió la silla de ruedas en el maletero, se abrocharon los cinturones y arrancó el coche.

"Todo irá bien".

E-Z, que tenía lágrimas rodando por las mejillas, se las secó. "Lo siento".

"Nunca tienes que disculparte conmigo, chaval, por mostrar tus sentimientos".

Sam golpeó el volante con los puños y salió del aparcamiento haciendo chirriar los neumáticos.

Condujeron sin hablar durante unos instantes, hasta que él se acercó y encendió la radio. Así se disipó el silencio entre los dos y E-Z tuvo la oportunidad de gritar sin sentirse cohibido.

Cuando entraron en casa, estaban tranquilos y hambrientos. El plan consistía en ver unos cuantos programas y pedir pizza.

Unos días después llegó una silla de ruedas nueva

Dos luces: una amarilla y otra verde parpadearon cerca de la nueva silla de ruedas de E-Z.

"Ésta no servirá, bip-bip".

"Estoy de acuerdo, no servirá para nada. Necesita algo más ligero, fuerte, ignífugo, antibalas y absorbente, zoom-zoom".

"Ya sabes quién dijo que no debíamos perder el tiempo, así que hagámoslo, antes de que el humano se despierte, bip-bip".

Las luces danzaron alrededor de la silla de ruedas. Uno sustituyó el metal y el otro las ruedas. Cuando completaron el proceso, la silla tenía el mismo aspecto que antes, pero no lo era.

E-Z susurró en sueños.

"¡Salgamos de aquí! Bip bip!"

"¡Justo detrás de ti! Zoom zoom!"

Y así lo hicieron mientras el joven seguía durmiendo.

***

Un año después, a E-Z le parecía que el Tío Sam siempre había estado allí. No es que hubiera sustituido a sus padres. No, nunca podría hacerlo, de hecho no lo intentaría, pero se llevaban bien. Eran amigos. Eran más que eso, eran familia. La única familia que le quedaba al chico de trece años en el mundo.

"Quiero darte las gracias", dijo, intentando que no se le saltaran las lágrimas.

"No tienes que darme las gracias, chaval".

"Pero lo hago, tío Sam, sin ti habría tirado la toalla".

"Estás hecho de un material más fuerte que eso".

"No lo estoy. Desde el accidente tengo miedo, quiero decir mucho miedo. Tengo pesadillas".

"Todos nos asustamos; ayuda si hablas de ello. Quiero decir, si quieres hablar conmigo de ello".

"A veces me pasa por la noche, cuando duermes. No quiero despertarte".

"Estoy al lado y las paredes no son tan gruesas. Llámame a gritos y allí estaré. No me importa".

"Gracias, espero no necesitarlo pero es bueno saberlo".

Volvieron a ver la televisión y no volvieron a hablar del asunto.

Hasta que una noche, E-Z se despertó gritando y Sam, como había prometido, estaba allí.

Encendió la luz. "Ya estoy aquí. ¿Estás bien?"

E-Z estaba agarrado al borde de la cama, como quien está a punto de despeñarse. Le ayudó a volver al colchón.

"¿Ya estás mejor?

"Sí, gracias.

"¿Te apetece hablar de ello? Puedo preparar cacao".

"¿Con malvaviscos?"

"Ni que decir tiene. Ahora vuelvo".

"Vale". E-Z cerró los ojos un segundo y se reanudaron los ruidos agudos. Se tapó los oídos y observó las luces amarillas y verdes que bailaban ante sus ojos. Retiró las manos, oyendo los pies descalzos de su tío mientras golpeaban a lo largo del pasillo.

"Aquí tienes", dijo Sam, poniendo una taza de cacao caliente en la mano de su sobrino. Se acomodó en la silla de ruedas, donde sorbió y suspiró.

Con la mano izquierda, E-Z dio un manotazo al aire, casi derramando la bebida.

"¿Qué haces?"

"¿No lo oyes? ¿Ese sonido que corta los oídos?"

Sam escuchó atentamente, nada. Sacudió la cabeza. "Si oyes algo extraño, ¿por qué intentas espantarlo?".

E-Z se concentró en su bebida caliente y luego se tragó un mini-malvavisco. "Supongo que entonces no ves las luces".

"¿Luces? ¿Qué tipo de luces?

"Dos luces: una verde y otra amarilla. Del tamaño de la punta de tu dedo. Aquí, encendidas y apagadas, desde el accidente. Perforándome los oídos y parpadeando delante de mis ojos. Me molestan".

Sam se acercó a la cabecera y miró desde la perspectiva de su sobrino. No esperaba ver nada -y, por supuesto, no lo hizo-, el esfuerzo era para tranquilizarlo. "No, pero cuéntame más, para que pueda entender mejor cómo empezó".

"En el accidente, vi dos luces, amarilla y verde y, no te rías, pero creo que me hablaron. Por eso he tenido pesadillas".

"¿Qué tipo de luces? ¿Quieres decir como las luces de Navidad?"

"No, no como luces de Navidad. No es nada. Ya se han ido. Probablemente sea un trastorno de estrés postraumático o un flashback".

"El trastorno de estrés postraumático o un flashback son dos cosas muy distintas. Me pregunto si quizá deberías hablar con alguien. Me refiero a alguien, aparte de mí".

"¿Te refieres a mis amigos?"

"No, me refiero a un profesional".

POP.

POP.

Habían vuelto. Parpadeando delante de su nariz y haciéndole bizquear. Se contuvo. Intentó no espantarlas. Cuando Sam cogió su taza con una mano y se palpó la frente con la otra, dio una palmada al aire. "¡Aléjate de mí!"

Sam contempló cómo su sobrino se congelaba, como una escultura de hielo en el Festival de Invierno. Sam chasqueó los dedos delante de sus ojos, pero no hubo reacción. E-Z suspiró y se echó hacia atrás, respiró hondo y, en cuestión de segundos, estaba roncando como un soldado. Sam le subió las sábanas. Besó a su sobrino en la frente y volvió a su habitación. Al final se quedó dormido. Al día siguiente, Sam sugirió a E-Z que escribiera sus sentimientos, tal vez en un diario. Mientras tanto, se informaría sobre la posibilidad de concertar una cita con un profesional.

"¿Te refieres a un psiquiatra?"

"O un psicólogo. Y mientras tanto, anótalo. Cuando los veas, cómo son... anota lo que veas".

"Un diario, quiero decir, ¿a quién me parezco, a Oprah Winfrey?".

"No", dijo Sam. "Niña, tienes pesadillas, oyes ruidos agudos y ves luces. Pueden ser un signo de, como has dicho, trastorno de estrés postraumático o algo médico. Tengo que investigar y hablar con tu médico, pedirle consejo. Mientras tanto, escribir tus pensamientos, llevar un diario, podría ayudarte. Muchos hombres han escrito diarios o han llevado un diario".

"Dime alguno cuyo nombre reconozca".

"Veamos, Leonardo da Vinci, Marco Polo, Charles Darwin".

"Me refiero a alguien de este siglo".

"Ya has mencionado a Oprah".

***

La salud mental de E-Z mejoró tras unas cuantas sesiones con una terapeuta/consejera. Era simpática y no juzgó al adolescente, como él temía que hiciera. En cambio, le ofreció sugerencias y estrategias concretas para calmarle y ayudarle. Ella, al igual que su tío Sam, también le sugirió que lo escribiera todo, en un diario.

En lugar de eso, escribió un relato corto para un trabajo escolar inspirado en el pájaro favorito de su madre: una paloma. Tras obtener un sobresaliente en su trabajo, su profesora presentó su relato a un concurso de escritura de toda la provincia. Al principio, le disgustó que la profesora hubiera inscrito su relato sin preguntarle. Pero cuando ganó, se sintió increíblemente feliz. Desde entonces, su profesora presentó su relato a un concurso de ámbito nacional.

Mientras su sobrino se adentraba en el arte de la escritura, Sam empezaba una nueva afición: la genealogía. Una noche, mientras cenaban, soltó:

"Ahora que has escrito un relato corto y has tenido cierto éxito, quizá deberías intentar escribir una novela".

"¿Yo? ¿Una novela? Ni hablar".

"Tienes sangre de escritor", reveló el tío Sam. "Rastreando nuestra historia, he descubierto que tú y yo estamos emparentados con el único Charles Dickens".

"Quizá TÚ deberías escribir una novela, entonces". Se rió.

"No soy yo quien tiene un relato corto premiado".

Las luces verdes y amarillas parpadearon sobre su plato. Al menos no oía aquel ruido agudo con el tío Sam zumbando.

".... Al fin y al cabo, tú y yo somos primos en el tiempo de Charles Dickens. Mira todo lo que has superado. Eres un chico increíble, ¿qué tienes que perder?".

Se llama Ezequiel Dickens, y ésta es su historia.

CAPÍTULO I

Durante los trece primeros años de su vida, se le conoció por varios nombres. Ezequiel, su nombre de nacimiento. E-Z, su apodo. Receptor de su equipo de béisbol. Escritor de cuentos. Hijo de sus padres. Sobrino de su tío. Mejor amigo. Ahora tenían un nuevo nombre para él.

No es que le importara la palabra con "c". De hecho, algunas de las alternativas las prefería menos. Como los comentarios que decían algunas personas, porque pensaban que eran políticamente correctos. "Oh, ahí está el chico que está confinado a una silla de ruedas". Lo decían mientras le señalaban, como si pensaran que también era deficiente auditivo. O decían: "Lamento saber que ahora vas en silla de ruedas". Eso le daba escalofríos. Pero lo que le puso al límite fue: "Oh, ahora eres tú el que va en silla de ruedas". Ver a alguien, sobre todo a una persona joven en silla de ruedas, incomodaba a algunas personas. Si se sentían así, ¿por qué tenían que decir algo?

Esto despertó un recuerdo de hace mucho tiempo. Un recuerdo de sus padres, viendo la película Bambi en la televisión una lluviosa tarde de sábado. Mamá preparó sus famosas bolas de palomitas. Tenían refrescos, M&Ms,

malvaviscos y los Twizzlers favoritos de papá. El conejo Thumper dijo: "Si no puedes decir algo bonito, no digas nada". Cuando murió la madre de Bambi, fue la primera vez que vio llorar a su madre y a su padre por una película. Como estaba tan conmocionado por su comportamiento, él mismo no derramó ni una lágrima.

Algunos de los patanes del colegio, le llamaban "el chico del árbol - el lisiado". Algunos eran compañeros deportistas que antes le admiraban cuando era el rey detrás del plato. Odiaba más la referencia al chico del árbol que el comentario del tullido. No sentía lástima de sí mismo (no la mayor parte del tiempo) y tampoco quería que nadie la sintiera por él.

Cuando llegó el momento de volver al colegio aquel primer día, lo hizo con la ayuda de sus amigos. PJ (diminutivo de Paul Jones) y Arden le apoyaron y empujaron, según fuera necesario. Pronto se les conoció como El Trío Tornado. Sobre todo porque allá donde iban se desataba el caos. Fue entonces cuando E-Z aprendió a esperar lo inesperado.

Por eso, cuando sus amigos pasaron una mañana a recogerle para ir al colegio unos meses más tarde -y luego dijeron que no iban a ir-, no se sorprendió demasiado. Cuando le dijeron que tenían que vendarle los ojos, no se lo esperaba.

En el asiento trasero preguntó. "¿Adónde vamos?" No hubo respuesta. "¿Me va a gustar?"

"Sí", dijeron sus amigos.

"¿Entonces por qué la capa y la daga?"

"Porque es una sorpresa", dijo PJ.

"Y lo apreciarás más cuando estemos allí".

"Bueno, no puedo huir". Se burló.

La madre de Arden aparcó. "Gracias, mamá", dijo.

"Llámame cuando necesites que vaya a recogerte", dijo ella.

Los dos amigos ayudaron a E-Z a subir a su silla de ruedas y se fueron.

"¿Soy yo, o esta silla parece más ligera cada vez que la sacamos?". preguntó Arden.

"¡Eres tú!" respondió PJ.

Mientras avanzaban por un terreno desnivelado, E-Z podía oler la hierba recién cortada. Cuando sus amigos le quitaron la venda de los ojos, estaba en el campo de béisbol. Se le llenaron los ojos de lágrimas cuando vio a sus antiguos compañeros de equipo, al equipo contrario y al entrenador Ludlow. Llevaban el uniforme completo, alineados a lo largo de la línea de fondo recién marcada con tiza.

"¡Bienvenidos de nuevo!", vitorearon.

E-Z se quitó las lágrimas con la manga mientras la silla se acercaba al campo de juego. Desde que el accidente le había arrebatado su sueño de jugar al béisbol profesional, había evitado el partido. Con un nudo en la garganta, estaba tan lleno de emoción que no podía recuperar el aliento.

"Se ha quedado sin palabras", dijo PJ, dándole a Arden un codazo.

"Es la primera vez".

"Gracias, chicos. No os equivocabais al decir que era una sorpresa".

"Esperad aquí", le indicaron sus amigos.

E-Z se quedó solo contemplando el campo de béisbol. El lugar que una vez había sido su lugar favorito en la tierra. Volvió a derramar lágrimas al ver cómo la hierba verde brillaba a la luz del sol. Se las enjugó cuando sus amigos regresaron cargados con una bolsa de equipo.

Arden se inclinó hacia él: "¡Sorpresa amigo, hoy vas a pescar!".

"¿Qué quieres decir? No puedo jugar con esto!", dijo, golpeando con las manos los brazos de la silla de ruedas.

"Toma, mira esto, mientras te equipamos", dijo PJ, mientras le entregaba su teléfono y pulsaba play.

E-Z observó con asombro a los jugadores que, como él, entraban en el campo de béisbol. Se fijó más en sus sillas, que tenían ruedas modificadas. Un jugador rodó hasta el plato, conectó con la pelota y recorrió las bases a toda velocidad.

"¡Vaya! ¡Esto es increíble!"

"¡Si ellos pueden hacerlo, tú también!" dijo Arden mientras ponía las rodilleras en las piernas de su amigo y PJ aseguraba el protector pectoral. De camino al campo, sus amigos le lanzaron la máscara de receptor y su guante.

"¡A batear!" gritó el entrenador Ludlow.

El lanzador lanzó la primera bola rápida justo en la zona y él la atrapó.

El segundo lanzamiento fue un pop up. E-Z fue a por ella, acercándose, elevándose. Alcanzándola. Incluso se sorprendió a sí mismo cuando la atrapó. No se habían dado cuenta, pero se había levantado. Su trasero había abandonado el asiento de la silla y no tenía ni idea de cómo lo había hecho.

"Vaya", dijo PJ, "ha sido una excelente atrapada".

"Sí, probablemente la habrías fallado de no ser por la silla".

E-Z sonrió y siguió jugando. Cuando terminó el partido, se sintió bien. Normal. Dio las gracias a los chicos por haberle devuelto a la rutina.

"La próxima vez, golpeas tú", dijo PJ.

E-Z se burló mientras la madre de Arden los llevaba al autoservicio y luego de vuelta al colegio. Si se daban prisa, llegarían a tiempo antes de que empezara su siguiente clase. Los alumnos abarrotaban los pasillos, mientras él rodaba hacia su taquilla. Sus compañeros oyeron el golpeteo de los neumáticos sobre el suelo de linóleo y le abrieron paso.

E-Z había sido el primer niño que necesitó acceso en silla de ruedas en su colegio, pero ya era una leyenda antes de perder el uso de las piernas. Le había costado mucho pedir ayuda, pero una vez que lo hizo, la obtuvo. Ya le respetaban como atleta, había ganado un montón de trofeos por sí mismo y como parte del equipo. Tenía que volver a ganarse su respeto como su nuevo yo.

Tras el partido, volvieron a la escuela y terminaron la jornada. Como sólo había sido medio día, E-Z estaba bastante cansado cuando la madre de Arden y sus amigos lo dejaron al salir del colegio.

Después de darles las gracias, entró en casa.

"Ya estoy en casa, tío Sam".

"Ya lo veo, ¿has tenido un buen día?", dijo Sam.

"Sí, ha sido un buen día". Se estiró y bostezó.

"Vamos. Tengo algo que enseñarte. Una sorpresa".

"Otra no", dijo E-Z, mientras seguía a su tío por el pasillo. Pasó primero a la derecha, la habitación de sus padres, destinada a ser un cuarto de invitados algún día. Hasta entonces, estaba exactamente como la habían dejado, y así seguiría hasta que E-Z decidiera lo contrario.

De vez en cuando el tío Sam se ofrecía a ayudarle a revisar la habitación, pero su sobrino siempre decía lo mismo.

"Lo haré cuando esté preparado".

Sam accedió a regañadientes. Estaba decidido a que su sobrino siguiera adelante. Éste era el primer paso hacia ese objetivo. Desde entonces, había hablado con su asesora, que dijo que Sam debía animar a E-Z a hablar más de sus padres. Dijo que convertirlos en parte de su vida cotidiana le ayudaría a curarse más rápidamente. Siguieron por el pasillo, pasaron por delante del cuarto de baño y se detuvieron ante la caja o almacén.

"¡Ta-dah!" dijo el Tío Sam mientras le empujaba hacia dentro.

E-Z se quedó sin habla al contemplar el despacho recién transformado. En el centro, frente a la ventana que daba al jardín, había un escritorio. Sobre él, todo preparado, había un flamante PC de juegos y un sistema de sonido. Deslizó la silla bajo el escritorio -encajaba perfectamente- y pasó los dedos por el teclado. Cerca había una impresora, apilada con papel y una papelera, todo previsto al alcance de la mano.

A su izquierda había una estantería. Se acercó rodando. La primera estantería contenía libros sobre escritura y clásicos. Reconoció varios de los favoritos de sus padres. La segunda contenía trofeos, incluido el premio por su escritura. La tercera y la cuarta contenían todos los libros favoritos de su infancia. Las dos últimas estanterías estaban vacías. Sus ojos recorrieron la parte superior de la estantería, tuvo que echar la silla hacia atrás para ver lo que había allí.

Sam entró en la habitación a su lado. Puso una mano en el hombro de su sobrino.

"Aquellos, no estaba seguro de si era demasiado pronto. I..."

La pièce de résistance: una foto de familia. Una lágrima rodó por su mejilla al recordar el día de la sesión fotográfica. Fue en un pequeño estudio fotográfico del centro. Estaban todos bien vestidos. Papá con su traje azul. Mamá con su vestido azul nuevo y un pañuelo rojo atado al cuello. Él con su traje gris, el mismo que llevó en el funeral.

Contuvo un sollozo, recordando el montaje en el estudio del fotógrafo. En el estudio todo era navideño, aunque sólo era julio. Sonrió, pensando en los cursis adornos navideños y la falsa chimenea. Semanas después, la tarjeta llegó con el correo, pero para sus padres aquella Navidad nunca llegó. Giró la silla hacia la salida y se encaminó por el pasillo con su tío detrás.

"Sé que llevará tiempo. Siento si me he excedido demasiado pronto, pero ha pasado más de un año y nosotros, tu consejero y yo, pensamos que ya era hora."

E-Z siguió adelante. Quería alejarse. Escapar a su habitación y cerrar el mundo, entonces se le ocurrió algo. Algo crucial. Su tío no podía conocer la historia de la fotografía. Si lo hubiera sabido, no la habría puesto allí. Después de todo lo que había hecho por él, le debía una explicación. Se detuvo.

"Nunca la utilizamos, estaba destinada a nuestra tarjeta de Navidad, pero nunca llegaron a Navidad".

"Lo siento mucho. No lo sabía".

"Sé que no lo sabías, pero no por eso duele menos".

Agotado física y mentalmente, se acercó a su habitación. Su diálogo interior continuó con refuerzos positivos. Recordándole que todo tendría mejor aspecto por la mañana. Porque casi siempre lo hacían.

"Estaba destinado a ser un lugar para que escribieras. Recuerda que ahora eres una autora premiada y tienes sangre de escritora".

Ya casi estaba en su habitación. ¿Por qué no le había dejado escapar su tío? Se enfureció.

"Escribí un relato corto, pero eso no significa que pueda escribir más o que quiera hacerlo. Dices que por mis venas corre sangre de Charles Dickens, pero lo que yo quiero es ser receptor de los Dodgers de Los Ángeles. Que me llamen el chico del árbol, el lisiado, no significa que tenga que conformarme. ¿Por qué tendría que conformarme?"

"Ojalá no utilizaras la palabra con "c"".

"Tullido, puñetero tullido", dijo mientras daba un giro brusco y se golpeaba el codo contra la pared. El hueso de la risa, que no era tan gracioso, le dolía como un demonio.

"¿Estás bien?"

E-Z respondió con un gruñido y continuó hacia su habitación. Pensaba cerrar la puerta tras de sí. En lugar de eso, se quedó medio encajado y medio fuera de la puerta. Entonces las ruedas de su silla se bloquearon.

"FRICK!"

Sam soltó la silla sin decir una palabra. Cerró la puerta al salir.

E-Z cogió unos cuantos objetos irrompibles y los arrojó contra la pared. Para calmarse, visualizó a sus padres, diciéndole lo orgullosos que estaban de él. Lo echaba de menos. Pero, si su padre estuviera aquí ahora, le echaría la bronca por ser tan mocoso. Su madre también le regañaría, pero de un modo más amable y gentil. Se secó las lágrimas. Sintió el escozor de la vergüenza y su cuerpo se desplomó de puro agotamiento en la silla de ruedas.

El tío Sam preguntó a través de la puerta cerrada: "¿Estás bien?".

"¡Déjame en paz!" respondió E-Z. Aunque necesitaba su ayuda. Sin él, no podría ponerse el pijama ni meterse en la cama. Tendría que dormir en la silla, vestido. En el fondo, siempre supo la verdad. Si dejaba de preocuparse, todos los demás dejarían de preocuparse también. Entonces estaría realmente solo.

Giró la silla hacia la ventana y miró el cielo nocturno. La música. Había sido lo único que les unía de verdad como familia. Claro que tenían sus diferencias en cuanto a géneros musicales, pero cuando sonaba una buena canción en la radio, lo dejaban a un lado.

Un gato negro y sarnoso cruzó el césped. Su madre siempre había querido que fueran a Nueva York a ver Cats en Broadway. Deseó que hubieran ido juntos. Haber creado un recuerdo. Ahora nunca lo harían. Aquella canción, algo sobre recuerdos, le hizo coger el teléfono. Buscó un himno de rock duro, subió el volumen. Utilizó los puños para tamborilear el ritmo sobre los brazos de la silla mientras deliraba y gritaba la letra.

Hasta que lo hizo tan fuerte que rodó de la silla y cayó al suelo. Al principio, al ver su habitación desde el suelo, quiso llorar. En lugar de eso, se echó a reír sin poder parar.

"¿Estás bien ahí dentro?" preguntó Sam.

"Me vendría bien tu ayuda". Le dolía el estómago de tanto reír.

La reacción inicial de Sam fue de alarma, cuando vio a su sobrino en el suelo sujetándose el estómago. Cuando se dio cuenta de que se lo estaba sujetando de la risa, se desplomó en el suelo a su lado.

Más tarde, cuando Sam se iba, le dijo: "Te pondrás bien, chaval".

"Estaremos bien".

Fue entonces cuando hicieron un pacto para hacerse tatuajes.

CAPÍTULO 2

"Lo siento, hoy no puedo jugar al béisbol con vosotros".

"Vamos", dijo Arden. "La última vez no estuviste tan mal".

"Piérdete", respondió E-Z. Aumentó la velocidad para reunirse con su tío y chocó con Mary Garner, Jefa de Animadoras.

"Lo siento, Mary".

Era la primera vez que la veía desde el accidente. Levantó la vista, mientras el pelo de ella caía como una cortina sobre sus ojos: olía a canela y miel.

"Imbécil", dijo ella. "Mira por dónde vas".

Retrocedió y se alejó. Su séquito la siguió.

Él sonrió y estiró el cuello para verla alejarse. Sus amigos se acercaron e hicieron lo mismo. Arden silbó.

Miró por encima del hombro y les hizo una seña.

"Dios, es fantástica", dijo PJ.

"Está buena", dijo Arden.

"Mucho".

Al salir del colegio, PJ preguntó: "Dinos por qué no quieres jugar hoy".

"Sí, ayúdanos, entiéndelo", dijo Arden, poniendo mala cara y cruzando los ojos. "Somos inútiles sin ti".

"Mira, el tío Sam y yo hicimos un pacto. Para hacer algo juntos -algo importante- hoy después de clase".

Sus amigos cruzaron los brazos bloqueando el paso de su silla.

"¿Aún pretendes excluirnos, y ni siquiera nos dices por qué?", dijo el PJ pelirrojo.

"Eres un completo imbécil".

"Nunca te haríamos eso".

Se alejaron, acelerando el paso.

E-Z aceleró, pero no fue suficiente. "¡Esperad! ¡Nos estamos haciendo tatuajes!"

Sus amigos se detuvieron en seco.

"Me voy a hacer un tatuaje en memoria de mi madre y mi padre: alas de paloma, una en cada hombro".

"¡Vamos contigo!"

"Pensé que pensaríais que era una sensiblera".

Siguieron caminando sin hablar durante un rato.

"El tío Sam ha quedado conmigo en el lugar de los tatuajes".

CAPÍTULO 3

Cuando Sam vio a su sobrino con sus amigos se sorprendió.

"Creía que este pacto era entre nosotros, es decir, un secreto".

"Los chicos querían llevarme a un partido, tuve que decírselo".

"Vale, es justo. Pero no tengo por costumbre sustituir a sus padres ni dar permiso en nombre de sus padres". Y a PJ y Arden: "Me parece bien que estéis aquí, pero sólo vuestros padres pueden aprobar vuestros tatuajes".

"¡Espera!" dijo PJ. "Ni siquiera había pensado en que nos hiciéramos tatuajes".

"Los míos seguro que dirán que no", dijo Arden. Sus padres tenían problemas, y él se aprovechaba de ello. Actuaba como si sus constantes peleas no le molestaran la mayor parte del tiempo. De vez en cuando, cuando no podía más, se refugiaba en casa de un amigo.

"En la mía también". PJ era el mayor y tenía dos hermanas de cinco y siete años. Sus padres le animaban a dar buen ejemplo y la mayor parte del tiempo lo hacía. Centrándose en un futuro deportivo, se mantenía en el buen camino.

En un momento de iluminación, los adolescentes chocaron los cinco.

"¿Qué? preguntó Sam.

"Les diremos por qué lo hace E-Z y que queremos tatuarnos para apoyarle", dijo PJ.

Arden asintió.

"Un momento. ¿Así que vosotros dos, cretinos, queréis utilizar la muerte de mis padres como excusa para tatuaros?".

Sam abrió la boca, pero se le escaparon las palabras.

PJ y Arden estaban con la cara roja, mirando al pavimento.

E-Z les soltó el rollo. "Por mí, de acuerdo".

Sam cerró la boca mientras él y los dos chicos formaban un semicírculo alrededor de la silla de ruedas.

"Pero prométeme una cosa: no se permiten mariposas".

"Eh, ¿qué tenéis en contra de las mariposas?". preguntó Sam.

CAPÍTULO 4

Para abreviar, PJ y Arden convencieron a sus padres para que les dejaran hacerse tatuajes.

"Enseguida estoy con vosotros", dijo el tatuador, mirándolos a los cuatro. Frente al espejo había un fornido cliente masculino que estaba añadiendo otro tatuaje a su colección de muchos. Este nuevo tatuaje estaba entre el pulgar y el índice. "¿Eres Sam?", preguntó el hombre que le estaba haciendo el tatuaje.

El estómago de Sam se sintió un poco mareado, pues había leído que la mano era uno de los lugares más dolorosos para tatuarse. "Sí, he hablado contigo por teléfono. Éste es mi sobrino E-Z, y sus amigos PJ y Arden".

"¿Los cuatro queréis tatuaros hoy? Porque sólo os esperaba a dos".

"Lo siento. Podemos cambiar la fecha, si es necesario, o puedo hacerme el mío otro día", dijo Sam con un deseo.

"Por suerte, mi hija vendrá pronto a ayudarme. Bienvenida a Tattoos-R-Us. Puedes esperar allí. Sírvete un vaso de agua. También hay algunos folletos que quizá quieras echar un vistazo. Podrían ayudarte a decidir dónde quieres tu tatuaje. Cada zona del cuerpo tiene un umbral de dolor". El tipo fornido que se estaba tatuando soltó una risita.

"Gracias", respondió Sam mientras se dirigían a la sala de espera. Una vez sentados en un sofá, su rodilla saltarina puso los pelos de punta a PJ y Arden. Cruzaron la sala y miraron el tablón de anuncios. Para calmar los nervios, Sam parloteó. "Los he investigado en Internet, llevan veinticinco años en el negocio, y ese hombre con el que hablamos es el propietario. Tienen una excelente reputación en el Better Business Bureau. Además, tienen montones de reseñas de cinco estrellas en su sitio web".

Todas las miradas se volvieron cuando una llamativa mujer vestida con un atuendo gótico entró en el local. Tenía treinta y tantos años y, a juzgar por sus rasgos, era la hija del propietario. Llevaba tatuajes en toda la piel y piercings esporádicos por todas partes.

"Siento llegar tarde", dijo, tocando a su padre en el hombro. Miró hacia la sala de espera y le susurró algo. Esbozó una sonrisa llena de dientes y se volvió hacia los clientes.

"Hola, soy Josie". Extendió la mano y estrechó la de cada uno de ellos. "Ése de ahí es Rocky. Es el dueño y yo soy su hija".

"Yo soy Sam, y éste es mi sobrino E-Z y sus dos amigos, PJ y Arden". Se cayó en vez de volver a sentarse.

Josie fue a traerle un vaso de agua.

E-Z se quedó pensando en lo mucho que debía dolerle el piercing de la lengua, y luego le dijo a su tío: "No hace falta".

"¿Me estás llamando gallina?", dijo él, con todo el cuerpo tembloroso mientras Josie le ponía el vaso en la mano. Al levantarlo hacia sus labios, derramó un poco de agua.

"Vosotros sois vírgenes del tatuaje, ¿verdad?". preguntó Josie.

A E-Z le pareció que tenía una voz dulce, como la de Stevie Nicks, la vocalista favorita de su padre, de Fleetwood Mac, cantando sobre la bruja Rhiannon.

No tuvieron que contestar, pues su silencio lo decía todo.

"Bueno, estás en excelentes manos con Rocky. Es el mejor tatuador de la ciudad. Os dolerá, chicos. Sí, dolerá. Pero es como ese tipo de dolor sobre el que canta John Cougar. Ya sabes: duele mucho".

Sam hizo una mueca. "¿Cuánto duele realmente?

"Depende de tu umbral de dolor y de dónde elijas que te lo hagan. Por ahí hay un folleto que indica las distintas zonas del cuerpo con un índice de dolor".

E-Z sintió que se le calentaba la cara, y que la tez de sus amigos adquiría un tono similar. Miró en dirección a Sam, fijándose en su tez, que había cambiado a un tono verdoso.

Josie continuó. "Después de tu primer tatuaje, puede que te guste y quieras más".

Sam se puso en pie, con el cuerpo tembloroso de miedo.

"Quizá necesite un poco de aire fresco", dijo E-Z, acorralando a su tío hacia la puerta.

Una vez fuera, Sam se paseó arriba y abajo por la acera, con el corazón acelerado como si fuera a salírsele del pecho. "Ojalá fumara".

"Te agradezco que hayas venido hasta aquí conmigo, de verdad, pero, sinceramente, no tienes por qué hacerlo. Sé que hicimos un pacto y que esto es algo que quiero hacer -en memoria de mi madre y mi padre-, pero no me debes nada. ¿Por qué no vamos a dar un paseo, quizá a tomar un café y te mandamos un mensaje cuando hayamos terminado, vale?".

"Dije que estaría ahí para ti, siempre. Ahora estoy aquí para ti. Odio las agujas. Y los taladros. Pensé que podría hacerlo, pero ahora me doy cuenta de que el miedo es más fuerte que yo. Soy tan cobarde".

"Siempre has estado ahí para mí, tío Sam. No tienes que demostrármelo a mí, ni a nadie, haciéndote un tatuaje que ni siquiera quieres. Ahora, vete de aquí. Te llamaré cuando hayamos terminado". Volvió a subir la rampa con sus amigos en fila detrás de él. Miró a Sam por encima del hombro. El pobre estaba tieso como una estatua.

"Estaré bien. Ahora, despega".

Sam se rió. "Pero antes de irme, será mejor que me des la carta que escribí anoche, para que pueda añadir los nombres de PJ y Arden. Porque sin mi permiso, ninguno de vosotros se hará tatuajes".

"Bien pensado", dijo E-Z mientras pasaba la nota por la línea. Ahora firmada volvió a subir. Se la guardó en el bolsillo y entraron donde Josie estaba esperando.

"Vale, tú eres el siguiente. Si vas a mearte en los pantalones, ahora te enseñaré dónde está el retrete".

"Muérdeme", dijo E-Z mientras ponía su silla en posición.

***

Mientras Rocky terminaba en el mostrador, Josie entregó a E-Z un libro con tatuajes.

"Ya lo sé sin mirar. Me gustaría un ala de paloma, en cada hombro". Ahí estaban de nuevo, las luces verdes y amarillas. Quería apartarlas, pero no quería que Josie también pensara que estaba loco.

Josie hojeó el libro. "¿Son éstas las que tenías en mente?".

Asintió con la cabeza y la observó en el espejo mientras se lavaba las manos y se ponía un par de guantes negros. Sacó los vasos de tinta del envoltorio estéril y los dejó sobre la mesa.

"¿Tienes una nota de tus padres o de tu tutor? Supongo que no tienes dieciocho años".

E-Z sonrió y le entregó la nota.

"Todo parece correcto. Ahora pasemos a asuntos más importantes. ¿Tienes la espalda peluda?" Sonrió. "Si es así, primero tendremos que limpiártela y afeitártela. Me refiero a toda la espalda".

"Desde luego que no".

El sonido de las risitas de sus amigos desde la sala de espera también le hizo sonreír. Mientras tanto, Josie desapareció en la trastienda y se oyó música. Durante un segundo, Another Brick in the Wall, y luego no hubo música.

"Oye, ¿por qué has hecho eso?", preguntó.

"Aborrezco cualquier cosa de Pink Floyd". Ella siguió preparando las cosas.

"No puedes decir eso, a menos que nunca hayas escuchado Dark Side of the Moon".

"Lo escuché, era una mierda", dijo ella mientras le ponía la camiseta por encima de la cabeza. "¡Oh!"

POP.

POP.

Y las dos luces desaparecieron.

Rocky se acercó y se puso a su lado. "¿Qué demonios?"

"Qué diablos, en efecto", dijo Josie.

Lo que hizo que PJ y Arden se acercaran.

"No lo entiendo, E-Z. ¿Por qué mentirías?"

"Claro que no mentiría, E-Z nunca miente", dijo Arden.

"¿¡QUÉ!?" preguntó E-Z, intentando maniobrar su silla para poder ver lo que estaban viendo. "¿Mentir? ¿Sobre qué? Dímelo, sea lo que sea. Puedo soportarlo".

Josie preguntó: "¿Por qué mentiste sobre ser virgen en los tatuajes?".

"¡No lo hice!" tartamudeó E-Z, sin tener ni idea de lo que quería decir.

"Espera un momento", dijo Arden. "Vamos, colega, si has mentido, debes de tener una buena razón".

"¡Se acabó la fiesta!" dijo PJ. "Aunque no podría haberlas conseguido sin el permiso de un adulto".

Rocky cogió un espejo de mano y lo colocó de modo que E-Z pudiera ver lo que estaban viendo. Dos tatuajes, uno en el hombro derecho y otro en el izquierdo. En las alas.

"¿Qué?"

"Me dijo que quería alas", dijo Josie. "Creía que eras un buen chico".

"¡Lo soy! Sinceramente, no tengo ni idea de cómo han llegado ahí, y no son el tipo de alas que quería. Quería alas de paloma. Estas parecen más bien alas de ángel".

"Vamos, colega", dijo Rocky. "Éstas las hizo un profesional. Hace tiempo. Y, por cierto, son unas alas de ángel excepcionales. Mis felicitaciones a quien las haya hecho. Diles que si alguna vez buscan trabajo, vengan a verme".

"Te juro que no me he hecho tatuajes. Es la primera vez que voy a un sitio de tatuajes. Pregúntale a mi tío. Él me respaldará. Él lo sabe".

"Nada de esto tiene sentido", dijo Arden.

Rocky negó con la cabeza. "Al menos reconócelo, chaval".

"¿Queréis tatuaros?" preguntó Josie con las manos en las caderas.

"No", contestaron.

"Los hombres son unos mentirosos", dijo Josie mientras cerraban la puerta tras ellos.

"No importa, amor, de todas formas ya es hora de que cenemos", y luego puso el cartel de CERRADO en la puerta.

***

Sam volvió y vio a los tres chicos esperando fuera del estudio. Su lenguaje corporal era extraño. El pelirrojo PJ tenía los brazos cruzados, mientras que el aceitunado Arden tenía las manos en las caderas. Mientras tanto, su sobrino estaba a punto de llorar.

"Gracias a Dios, tío Sam, gracias a Dios que has vuelto".

Se apresuró a acercarse. "Oh no, ¿ha sido terriblemente doloroso? Se te pasará en unos días. Todo irá bien. Ahora déjame echar un vistazo". Silbó cuando su sobrino se inclinó hacia delante para poder levantarle la camisa. "Maldita sea, debieron de doler".

"Probablemente lo hicieron", dijo PJ.

"Cuando se los hizo por primera vez".

"¿La primera vez? ¿Qué?"

"Ya los tenía cuando ella le quitó la camiseta".

"Lo que no podemos entender es, ¿cómo?".

"¿Cómo? Te aseguro que ayer no las tenía".

"Ves, te dije que el Tío Sam me respaldaría". Si no le creían, creerían a su tío, pero ¿por qué iban a pensar que mentiría al respecto? Sabían que no era un mentiroso.

"Según Rocky, las tiene desde hace tiempo".

"¿Ves cómo están curadas?" dijo PJ. "Rocky y Josie estaban molestos, y tenían todo el derecho a estarlo, ya que E-Z parecía tan sorprendido como nosotros de verlos".

"Y vosotros dos", preguntó Sam, "¿cómo os fueron los tatuajes?".

"Decidimos no seguir adelante", dijo PJ.

"No nos parecía bien".

Sam dijo: "Cuéntanos qué pasó. Explícate, tío, porque no entiendo nada".

"No puedo. Tío Sam, sabes que ayer no estaban allí. No tengo ninguna explicación. Lo único que quiero es volver a casa". Empezó a moverse, rasgueando las ruedas de su silla, más deprisa, más deprisa aún. Quería marcharse, a cualquier parte. Si no le creían, al diablo con ellos.

Cuando se acercaba al final de la calle, el semáforo cambió de verde a rojo. Una niña sola ya estaba en marcha para cruzar. Se bajó del bordillo, mientras una furgoneta camper doblaba la esquina. Su silla de ruedas se levantó del suelo y salió disparada hacia ella. Extendió la mano y la agarró. Justo a tiempo para salvarla de pasar bajo las ruedas del vehículo.

Ya fuera de peligro, la silla de ruedas volvió a tocar el suelo y él la llevó a un lugar seguro. Delante de él había un cisne blanco más grande de lo normal. Le hizo un gesto de saludo con el ala y se fue volando.

"Cisne", dijo la niña, mientras miraba a su alrededor en busca de sus padres.

E-Z aprovechó para mezclarse entre la multitud y desaparecer al doblar la esquina, luego rasgueó los radios de sus ruedas con más fuerza que nunca y pronto estuvo a unas manzanas de distancia.

"¿Has visto eso?" exclamó Arden, deteniéndose en la esquina. "¡Ay!", dijo cuando la mujer que tenía detrás chocó contra él. "¡Ay!", oyó detrás de él, otros peatones que venían detrás chocaron.

PJ se mantuvo firme, mientras el tipo de detrás chocaba contra él. A Arden le dijo: "Sí, lo vi... pero no estoy seguro de lo que vi. Las alas tatuadas eran una cosa, esto era... ¿qué? ¿Un milagro?"

"Fue una ilusión óptica", dijo Sam, mientras su teléfono vibraba. Era un mensaje de E-Z pidiéndole que fuera a buscarlo cuanto antes cerca del aparcamiento de la ferretería. "E-Z me necesita, ¿seréis capaces de volver a casa?".

"Claro, no hay problema, Sam".

"Espero que esté bien".

Sam regresó al coche, tratando de mantener la calma mientras intentaba comprender lo que acababa de pasar.

Ninguno de los chicos quería hablar de lo que habían visto: la silla de ruedas de E-Z en pleno vuelo.

"¿Habéis visto eso?" susurraban otros detrás de ellos mientras se congregaba una multitud.

"Ojalá hubiera tenido el teléfono preparado", dijo una mujer.

Una segunda mujer con un micrófono y una cámara se abrió paso hasta el frente. Cuando cambió el semáforo, cruzó la carretera, seguida por una pareja, entre lágrimas: los padres de las niñas. Detrás de ellos iba el conductor de la furgoneta camper.

"Gracias a Dios, estabas allí", gritó. "No la había visto. Eres un héroe. Gracias".

"¡Mamá!", gritó la niña, mientras su madre tiraba de ella en brazos. Ella y su marido la abrazaron con fuerza, mientras el reportero se acercaba y el cámara grababa el momento.

Sollozando cerca estaba el hombre que casi la había atropellado. El reportero y el fotógrafo hablaron con él. "La salvó, a ella y a mí. Al chico, al chico de la silla de ruedas".

Intentaron encontrarlo, pero había desaparecido. Estaba escondido, como un criminal. Esperando a que el Tío Sam viniera a rescatarlo. Intentando comprender lo que había ocurrido. Intentando no enloquecer.

De vuelta al lugar de los hechos, dos luces, una verde y otra amarilla, borraron las mentes de todos los que estaban cerca. Luego destruyeron todas las imágenes grabadas.

"¿Qué hacemos aquí?", preguntó el reportero.

"Ni idea", respondió el cámara.

De camino a casa, E-Z se sintió un poco héroe. Pero sabía que el verdadero héroe era la silla; su silla de ruedas que había alzado el vuelo.

E-Z Dickens era un Ángel del Tatuaje.

✳✳✳

"Volé Tío Sam. Volé de verdad".

Sam entró en la entrada y aparcó.

"Lo viste, ¿verdad? Me viste rescatar a aquella niña. No podría haber llegado a tiempo, y mi silla de ruedas lo sabía y se levantó del suelo y se dirigió a toda velocidad hacia ella".

"Sí, lo vi. Fue excepcional. Me refiero a la forma en que salvaste a esa niña de sufrir daños, posiblemente de morir. Pero tu silla no se levantó. Fue el impulso lo que te impulsó hacia delante. Con el subidón de adrenalina y lo rápido que tuviste que moverte para llegar hasta allí, probablemente te pareció que volabas, pero no fue así".

"Volé. La silla abandonó el suelo".

"E-Z vamos. Tú sabes y yo sé que no volabas. Debes saberlo. Quiero decir, ¿qué te crees que eres? ¿Un maldito ángel?"

Sam salió del coche, sacó la silla de ruedas del maletero y se acercó para ayudar a su sobrino a entrar en ella. Al hacerlo, el hombro derecho de E-Z se raspó contra el borde de la puerta y gritó de dolor.

"¡Agua!", gritó. "Parece que voy a arder en llamas".

Sam corrió a la cocina y volvió con una botella de agua.

E-Z se la echó en el hombro. Se alivió un poco, pero luego sintió que el otro hombro le ardía. Le echó el resto de la botella. Sam le empujó hacia la casa, mientras E-Z intentaba arrancarse la camisa. Sam le ayudó a quitársela.

"¡Oh, no!" gritó Sam, tapándose la nariz. Los omóplatos de su sobrino ahora parecían y olían a carne de barbacoa chamuscada. Se apresuró a ir a la cocina a por más agua.

Por el camino, E-Z gritó y siguió gritando, hasta que se desmayó.

CAPÍTULO 5

Estaba oscuro y él solo, con la única sombra de la luna extendiéndose sobre él a través del cielo.

Tenía los brazos cruzados sobre el pecho, como había visto colocar los cadáveres en un funeral a cajón abierto. Los sacudió. Ya relajado, los depositó sobre los reposabrazos de su silla de ruedas, sólo para descubrir que no estaba en ella. Temeroso de caerse, volvió a cruzar los brazos sobre el pecho. Pero espera, no se desplomó al descruzarlos antes: lo hizo de nuevo y permaneció erguido.

E-Z mantuvo un brazo firmemente pegado al pecho, mientras que el otro, el derecho, lo extendió todo lo que pudo. Las yemas de sus dedos conectaron con algo frío y metálico. Con el brazo izquierdo hizo lo mismo, encontrando de nuevo metal. Inclinándose hacia delante, tocó la pared que tenía delante, e hizo lo mismo detrás de él. A medida que se movía, el asiento que tenía debajo se desplazaba, con un vaivén similar al de un sistema de suspensión. Era este sistema el que le mantenía erguido, ¿o no?

PFFT.

El sonido de la niebla, surgiendo en el aire. Cálida, aumentó su sentido del olfato, bañándolo en un ramo de lavanda y cítricos.

Cayó en un sueño profundo, en el que tuvo sueños que no eran sueños, pues eran recuerdos. El accidente volvía a repetirse en bucle. Echó la cabeza hacia atrás y aulló.

"Un momento, por favor", dijo una voz de mujer.

Era una voz robótica, como las que se oyen en las grabaciones cuando no hay nadie.

Demasiado asustado para volver a quedarse dormido, preguntó: "¿Quién es? Por favor. ¿Dónde estoy?

"Estás aquí", dijo la voz, y luego soltó una risita. La risa resonó en el contenedor con forma de silo, golpeándole los oídos cuando iba y venía.

Cuando se detuvo, decidió salir. Con todas sus fuerzas, extendió los brazos y empujó. Se sentía bien. Hacer algo, cualquier cosa, al principio, hasta que la claustrofobia se impuso.

PFFT.

El spray, esta vez más cerca, fue directo a sus ojos. El ácido cítrico le escocía, y las lágrimas brotaron como si hubiera estado cortando una cebolla, y se levantó.

Un momento...

Volvió a caer. Movió los dedos de los pies. Volvió a hacerlo. Estiró la pierna derecha. Luego la izquierda. Funcionaron. Sus piernas funcionaron. Se levantó...

Una voz, masculina esta vez, dijo: "Por favor, permanece sentado".

Se pellizcó el muslo derecho y luego el izquierdo. ¿Quién iba a decir que un pellizco o dos podían sentar tan bien? Nadie podía impedírselo. Mientras pudiera usar las piernas, volvería a levantarse.

Se oyó un ruido por encima de él, como el de un ascensor moviéndose. El sonido se hizo más fuerte. Miró hacia arriba. El techo del silo se venía abajo. Cada vez más grande. Finalmente, se detuvo por completo.

"Siéntate", exigió la voz masculina.

E-Z se levantó, pero el techo fue descendiendo, hasta que ya no pudo mantenerse en pie. Se sentó pacientemente, esperando a que la cosa se replegara como un ascensor que sube hacia arriba, pero no se movió.

PFFT.

"¡Déjame salir!"

"Añade láudano", dijo la voz de la mujer.

Las paredes hicieron una pausa y luego rociaron una dosis extra larga.

PPPFFFTTT.

Fue el último sonido que oyó.

De vuelta en su cama, preguntándose si había perdido la cabeza e imaginado todo el incidente del silo era E-Z. Parecía real, olía real. Y las dos voces, ¿por qué no aparecían? Se rascó la cabeza y vio dos luces delante de sus ojos. Como antes, una era verde y la otra amarilla.

"¿Hola?", susurró, mientras le asaltaba un quejido agudo como un azote de mosquitos. Lanzó la mano derecha hacia atrás, golpeando con fuerza. Pero antes de que conectara, se quedó inmóvil, con la mano en el aire. Sus ojos se pusieron vidriosos, como los de una gallina hipnotizada.

POP.

POP.

Las luces se transformaron en dos criaturas. Cada una empujó un hombro, y E-Z se dejó caer sobre la almohada, donde cerró los ojos y durmió.

"Deberíamos hacerlo ahora, bip-bip", dijo la antigua luz amarilla.

"Asegurémonos primero de que está dormido, zoom-zoom", dijo la antigua luz verde.

"Vale, manos a la obra, bip-bip".

"¿Tenemos su consentimiento, zoom-zoom?".

"Dijo que sí, pero no se acuerda. Me preocupa que no sea un acuerdo vinculante. Puede que sólo sea parcial, y ya sabes quién odia los parciales. Por no hablar de que los parciales humanos quedarían atrapados entre bip y bip".

"Sí, me gusta demasiado como para dejar que se convierta en un zoom-zoom entre dos aguas".

"Gustarme no tiene nada que ver. No olvides lo que le pasó al cisne. Por no mencionar... ¿Por qué los humanos dicen lo que no hay que mencionar antes de mencionar lo que no quieren decir?". Sin esperar respuesta. "Estaríamos en un aprieto y ya sabes quién estaría muy enfadado bip-bip".

"Pero el humano ya tiene sus alas tatuadas. Los juicios no empiezan hasta que el sujeto ha aceptado". Chasqueó los dedos y apareció un libro. Agitó las alas creando una brisa que hizo pasar las páginas. "Mira aquí, dice que las alas sólo se instalan DESPUÉS de que el sujeto haya dado su aprobación. Así que, cuando dijo que sí, eso debió de sellar el trato zoom-zoom". Levantó los brazos y el libro voló hacia arriba, como si fuera a chocar contra el techo, pero en vez de eso desapareció a través de él.

Volaron, uno aterrizó en el hombro de E-Z y otro en su cabeza.

"Yo no he sido", dijo, sin abrir los ojos.

"Duerme más, zoom-zoom", le dijo tocándole los ojos.

"Shhhh, bip-bip".

"Mamá vuelve. Por favor, vuelve".

"Está muy inquieto, zoom-zoom".

"Está soñando, bip-bip".

E-Z abrió la boca y roncó como un bebé elefante. La brisa los mantuvo en vilo, sin necesidad de batir las alas. Se rieron, hasta que él cerró la boca. Lanzándoles en caída libre. Aleteando furiosamente, se recuperaron rápidamente.

"Oh no, está rechinando los dientes, bip-bip".

"Los humanos tienen hábitos extraños, zoom-zoom".

"Este niño humano ya ha sufrido bastante. Administrándole estos derechos, sentirá menos dolor, bip-bip".

La primera criatura voló sobre el pecho de E-Z y aterrizó, con la barbilla hacia delante y las manos en las caderas. La criatura giró una vez, en el sentido de las agujas del reloj. Girando más deprisa, del aleteo de sus alas emanó una canción. La canción era un gemido grave. Una triste canción del pasado en celebración de una vida que ya no existía. La criatura se echó hacia atrás, con la cabeza apoyada en el pecho de E-Z. El giro se detuvo, pero la canción siguió sonando.

La segunda criatura se unió, haciendo el mismo ritual, pero girando en sentido contrario a las agujas del reloj. Crearon una nueva canción, sin los bip-bip y los zoom-zoom. Porque cuando cantaban, la onomatopeya no era necesaria. Mientras que en la conversación cotidiana con los humanos sí lo era. Esta canción se superpuso a la otra y se convirtió en una celebración alegre y aguda. Una oda a lo venidero, a una vida aún no vivida. Una canción para el futuro.

Un chorro de polvo de diamante brotó de las cuencas doradas de sus ojos. Giraron en perfecta sincronía. El polvo de diamante roció sus ojos sobre el cuerpo dormido de E-Z. El intercambio continuó, hasta cubrirlo de polvo de diamante de pies a cabeza.

El adolescente siguió durmiendo profundamente. Hasta que el polvo de diamante le atravesó la carne; entonces abrió la boca para gritar, pero no emanó ningún sonido.

"Se está despertando, bip-bip".

"Levántale, zoom-zoom".

Juntos lo levantaron mientras abría los ojos vidriosos.

"Duerme más, bip-bip".

"No sientas dolor, zoom-zoom".

Acunando su cuerpo, las dos criaturas aceptaron su dolor.

"Levántate, bip-bip", ordenó.

Y la silla de ruedas, se levantó. Y, colocándose bajo el cuerpo de E-Z, esperó. Cuando descendió una gota de sangre, la silla la atrapó. La absorbió. La consumió, como si fuera un ser vivo.

A medida que aumentaba el poder de la silla, también ganaba fuerza. Pronto la silla pudo sostener a su amo en el aire. Esto permitió a las dos criaturas completar su tarea. Su tarea de unir la silla y el humano. Unirlos para toda la eternidad con el poder del polvo de diamante, la sangre y el dolor.

Mientras el cuerpo del adolescente temblaba, los pinchazos de su piel se curaron. La tarea se había completado. El polvo de diamante formaba parte de su esencia. Así, la música se detuvo.

"Ya está hecho. Ahora es a prueba de balas. Y tiene superfuerza, bip-bip".

"Sí, y es bueno, zoom-zoom".

La silla de ruedas volvió al suelo, y el adolescente a su cama.

"No tendrá recuerdos de ello, pero sus alas reales empezarán a funcionar muy pronto bip-bip".

"¿Y los demás efectos secundarios? ¿Cuándo empezarán, y serán perceptibles zoom-zoom?".

"Eso no lo sé. Puede que tenga cambios físicos... es un riesgo que merece la pena correr para reducir el dolor, bip-bip".

"De acuerdo zoom-zoom".

Agotadas, las dos criaturas se acurrucaron en el pecho de E-Z y se durmieron. Sin saber que estaban allí, cuando se estiró por la mañana, cayeron al suelo.

"Uy, lo siento", dijo a las criaturas aladas antes de darse la vuelta y volver a dormirse.

***

"¿Estás despierto?" preguntó Sam, antes de abrir un poco la puerta. Su sobrino estaba roncando, pero su silla no estaba donde la había dejado cuando lo ayudó a meterse en la cama. Se encogió de hombros y volvió a su habitación, donde leyó unos capítulos de David Copperfield. Horas más tarde volvió a la habitación de su sobrino.

"Toc, toc".

"Buenos días", dijo E-Z.

"¿Te parece bien si entro?"

"Claro".

"¿Has dormido bien?"

"Creo que sí". Se estiró y se apoyó en el cabecero de la cama.

"¿Cómo ha llegado tu silla hasta aquí? Creía que la había aparcado contra la pared".

Se encogió de hombros.

"Y mira los reposabrazos: ¿los has pintado?".

Se inclinó, vio el tinte rojo y volvió a encogerse de hombros. "¿Qué me ha pasado?"

"Te desmayaste. Lo que no entiendo es por qué. Dijiste que sentías como si te ardieran los hombros. Busqué en Internet con tu descripción y apareció un remedio homeopático. Es increíble lo que se puede encontrar ahí. Mezclé un poco de aceite de lavanda con agua y aloe en un pulverizador, y luego te lo eché directamente sobre la piel. Dijeron que te daría un alivio inmediato. No bromeaban, porque te relajaste y te quedaste dormida".

"Gracias, ahora me siento mucho mejor". Intentó levantarse de la cama, pero los zzzzzs volaban por su cabeza como si fuera Wile E. Coyote. "Creo que me quedaré en la cama un rato más".

"Buena idea. ¿Te traigo algo?"

"¿Quizá unas tostadas? ¿Con mermelada de fresa?"

"Claro, pequeña". Salió de la habitación, diciendo que volvería enseguida. Cuando volvió con comida en una bandeja, su sobrino intentó comer pero no pudo retener nada.

"Quizá sólo un poco de agua".

Sam trajo una botella, de la que E-Z intentó beber, aunque no pudo retenerla.

"Creo que seguiré descansando". Sus ojos permanecían abiertos, mirando al frente, a la nada. "¿Qué hora es?"

"Son las cinco de la mañana y hoy es sábado. Llevas fuera casi doce horas. Me has asustado".

La conexión, lavanda en ambos lugares, le pareció extraña a E-Z. ¿Había experimentado un cruce en la vida real? Era demasiada coincidencia, eso si el silo existía de verdad. ¿O había sido un sueño? Más bien una pesadilla. Pero sus piernas funcionaban dentro de aquel contenedor metálico. Volvería en un minuto -quizás se arriesgaría- para volver a utilizar sus piernas.

"¿E-Z?"

"¿Qué? Sinceramente, creo que me gustaría cerrar los ojos y descansar un poco más".

Sam salió de la habitación, cerrando la puerta tras de sí.

E-Z entraba y salía de la conciencia, mientras el accidente sonaba en bucle. Stevie Nicks, con unas alas blancas, ponía la banda sonora. Mientras, de fondo, dos luces, una verde y otra amarilla, rebotaban arriba y abajo.

Durante los días siguientes, intentó unir las piezas en su mente haciendo una lista de puntos en común: Alas blancas - alas blancas tatuadas en sus hombros. Stevie Nicks tenía alas blancas en su sueño.

Lavanda - el Tío Sam utilizaba lavanda y aloe para aliviar las quemaduras. En el silo, la lavanda rociaba el aire para calmarle.

Luces amarillas y verdes. Las vio después del accidente y en su habitación.

Silla de ruedas - había volado para poder salvar a la niña. Cuando era receptor, su trasero había abandonado la silla para poder atrapar la pelota.

Reposabrazos - ahora eran rojos. Ningún incidente similar. Sin explicación.

Sensación de quemazón en los hombros/aparición de tatuajes en los hombros. Sin explicación.

Ya no creía en Dios, no desde el accidente. Ningún dios permitiría que un árbol aplastara a sus padres. Eran buenas personas, nunca habían hecho daño a nadie. Lo que le ocurrió a sus piernas no venía al caso. Cualquier dios que se preciara lo habría evitado antes de que ocurriera.

A no ser que, si existía un dios, hubiera salido a comer. Sí, claro.

Su cuerpo estaba cambiando y él quería respuestas. En el fondo, sabía que la única forma de obtenerlas era volver al maldito silo, si es que existía.

CAPÍTULO 6

A la mañana siguiente, E-Z flotaba en el aire sobre su cama desde que le habían brotado las alas. Cuando iba a mirar sus nuevos apéndices en el espejo del armario, estuvo a punto de estrellarse contra la pared.

"¿Va todo bien ahí dentro?" llamó Sam desde su habitación contigua.

"Sí", respondió, revoloteando de lado, mientras admiraba su recién descubierto poder de vuelo. Los penachos de plumas le fascinaban. Sobre todo la forma en que lo impulsaban hacia delante, como si fueran uno con su cuerpo. Sintiéndose más un pájaro que un ángel, intentó recordar lo que había aprendido en la escuela sobre ornitología. Sabía que la mayoría de las aves tenían plumas primarias, posiblemente diez. Sin las primarias, no podían volar. Él tenía más de diez plumas primarias en las alas, y también más secundarias. Intentó virar a la izquierda, luego a la derecha, probando su maniobrabilidad. Sintiéndose ingrávido, revoloteó por su habitación. Planeó sobre la silla de ruedas, que ya no necesitaba. Con estas alas podría volar por el mundo. Colocando las manos en las caderas, como Superman, se dirigió hacia la puerta. Llegó allí mientras Sam la abría.

"¡Me has dado un susto de muerte!" dijo Sam, casi dando un respingo.

Sorprendido, el adolescente intentó controlar la situación. Cambió de dirección, con la intención de ir hacia la cama. Sin embargo, la transición no fue tan fácil como esperaba, y cayó en caída libre.

Sam corrió hacia la silla de ruedas, moviéndola de un lado a otro para mantenerla debajo de su sobrino.

E-Z se recuperó y volvió a subir.

"¡Baja aquí, ahora mismo!" gritó Sam, blandiendo los puños en el aire.

Voló hacia la cama e hizo un aterrizaje seguro. Sus alas se cerraron como un acordeón sin música. "Ha sido muy divertido. Estoy deseando volar a la escuela".

Sam se dejó caer en la silla de su sobrino. "¿Qué ha sido todo eso? ¿Y de verdad crees que podrías volar con esas cosas hasta la escuela? Serías el hazmerreír".

"Se acostumbrarían y en vez de llamarme chico árbol, el tullido, podrían llamarme chico mosca. Sí, eso me gusta".

"Por lo que vi, fue un intento inepto. Y chico mosca suena ridículo".

"Fue mi primer intento. Ya le cogeré el truco".

Sam sacudió la cabeza cuando la curiosidad pudo con él y se impuso a sus emociones para huir. "¿Puedo verlo más de cerca?", preguntó. "¿Sin que te largues?", preguntó poniéndose de pie mientras E-Z giraba el cuerpo hacia él. "Han desaparecido. Por completo. Me refiero a los tatuajes. Han sido sustituidos por alas de verdad... y puedes volar. Vaya!" Se sentó antes de caer.

"Me desperté, me salieron las alas y lo siguiente que supe es que estaba volando".

"Es magia. Debe de serlo. O quizá estamos soñando, tú estás en mi sueño o yo en el tuyo y pronto nos despertaremos y...". Sam intentaba mantener la calma por el bien de su sobrino, pero por dentro el corazón se le aceleraba.

"No es un sueño".

"¿Cómo han salido? ¿Tuviste que decir algo? Quiero decir, ¿hay palabras mágicas que tengas que decir?".

"No recuerdo haber dicho nada. Aunque supongo que podría intentarlo". Se lo pensó durante unos segundos, adoptando una pose parecida a la del Pensador de Rodin. "Un momento, déjame probar algo". Agitó el aire con un movimiento sin varita: "¡Autem!".

"¿Cuándo aprendiste latín?"

"Duolingo, aplicación gratuita en mi teléfono".

"Yo también, estoy aprendiendo francés. Prueba en haut".

"¡En haut!" Todavía nada. "¡Elévenme! Qui exaltas me!" Molesto, se cruzó de brazos. "¡Supongo que es una suerte que entraras y me vieras volar, si no, no me creerías!". Se preguntó qué estarían haciendo PJ y Arden, pues hacía días que no los veía. Lo siguiente que supo fue que sus alas se abrieron y estaba planeando sobre su cama.

"Ro-ro", dijo Sam, cuando las alas se replegaron y E-Z cayó al suelo.

"Hubiera sido un buen momento para que te agarraras a mi silla".

Sam sonrió. "Es más fácil decirlo que hacerlo. Perdona. ¿Estás bien?"

"No estoy herido. Quiero decir físicamente, pero mentalmente, ¿quién sabe?". Se echó a reír. "¿Te importaría echarme una mano para sentarme en la silla?".

Sam lo levantó y lo depositó con seguridad en la silla. Cuando se inclinó hacia atrás, las alas, en vez de replegarse del todo, volvieron a salir con toda su fuerza. E-Z se elevó, revoloteando como Campanilla.

"Así que es así, ¿eh?". dijo Sam.

"Necesito cogerle el truco, no sé por qué, pero...".

"Bueno, cuando estés lista, baja y nos vamos a desayunar. Llevaré mi portátil y podremos investigar un poco".

"Es una idea inteligente. Podríamos ir al Café de Ann. Y yo bajaría, si pudiera". Las alas se replegaron cuando E-Z estuvo directamente sobre su silla de ruedas. "Esto es lo que yo llamo servicio", dijo mientras se dejaba caer suavemente en la silla.

Charlaron mientras él se vestía. Luego E-Z fue al baño, mientras Sam se preparaba.

Mientras salían de casa y se dirigían al Café de Ann, E-Z tenía dos ideas. Una, que echaba de menos ir allí y dos, "Hace siglos que no voy. No desde..."

"Lo sé, chaval. ¿Seguro que no es demasiado pronto?".

Desayunar en el Café de Ann había sido una tradición para su familia. Además de abrir temprano, a las 6 de la mañana, estaba muy cerca. Dentro había reservados, decorados con piel sintética y manteles de cuadros rojos. Su padre siempre decía que el local tenía una temática "lejana". En las máquinas de discos sonaba música de los años sesenta; las tenían instaladas para que la gente no tuviera que pagar. Y las paredes estaban llenas de pósters de Marilyn Monroe, James Dean y Marlon Brando. El menú era enorme, con todo tipo de platos, desde bocadillos Club hasta hamburguesas con queso y fondues. Pero sus favoritos personales eran los batidos extragruesos y las Tortitas de Manzana.

En cuanto los vio, la propietaria Ann se acercó enseguida. "Te he echado de menos". Le rodeó con los brazos.

"Éste es mi tío Sam, Ann". Se estrecharon la mano. "Por cierto, gracias por la tarjeta y las flores, has sido muy amable".

Se le llenaron los ojos de lágrimas. "Ahora, ven aquí. Tengo la mesa perfecta para ti".

Estaba en un rincón tranquilo, así que no tenía que preocuparse de que su silla estorbara al personal de cocina o a los clientes.

"Enseguida pondré a cocinar tu plato habitual. ¿Sabes qué te apetece, Sam, o vuelvo?".

"¿Qué quieres?

"Tortitas de manzana a la mode. Son las mejores del planeta y Ann siempre trae jarabe y canela extra".

"Suena bien, pero creo que me decantaré por los aburridos huevos con beicon, acompañados de champiñones".

"Entendido", dijo Ann. "¿Y vas a pedir un batido espeso de chocolate?". Asintió. "¿Quieres café, Sam? "Solo", contestó. "Y gracias por darme la bienvenida".

"Cualquier tío de E-Z es bienvenido aquí".

Cuando Ann fue a por las bebidas, él soltó: "Tío Sam, creo que me estoy convirtiendo en un ángel".

"Antes tendrías que morir", dijo él, mientras Ann dejaba las bebidas en la mesa y volvía hacia la cocina.

"Puede que sí muriera, en el accidente de coche. Durante unos minutos. ¿Quién sabe cuánto tiempo se tarda en convertirse en ángel? En las películas, si llegas a las Puertas Perladas, el gran hombre puede dar la vuelta a las cosas y enviarte de nuevo aquí abajo. Eso si crees en esas cosas, que yo no creo".

"Yo tampoco. Los ángeles no existen. Ni demonios. Aparte de dentro de cada uno de nosotros. Quiero decir que todos tenemos el bien y el mal dentro de nosotros. Es lo que nos hace humanos. En cuanto a lo de morir, me lo habrían dicho si hubieran tenido que resucitarte. No dijeron nada de eso".

"Entonces, ¿cómo se explica la repentina aparición de los tatuajes, y que ahora se hayan convertido en alas de verdad? Ayer no las tenía. Entonces, ¿qué ha pasado entre ayer y hoy? Nada que justifique el crecimiento de nuevos apéndices".

"Nada que se te ocurra", dijo Sam. Y se echó a reír.

E-Z se zampó una tortita y se la metió en la boca, dejando que el sirope le corriera por la barbilla. Ann se hizo de rogar.

"Bueno, desde luego no tienes un aspecto muy angelical en este momento", dijo Sam, cogiendo un tenedor de huevos revueltos. "Estos están muy buenos". Tras unos bocados más, metió la mano en el maletín y sacó el portátil. Lo encendió y tecleó "definir ángel". Giró la pantalla para que pudieran leer la información mientras comían.

"Un mensajero, especialmente de dios", leyó Sam, "una persona que realiza una misión de dios o actúa como si fuera enviada por dios".

"Actúa como si", repitió E-Z mientras se metía más tortitas en la boca.

Sam leyó: "Una persona informal, especialmente una mujer, que es amable, pura o hermosa". Eres muy guapa, con tu pelo rubio y tus ojos azules".

"Cállate".

"Una representación convencional", hizo una pausa. "De cualquiera de estos seres representados en forma humana con alas". Sam tomó otro sorbo de café, a tiempo para que Ann volviera a llenar su taza.

"Os vais a indigestar, leyendo y comiendo al mismo tiempo".

E-Z se rió.

Sam dijo: "No, trabajo en informática, así que se me da bastante bien la multitarea".

Ann soltó una risita y se alejó.

"¿Qué quieren decir con "estos seres"?" preguntó E-Z.

"Dice que en la angelología medieval, los ángeles se dividían en rangos. Nueve órdenes: serafines, querubines, tronos, dominaciones (también conocidos como dominios)", hizo una pausa, tomó un sorbo de agua. Luego continuó: "Virtudes, principados (también conocidos como principados), arcángeles y ángeles".

"¡Vaya! Intenta decirlo diez veces rápidamente". Sonrió. "No tenía ni idea de que hubiera tantos tipos de ángeles".

"Yo tampoco. Esta comida está tan buena que no dejo de preguntarme si tú y yo estamos soñando".

"¿Quieres decir que desearías que estuviéramos soñando y que mis alas desaparecieran?"

"Se irían tan rápido como vinieron". Acercó el portátil y tecleó "A un humano le crecen alas de ángel". E-Z se burló, pero se inclinó más para ver qué aparecía. Sam hizo clic en un artículo científico.

"Como he dicho, no hay constancia de alas de ángel. No lo creo. Creo que quizá aquel incidente, ya sabes, cuando salvé a la niña, tuvo algo que ver con su aparición. Fue un desencadenante, porque la quemazón empezó justo después de llegar a casa y luego, bueno, ya sabes el resto".

"¿Qué tal os va aquí?" preguntó Ann.

"Te he pedido dos tortitas más, E-Z, como siempre. ¿A menos que puedas comer más?"

"Perfecto".

"¿Y tú, Sam?"

"Sólo un recambio", dijo él, ofreciéndole su taza vacía, que ella se llevó y volvió con ella llena hasta el borde. Sonó un timbre en la cocina y ella fue a buscar las tortitas.

E-Z les echó sirope de arce, seguido de una cucharada de mantequilla. "Eres la mejor", le dijo a Ann. Ella sonrió y los dejó para que terminaran de comer.

El tío Sam observaba atentamente a su sobrino. Deseó haber pedido las Tortitas de Manzana, pero ya estaba lleno.

"¿Qué?"

"No sé, es como si al probar la comida se te iluminara la cara como un ángel en un árbol de Navidad".

E-Z bajó el tenedor. "Muy gracioso. Eres un comediante normal".

Cuando terminaron de comer, Sam preguntó: "Después de leer sobre los ángeles, ¿has cambiado de opinión? Quiero decir si sigues pensando que te convertirás en uno. Y si es así, ¿qué vas a hacer al respecto?".

"¿Qué quieres decir? Tengo alas, más vale que las use".

"A mi modo de ver, si no las utilizas, si niegas su existencia, desaparecerán".

E-Z negó con la cabeza. "No es una opción. Ya has visto lo que ha pasado. Salieron, sin que yo hiciera nada y ya te he dicho que cuando me desperté esta mañana estaba volando por encima de mi cama. Estaba jodidamente VOLANDO".

"E-Z, estoy pensando en el futuro. Quizá necesites hablar con alguien, necesitamos hablar con alguien sobre esto".

"El accidente ocurrió hace más de un año, el consejero dijo que estoy bien. Además, todo esto es nuevo".

"Podría retrasarse. Algo podría haberlo desencadenado".

"Repasemos los hechos. Número uno, tenía tatuajes cuando no me hacía tatuajes. Número dos, mi silla se levantó del suelo y salvé a una niña; además, me levanté de mi asiento para atrapar una pelota en un partido. Lo he negado hasta hace poco... Número tres, los tatuajes ardían como el infierno. Número cuatro, aparecieron alas de verdad. Número cinco, puedo volar. ¿Te suena algo de eso? Quiero decir en otros casos".

"Eso es lo que no entiendo. Cómo pudo ocurrir, pero la mente es un ordenador enormemente potente. Es lo que nos separa del reino animal y la razón por la que el hombre ha sobrevivido tanto tiempo. He oído historias, en las que una persona estaba en peligro extremo y llegó la ayuda. O en las que una persona quedó atrapada bajo un vehículo y un transeúnte pudo levantar el coche para salvarle la vida".

"He leído sobre eso; se llama fuerza histérica - pero nunca he oído hablar de un caso en el que crecieran alas".

"Quizá las alas, aparecieron, para salvarte".

"¿De qué? ¿Demasiado sueño?", se rió. "Habrían estado bien en el accidente. Podría haber hecho volar a mamá y papá para pedir ayuda en vez de esperar allí con un maldito tronco encima. Sujetándome. No es un milagro. Yo, no sé lo que es Tío Sam, sólo sé que lo es".

"Estamos charlando. Evaluando. Intercambiando ideas. Intentando encontrar respuestas".

"Estaría bien tener respuestas, pero... ¿quién sería un experto al que pudiéramos preguntar en esta situación?".

"¿Y un ministro o un cura?".

E-Z negó con la cabeza. No había estado en una iglesia desde el funeral de sus padres.

"¿Qué tenemos que perder?"

"Supongo que merece la pena intentarlo, pero. Oh, oh".

"¿Qué pasa?"

"Siento que me empujan los omóplatos. Tengo que irme, y no hemos venido en coche. Siento tener que darme prisa. Nos vemos en casa". Salió a toda velocidad de la cafetería y siguió avanzando, hasta que sus alas salieron de la sudadera y se elevó del suelo. En casa se dio cuenta de que no tenía llave, pero no podía quedarse en el porche, no con las alas fuera. Intentó en latín que volvieran a entrar, pero nada funcionó. Así que voló y consiguió entrar por la ventana de su habitación sin que nadie le viera.

"¡E-Z!" llamó Sam cuando llegó a casa. "¡E-Z!"

"Estoy aquí arriba".

"¿Estás bien? He venido lo más rápido que he podido".

"Entra, toma asiento. No hay señales de que se hayan replegado... todavía".

Al ver la ventana abierta. "¿Supongo que volaste hasta aquí?".

"Sí, menos mal que anoche olvidé cerrar la ventana. Podríamos continuar nuestra discusión, hasta que pueda volver a salir".

"Conozco a un sacerdote. Si alguien puede ayudar, es él".

Dos horas más tarde, con la radio a todo volumen, se dirigían a ver al cura. Take Me to Church, de Hozier, llenaba las ondas. ¿Coincidencia? Pensaron que no y cantaron la letra a pleno pulmón. Por suerte, con las ventanillas subidas, nadie podía oírles.

✳✳✳

En la iglesia no había acceso para sillas de ruedas y había que subir muchas escaleras.

"Tú dirígete a la sombra del gran roble y yo iré a buscar al padre Hopper", sugirió Sam.

"¿Es ése su verdadero nombre?" E-Z se rió.

"Por lo que yo sé. Quédate aquí y volveré enseguida".

"Lo haré".

El adolescente sacó su teléfono. Aunque disfrutaba de la sombra que le proporcionaba el árbol, le resultaba imposible ver la pantalla. Cambió de posición la silla y notó un zumbido inusual en el aire. Un ruido que parecía proceder del propio árbol.

Levantó la vista, intentando discernir si se trataba de un pájaro, cuando el tono se elevó y el volumen aumentó. Silenció el teléfono. El sonido terminó y empezó uno nuevo. Éste era melódico, hipnotizador, y le hizo caer en un estado de ensoñación.

Su cabeza se inclinó hacia delante, hasta que un nuevo sonido le despertó. Susurros que provenían de encima de su cabeza. Voces que brotaban del follaje del árbol. Se cruzó de brazos y sintió un escalofrío que le hizo soltar las alas. Antes de darse cuenta, su silla se levantó del suelo.

Esquivó las ramas mientras se elevaba hacia el corazón del enorme roble.

"¡Bájame!", ordenó.

Continuó elevándose. Cuando sus extremidades conectaron con el árbol, la sangre le goteó por los antebrazos y la cabeza.

"¡Alto! Estúpido..."

"Eso no está muy bien, bip-bip", dijo una vocecita aguda.

"Creía que habías dicho que era adorable cuando estaba despierto zoom-zoom", dijo una segunda voz.

"¡Guau!" dijo E-Z, intentando controlarse y evitar perder el control por completo. Respiró hondo varias veces. Se tranquilizó. "¿Quién, qué y dónde estáis?".

"Quiénes somos, en efecto, bip-bip".

Una vez más, las mismas luces, una verde y otra amarilla, bailaron ante sus ojos.

Curioso, dijo: "Hola".

La luz amarilla desapareció.

Se oyó un grito.

Luego desapareció la verde.

"¿Pero qué...? Vosotros dos, seáis lo que seáis, dejad eso. Me debéis una explicación. Sé que me habéis estado acosando. Salid y enfrentaos a mí".

POP.

Una cosita verde parecida a un ángel se posó en su nariz. Un hedor extrañamente desagradable, casi parecido al de una hamburguesa, se extendió en su dirección. Se tapó la nariz.

"Buenos días, E-Z, bip-bip", dijo la cosa, haciendo una reverencia.

Cuando dijo su nombre, perdió el control de sus alas. Se tambaleó en el aire como un pájaro que aprende a volar. Quiso que sus alas volvieran a salir, pero no le hicieron caso. Se agarró a los brazos de la silla mientras caía en picado.

POP!

Ahora eran dos. Cada uno le agarró por una oreja y le bajaron a él y a su silla con seguridad hasta el suelo.

"¡Ay!", dijo E-Z frotándose las orejas cuando el cura y su tío doblaron la esquina. "Gracias, creo".

POP.

POP.

Las dos criaturas desaparecieron.

"E-Z, éste es el padre Bradley Hopper y está deseando ayudarte".

Hopper extendió la mano, E-Z hizo lo mismo. Al conectar sus carnes, el adolescente desapareció.

Hopper y Sam permanecieron uno al lado del otro, con los ojos vidriosos. Ambos miraban fijamente a la nada, como dos maniquíes en un escaparate.

CAPÍTULO 7

Los pies de E-Z tocaron el suelo y, al principio, quedó cegado por el blanco. Puso un pie delante del otro, primero andando, luego trotando en el acto, y después rompiendo a correr a toda velocidad. Se lanzó contra la pared, rebotando, como si estuviera en un castillo saltarín.

POP

POP

Ya no estaba solo. Delante de él había dos cosas con múltiples alas, en flor. Una era verde, la otra amarilla. A medida que se acercaba, sus alas giraban como un caleidoscopio alrededor de unos ojos dorados.

Tocó primero los pétalos-ala de la flor verde. Nunca había visto una flor completamente verde, y menos aún una con ojos. Los ojos que reconoció de su encuentro anterior. Las alas le hicieron cosquillas en el dedo y la flor verde se rió. Evitó acercarse demasiado con la nariz, esperando que le llegara un olor a queso, pero no fue así.

La segunda flor, amarilla, tenía más pétalos-alas que la otra. Los pétalos respondían a su tacto, como corales moviéndose en el océano. Los ojos dorados de ésta tenían pestañas definidas. Se inclinó hacia ella para observarla más de cerca.

Mientras seguía observándolas, un PFFT llenó el aire. Con él surgió un potente y dulcísimo hedor que le produjo náuseas. Retrocedió, cubriéndose la nariz y limpiándose el escozor de los ojos.

La flor amarilla habló. "Me llamo Reiki y te hemos traído aquí bip-bip".

"¿Dónde está aquí exactamente? ¿Y por qué me funcionan las piernas?"

"No importa dónde, E-Z Dickens, ni por qué estás como estás bip-bip".

Cruzó la habitación y cogió la flor amarilla con la mano derecha y la verde con la izquierda. ¡WHOOSH! Esta vez le cayó un vaho acre, y empezó a estornudar y siguió estornudando.

"Por favor, bájanos, antes de que nos dejes caer, bip-bip".

"Hay una caja de pañuelos, allí zoom-zoom".

"Oh, perdona". Los bajó, cogió un pañuelo... pero ya no lo necesitaba. Mantuvo la distancia, apoyando la espalda contra la pared blanca.

"Ahora te traemos aquí, bip-bip".

"Soy Hadz, por cierto zoom-zoom".

"Porque necesitabas saber bip-bip".

"Que no debes hablar con el sacerdote, sobre tus alas zoom-zoom".

"De hecho, no debes hablar con nadie de nada bip-bip".

Apoyando la mano en la pared, caminó, pensando mientras lo hacía. "En primer lugar, ¿por qué dices bip-bip y zoom-zoom?".

Reiki y Hadz pusieron los ojos en blanco. "¿No has oído hablar de la onomatopeya?".

"Claro que sí".

"Entonces deberías saber, bip-bip".

"Que añade emoción, acción e interés, zoom-zoom".

"Para que el lector oiga y recuerde, bip-bip".

"Lo que quieres que sepan, zoom-zoom".

Se rió. "Eso es cierto si estás leyendo algo, pero no es necesario en una conversación. Recuerdo lo que dice Reiki porque lo dice él y recuerdo lo que dice Hadz porque lo dice ella. Supongo que uno de vosotros es una chica y el otro un chico, ¿es correcto?".

"Sí", confirmó Hadz. "Yo soy una chica. Me alegro de no tener que seguir diciendo zoom-zoom".

"Y yo soy un chico. Echaré de menos decir bip-bip".

"Puedes decirlos si quieres, pero es un poco molesto y durante la conversación la repetición puede resultar aburrida".

"¡No queremos ser aburridos!"

"Anularía nuestro propósito, el de traeros aquí".

"De acuerdo", dijo E-Z. "Volvamos a lo que dijisteis antes de empezar a hablar de un recurso literario". Asintieron. "Si no puedo contarle a nadie lo que me ocurre, entonces estoy solo en esta cosa, sea lo que sea. Salvé a una niña. Supongo que tiene algo que ver contigo".

"Sí, tienes razón en esa suposición bip, ups, lo siento".

"Quiero saber qué es esto y por qué me pasa a mí".

"Cierra los ojos", dijo Hadz.

"Lo haré, pero sin bromas".

Las flores soltaron una risita.

Sus pies abandonaron el suelo y aterrizó en una habitación diferente. En esta habitación, como antes, al principio estaba cegado por el blanco. Cuando sus ojos se acostumbraron al entorno, se fijó en los libros. Estantes y estantes apilados con volúmenes hasta el cielo.

"No tengas miedo", le dijo Hadz.

No tenía miedo. De hecho, estaba extasiado. Porque en esta habitación no sólo podía usar las piernas, sino que podía sentir la sangre que latía en ellas. Sus sentidos se agudizaron; el olor a libro antiguo llegó hasta él. Aspiró el dulce perfume de prunus dulcis (almendra dulce). Mezclado con planifolia (vainilla), creaba un anisol perfecto. Su corazón latía, la sangre bombeaba: nunca se sintió más vivo. Quería quedarse, para siempre.

Dentro de sus zapatos, el movimiento de cada dedo le producía placer. Recordó un juego al que solía jugar de pequeño. Se quitó los zapatos y los calcetines y tocó cada dedo diciendo la rima: "Este cerdito fue al mercado".

"Ha perdido la cabeza", dijo Reiki, mientras E-Z exclamaba: "¡Wee!".

"Dale un momento. Este lugar es increíble".

E-Z volvió a ponerse los calcetines. Se deslizó por la habitación sobre los suelos blancos que brillaban como una capa de hielo. Se rió, mientras se impulsaba contra la primera pared, y luego contra la segunda, rebotando y aterrizando en el suelo. No podía parar de reír, hasta que se dio cuenta de que algo extraño ocurría con los libros que tenía encima. Sacudió la cabeza cuando uno salió volando de la estantería hacia su mano. Era un libro de su antepasado, Charles Dickens. El libro se abrió solo, lo hojeó de principio a fin y luego volvió volando al lugar de donde había salido.

"Bienvenido a la biblioteca de los ángeles", dijo Reiki.

"¡Vaya! ¡Simplemente vaya! Entonces, ¿vosotros dos sois ángeles?"

"Tienes razón", dijo Hadz. "Y estáis aquí porque hemos sido nombrados vuestros mentores".

"¿Nombrados? ¿Quién los ha nombrado? ¿Dios?", se burló.

Hadz y Reiki se miraron, sacudiendo sus cabezas floridas.

"Nuestro propósito".

"Es explicarte tu misión".

"También, mostrarte el camino. Para ayudarte", dijeron juntas.

"¿Misión? ¿Qué misión?" Su mente se distrajo. En su cabeza oyó el tema de Misión Imposible. Vio a Tom Cruise siendo introducido por cable en una sala de ordenadores. "¡Eh, espera un momento! Vosotros dos estabais en mi habitación, ¿no? Y me habéis estado siguiendo desde el accidente".

"Estábamos esperando el momento adecuado para presentarnos", dijo Reiki. "Esperábamos hacerlo de una manera menos formal, pero cuando fuisteis...."

"...ibas a hablar con el Sacerdote, tuvimos que presionar".

"Pues sí que os tomasteis vuestro tiempo. Creía que estaba alucinando", dijo en voz más alta de lo que había querido.

POP.

Reiki desapareció.

"¡Mira lo que has hecho!" dijo Hadz.

POP.

Se habían ido y él no tenía ni idea de dónde, cuándo o si volverían. Aun así, no iba a perder ni un minuto. Se tiró al suelo e hizo veinte flexiones, seguidas del mismo número de saltos de tijera. Le dolían los ojos por el resplandor y deseó tener unas gafas de sol.

TICK-TOCK.

Un par de gafas de sol aparecieron de la nada. Se las puso mientras le gruñía el estómago. Se hizo un selfie y luego miró la hora. Algo raro pasaba con el reloj. Se estaba volviendo loco. Y los números no paraban de cambiar. Su estómago volvió a rugir.

TICK-TOCK.

Apareció una hamburguesa con queso y patatas fritas, ahora tenía las manos llenas. Pensó en un batido espeso de chocolate con una cereza al marrasquino encima.

TICK-TOCK.

Un batido extragrande, con una cereza encima, llegó a una mesa blanca que antes no estaba allí. ¿O no? ¿Ya que tanto la mesa como la pared eran blancas?

Antes de empezar a comer, saboreó su olor y, con cada bocado, su sabor. Era como si nunca antes hubiera comido una hamburguesa con queso o patatas fritas. Y la cereza, sabía tan dulce, seguida por el chocolate achocolatado. Devoró la comida de pie. La comida siempre sabía mejor cuando se consumía de pie. Este pedido sabía tan bien; era ridículo.

Cuando terminó, no dio las gracias a nadie por la comida. Luego dirigió su atención hacia la biblioteca y, una escalera blanca en la que no había reparado antes. Sólo pensar en ella bastó para que la escalera se acercara a él, como si quisiera serle útil. Subió a ella y se movió, como un disco en un tablero de ouija, pasando junto a un estante tras otro de libros. Entonces, se detuvo.

Mientras subía, leyó los títulos de los lomos. Los que tenía justo delante eran de Charles Dickens, y cada volumen tenía su propio par de alas.

Una voló hacia él: Cuento de Navidad. Pasó un par de páginas, para mostrarle que se trataba de una Primera Edición, publicada el 19 de diciembre de 1843. Mientras seguía pasando las páginas, se maravilló ante las ilustraciones. Qué detalladas eran y además a todo color. Y al fondo, detrás del Pequeño Tim y su familia en uno de los dibujos, algo se movió. Unos ojos. Dos pares. ¡Hadz y Reiki! Casi dejó caer el libro. Como tenía alas, volvió a donde vivía en la estantería. Mientras tanto, perdió el equilibrio, se dejó caer por la escalera y se aferró a ella para salvar su vida. Cuando volvió a estar estable, bajó poco a poco y plantó los pies firmemente en el suelo. Se preguntó por qué sus alas no habían surgido para ayudarle. Aquí todo el mundo tenía alas que funcionaban, de hecho los ángeles tenían varios pares de alas. En el mundo de ahí fuera, sus piernas no funcionaban, y él tenía alas, que sí lo hacían. Aquí, dondequiera que estuviese, sus piernas funcionaban, pero sus alas ya no.

Se rascó la cabeza. Si al menos el Tío Sam estuviera aquí. Pero no podía hablar con él. Estaba prohibido. Pero, ¿por qué? ¿Qué podían hacerle? Los ángeles le habían estado acechando desde el accidente. Supuso que eran ángeles buenos, ya que no le habían hecho daño... todavía. La nostalgia se abalanzó sobre él como una ola gigante, amenazando con hundirlo.

"¡Quiero irme a casa!", gritó, mientras su teléfono vibraba. Antes de que pudiera desbloquearlo...

POP.

Reiki lo cogió y se lo lanzó a...

POP.

Hadz, que lo lanzó contra la pared blanca más lejana. Rebotó, cayó al suelo y se hizo añicos.

"¡Me debes cuatrocientos pavos por un teléfono nuevo! Espero que los ángeles tengáis dinero en efectivo".

Hadz se acercó y abofeteó a E-Z en la cara con el ala. Las plumas le hicieron cosquillas, en lugar de herirle.

"Ahora tú, E-Z Dickens, siéntate aquí". Una silla blanca le presionó la parte posterior de las piernas obligándole a sentarse.

"Y deja de hacer el gilipollas", dijo Reiki.

"¡Vaya! ¿Pueden los ángeles decir eso? ¿Qué clase de ángeles sois? ¿Ángeles en entrenamiento? ¿Soy yo el que os va a ayudar a ganaros las alas?".

Se dio cuenta de que ya tenían alas. De hecho, varios pares de ellas. Así que lo que intentaba decir parecía discutible mientras planeaban sobre él.

"¿Soy yo quien va a ayudarte, o se supone que tú vas a ayudarme a mí? Porque si es así, como has dicho, lo estás haciendo fatal. No hablaré bien de ninguno de los dos a corto plazo".

"Estamos esperando una disculpa".

"Pues la estaréis esperando, durante mucho tiempo. Porque tengo sed".

TICK-TOCK.

Apareció una jarra de cerveza de raíz en un vaso esmerilado. Se la bebió de un trago. "Porque me has traído aquí, sin mi consentimiento. Y..."

"¡CÁLLATE!", dijo una voz atronadora, mientras se envolvía desde una de las paredes blancas.

Era tan alta como el techo. De hecho, más alta. Era torcida, pero inmensa en tamaño y estatura. Sus alas rozaban las paredes y el techo. "SUJÉTATE LA LENGUA", exigió el ángel sobredimensionado, tirando de sus alas hacia E-Z con un SWOOSH hasta que estuvo justo delante de su cara.

"**E**-Z Dickens, has sido convocado ante mí", dijo el enorme ángel. "Soy Ophaniel, soberano de la luna y las estrellas. Y éstos son mis subordinados. NO les tratarás con insolencia. DEBERÁS tratarlos con amabilidad y respeto, pues son mis OJOS y mis OÍDOS para ti. Sin ellos no eres NADA".

Balbuceó una frase ininteligible luchando contra el impulso de huir.

"NO interrumpas hasta que termine de hablar", ordenó Ophaniel.

Asintió, con el cuerpo tembloroso, demasiado asustado para decir una palabra.

"E-Z", tronó su voz. "Te hemos salvado. Te hemos salvado, con un propósito".

Reiki y Hadz se acercaron revoloteando y se sentaron sobre los hombros de Ophaniel.

"Estate quieta", ordenó Ophaniel.

Plegaron las alas, inclinándose para no perderse ni una palabra.

E-Z hizo una nota mental para preguntarles cómo plegar sus alas con tanta eficacia como ellos lo hacían con las suyas. Eso si recuperaba sus alas.

Ophaniel continuó. "Cuando tus padres murieron, E-Z Dickens, tú también deberías haber muerto. Era tu destino. Uno que alteramos para nuestro propósito. Te defendimos con éxito. Te prometimos que harías cosas notables. Que ayudarías a otros. Te salvamos y se contrajo una deuda. Una deuda que pagaste en su mayor parte entregando tus piernas".

¿Renunciando? Eso sonaba como si hubiera podido elegir. Que había tomado la decisión final de no volver a caminar, lo cual era mentira. Abrió la boca para hablar, pero la voz de Ophaniel retumbó.

"Todavía hay una deuda pendiente, una deuda que tienes con nosotros".

E-Z tomó una gran bocanada de aire. Quería hablar, pero no podía. Movió los labios, pero no emitió ningún sonido. ¿Cómo se atrevía ese ángel a tomar decisiones por él y a decirle que tenía una deuda?

"Te dimos herramientas: una silla poderosa. Esto para ayudarte. Para que un día puedas estar aquí con tus padres y caminar con nosotros, con ellos, en el más allá". Ophaniel vaciló unos segundos, para dejar que aquello calara. "Hoy puedes hacerme una pregunta, pero sólo una. Que sea buena".

En lugar de contemplar su pregunta, E-Z soltó: "¿Cuándo podré volver a ver a mis padres?".

"Cuando hayas pagado toda tu deuda".

"Una pregunta más, por favor".

"Habrá tiempo para preguntas y tiempo para respuestas. Por ahora, estás al cuidado de mis subordinados. Puedes hacerles preguntas y ellos pueden elegir responder. O pueden decidir no hacerlo. Será su decisión responder sí o no. Del mismo modo, tú podrás elegir si les respondes o no cuando te hagan preguntas. Trátalos como te gustaría que te trataran a ti y no reveles detalles sobre este lugar o sobre nuestro encuentro. No hables de esto, de nada de esto a ningún humano. Repito, mantén estos asuntos sólo para ti".

Seguía sin poder hablar. Sin preguntarlo, Ophaniel procedió a responder a su siguiente pregunta.

"Si rompes esta promesa, tus alas serán como la pasta -débiles- y nunca podrás pagar tu deuda".

Pensó en otra pregunta.

"Sí, cuando salvaste a aquella niña -la quema- formaba parte del proceso. Tus alas necesitan arder, fortalecerse, unirse a ti, así estarás preparada para tu próximo desafío".

Pensó, ¿y si no quiero?

Ophaniel se rió y voló hasta la parte más alta de la habitación. Luego desapareció por el techo.

CAPÍTULO 8

Lo siguiente que supo es que estaba de nuevo en su silla de ruedas frente al Sacerdote.

"Tío Sam, tenemos que irnos. AHORA".

"Oh", dijo Sam, mientras veía a su sobrino alejarse en silla de ruedas. "Te pido disculpas por hacerte perder el tiempo, él... necesita irse a casa". Sam se apresuró mientras Hopper le seguía a la zaga. Aceleró el paso, alcanzó a su sobrino y tomando el control de las empuñaduras empujó la silla de ruedas. Hopper corrió y pronto estaba caminando junto a ellos, aunque sin aliento.

"Ya veo, entonces sí que no tienes alas, E-Z".

Miró por encima del hombro, se llevó un vaso de mentira a los labios y luego puso los ojos en blanco.

"No tengo problemas con la bebida -dijo Sam desafiante.

De nuevo, el adolescente puso los ojos en blanco, mientras se acercaban al aparcamiento. El sacerdote no le siguió.

Cuando llegaron al coche, Sam dijo, mientras intentaba recuperar el aliento: "¿Qué demonios ha sido eso?", mientras abría la puerta y ayudaba a su sobrino a entrar.

"Salgamos de aquí primero". Estaba ganando tiempo porque no podía contarle lo que había pasado. Tenía que inventar una mentira convincente, y nunca había mentido bien. Su madre siempre le pillaba porque siempre se le ponían rojas las orejas cuando mentía.

"Espero una explicación", dijo Sam, apretando con fuerza el volante.

Por los altavoces del coche sonaba Don't Look Back, de Boston.

"Lo siento, tenía que irme. No creo que Hopper pudiera ayudar y no quería que supiera nada más de lo que ya le habías contado".

"Aún no me has explicado por qué insinuaste que tenía un problema con la bebida".

"Ah, eso. Me vino a la cabeza y lo dije sin pensar. Lo siento".

"Me enorgullezco de no tomar alcohol. Claro, me tomo una cerveza de vez en cuando. Para ser sociable en un evento de trabajo. Pero no soy como los demás borrachos de Informática. Y nunca lo seré".

E-Z no estaba pensando en lo que decía el tío Sam. En su lugar, estaba repasando la información que le había contado Ophaniel. Estaba en deuda, con los ángeles, por haberle salvado y había cambiado sus piernas por su vida. El trato de los ángeles tenía su propio propósito, y ahora esperaban que pagara la deuda, pero ¿cómo?

Lo único que sabía con certeza era que tenía que ganar. Cualquiera que fuera la tarea que le pusieran en su camino, tenía que superarla. Con la ayuda de Reiki y Hadz, por pequeños que fueran, pagaría lo que le debían. Entonces, aunque sólo fuera eso, volvería a ver a sus padres. Supuso que eso significaba que moriría y se reunirían en el cielo, si es que existía ese lugar. Pronto lo averiguaría.

CAPÍTULO 9

De nuevo en casa, el adolescente fue directamente a su habitación.

"Si necesitas mi ayuda", fue todo lo que Sam consiguió decir antes de que su sobrino cerrara la puerta de un portazo.

E-Z se cubrió la cara con las manos. Haber recuperado las piernas había sido increíble. Apoyó los puños en los reposabrazos, mientras sus alas salían y lo llevaban volando hasta la cama. "Gracias", les dijo, como si estuvieran separadas y no formaran parte de él.

"Cuidado", dijo Hadz, que había estado descansando sobre su almohada. El ángel voló hasta la lámpara y dijo: "Despierta, está en casa".

E-Z estaba ahora cómodamente recostado en su cama, con los ojos cerrados, casi dormido.

"Esta noche vuelas", cantaron los ángeles.

"Mira, he tenido un día agotador, como sabes, y lo único que quiero es dormir".

"Puedes echarte una siesta de cinco minutos", dijo Reiki.

"Después, ¡a levantarse!".

Estaba casi dormido de nuevo cuando irrumpió Sam. "Siento molestarte, pero PJ y Arden dicen que llevan todo el día intentando localizarte. ¿Te has quedado sin batería?"

"Eh, no, he perdido el teléfono", dijo mirando mal a sus dos ayudantes.

"Mentiroso, mentiroso, pantalones en llamas", le reprendieron. Sam, dada su falta de reacción, no oyó sus agudas voces. E-Z les espantó.

"Por eso siempre compro un seguro con mi plan. No te preocupes, mañana te conseguiremos un repuesto. De todas formas, ya es hora de que te actualices. Puedes conservar el mismo número de teléfono. Entonces avisaré a los chicos de que estarás en contacto".

"Gracias, tío Sam. Buenas noches".

"Buenas noches E-Z".

CAPÍTULO 10

En su sueño, estaba en un viaje de esquí con sus padres. De hecho, era un recuerdo, pero lo estaba reviviendo como un sueño.

E-Z tenía seis años. A él y a su madre les estaba enseñando todos los movimientos un instructor de esquí. Mientras tanto, su padre -que no era un novato como ellos- se abría paso por la colina repleta de nieve.

Aprendieron a esquiar en la colina para bebés, que era como se referían a las colinas de prueba.

"¿Estáis preparados", les dijo el instructor, "para lanzaros a una de las colinas grandes?".

Dijeron que sí. Creían que lo estaban. Pero decir y hacer son dos cosas distintas.

En el primer intento, no llegaron lejos antes de que uno de ellos se cayera. Era su madre, y cuando se desmayó, se sentó en la fría nieve riendo. Él la ayudó a levantarse y volvieron a ponerse en marcha.

Esta vez, fue E-Z quien se cayó, hundiendo la cara en la nieve blanca y fría. Se sacudió, fue ayudado a levantarse por el instructor, mientras su madre pasaba rociando nieve a su paso. Se lo tomó como un reto y aceleró, pasándola con una sonrisa de satisfacción.

Lo siguiente que supo es que ella venía detrás de él. Se topó con un poco de nieve polvo compacta y lo dejó por los suelos. Aun así, se esforzó al máximo y la alcanzó. Bajaron a la deriva, uno al lado del otro, luego se separaron y volvieron a juntarse. Todo el tiempo riendo como dos niños pequeños.

Al pie de la colina, vestido de pies a cabeza de azul cielo, estaba su padre. Destacaba, una franja de azul rodeada de nieve virgen, con una silla de ruedas en las manos.

"La nieve", dijo E-Z, inhalando otro malvavisco. Sabía aún mejor derretido. Entonces sintió un frío glacial y se despertó rodeado de hielo en la bañera. El tío Sam estaba allí, sentado a su lado.

"E-Z, esta vez sí que me has asustado".

"¿Qué? ¿Qué ha pasado?

"He oído unos ruidos y he entrado a ver cómo estabas. Tu ventana estaba abierta de par en par, con las cortinas ondeando. Te palpé la frente y estabas ardiendo. Temí que te diera un ataque. Incluso tus alas parecían marchitas.

"Pensé en llamar al 911, pero decidí no hacerlo. No podía llevarte a urgencias, no con esas alas. Tuve que ponerte en tu silla de ruedas y llenar la bañera de hielo para ver si podía bajarte la temperatura. He salido a buscar hielo, a pedir donativos a los amigos del barrio. Han sido de gran ayuda".

"Ya me encuentro mejor, gracias", dijo intentando levantarse. No llegó muy lejos, antes de volver a caer.

"Tienes que decirme qué está pasando".

"No puedo, tío Sam. Tienes que confiar en mí".

El adolescente intentó levantarse de nuevo. "Espera aquí", dijo Sam, mientras salía del cuarto de baño y volvía con la silla de ruedas. "Toma", puso el termómetro en la boca de su sobrino. "Si es normal, puedes sentarte en la silla".

Era normal, así que con una bata envolviéndole, levantaron a E-Z de la bañera y lo sentaron en la silla. Sus alas se expandieron, luego se relajaron en su sitio y ya no las sentía como si estuvieran ardiendo.

Al pasar por el salón, echó un vistazo a las noticias.

"Anoche se desvió un avión accidentado", dijo el portavoz. "Lo llaman un aterrizaje milagroso, pero aquí tienes unas imágenes sin editar, tomadas por uno de nuestros telespectadores mientras sucedía".

Vio el vídeo, que mostraba el aterrizaje del avión, pero no había nada más: ninguna imagen suya. Se sintió aliviado y volvió a su habitación.

"Vuelvo enseguida para ayudarte a vestirte".

Deseaba poder contárselo todo a su tío, pero no podía. "Gracias", dijo después de vestirse.

"Siempre te cubro las espaldas".

"Lo mismo digo", dijo el adolescente. "Creo que voy a bajar a mi despacho a escribir una cosita".

"Buena idea, tengo tareas pendientes en casa que me gustaría terminar hoy". Empezó a irse, pero se volvió. "¿Sabes, chiquilla? No tienes por qué escribir una novela enseguida. Podrías escribir un diario. Escribe las cosas que algún día podrías olvidar. Como recuerdos preciosos".

"Pensé en escribir algo y llamarlo Ángel del Tatuaje".

"Eso me gusta".

Una vez en su despacho, se sentó un momento a pensar en el avión, a preguntarse cómo había podido hacer lo que le pedían. No podría haberlo conseguido sin la ayuda del cisne y sus amigos pájaros, o sin la ayuda de su silla. Quizá incluso aquellos dos aspirantes a ángeles le habían ayudado a su manera animándole en el fondo.

Se concentró en escribir y tecleó el título: Ángel del Tatuaje.

Sus dedos querían teclear más, pero su mente quería divagar. Se reclinó en la silla y se quedó mirando la pantalla vacía. Necesitaba una primera frase fantástica, como la que había escrito su antepasado Charles Dickens: "He nacido".

Cuando, algún tiempo después, ya no pudo soportar la visión de la pantalla blanca, tecleó -.

Ojalá nunca hubiera nacido.

Y siguió tecleando.

Ya no puedo andar.

Nunca jugaré al béisbol o al hockey profesional ni conseguiré una beca deportiva.

No puedo correr.

No puedo saltar.

Hay tantas cosas que no puedo hacer.

Que nunca haré.

Dejó de teclear, al ver algo en la parte superior derecha de la pantalla que se movía hacia abajo. Fluyendo.

Lágrimas. Pequeñas lágrimas.

Uniéndose. Cada vez más grandes.

Cayendo en cascada por la pantalla.

Le pareció oír algo y subió el volumen.

"WAH! WAH! WAH!", cantó una voz aguda.

Una segunda voz se unió a ella.

"WAH-WAH!

WAH-WAH!

WAH-WAH!"

E-Z apagó el ordenador.

Sólo había sido un despotrique y se sentía mejor por ello. Todo el mundo necesita una fiesta de lástima de vez en cuando. Ya se había desahogado.

Una cosa tenía clara: como escritor no era Charles Dickens.

Pero Charles Dickens no podía volar.

✳✳✳

"¡Despierta, es hora de irse!" dijo Reiki, volando hacia la ventana.

Hadz esperaba junto a la ventana abierta. "¿Preparado?"

Así que esperaban que saltara, desde el tercer piso de su casa. "¡No voy a salir ahí! Mira qué alto estamos".

"Olvidas que tienes alas".

"Y si te caes, te darás cuenta".

Al menos seguía vestido, cuando lo dejaron caer en la silla de ruedas. Se estremeció, mirando hacia abajo, preguntándose cómo sus alas iban a mantenerle a él y a su silla en el aire.

"¿Y mi silla de ruedas?"

"¿Recuerdas lo que dijo Ophaniel? Ahora, ¡fuera!"

Una vez fuera, sus alas se extendieron por completo. Por encima de sus hombros, pudo ver las alas en acción.

Las pequeñas pero fuertes criaturas le elevaron, cada vez más alto, conduciendo al adolescente por el cielo nocturno, mientras los brillantes ojos estrellados le contemplaban. Cuando creyeron que estaba preparado, le soltaron.

"Puedo volar", dijo. "¡Puedo volar de verdad!"

"Deja de presumir", dijo Reiki, "y ponte con el programa".

"Lo haría si supiera lo que es", se rió.

Hadz voló hacia delante. E-Z y Reiki se elevaron sobre la escuela, junto al campo de béisbol. Siguieron hacia el centro de la ciudad. Las luces de la pista cercana al aeropuerto competían directamente con las estrellas que había sobre él.

"Lo estás haciendo muy bien", dijo Reiki.

"Gracias".

El sonido de un motor que fallaba, en un jumbo que tenían delante, atrajo su atención.

"Mira ahí, ese avión tiene problemas. Ojalá tuviera mi teléfono para pedir ayuda". El motor chisporroteó y el avión descendió un poco, luego se estabilizó.

"No necesitas teléfono. Bienvenido a tu segunda prueba".

"¿Qué esperas de mí? ¿Llevar el avión a cuestas? No puedo rescatar un avión; no tengo fuerza suficiente. No puedo hacerlo".

"De acuerdo entonces", dijo Hadz, al que ahora habían alcanzado.

"Pero debes saber una cosa: si no los salvas, todos los que van a bordo perecerán".

"Los 293 pasajeros. Hombres, mujeres y niños".

"Además, dos perros y un gato", añadió Reiki.

Su cabeza se llenó de gritos, de la gente del interior del avión. ¿Cómo los oía, a través de las gruesas paredes metálicas? Los perros ladraban y un gato maullaba. Un bebé lloraba.

"Basta, apágalo y lo haré yo".

"No lo apagaremos".

"Pero se acabará, en cuanto bajéis el avión sano y salvo en el aeropuerto, allí".

"Creemos en ti", dijo Hadz.

"¿Pero no me verán? Si me ven se acabará el juego, quiero decir, con las condiciones de Ophaniel, nunca podré ver a mis padres".

"¿Verte?"

"¡Esa es la menor de tus preocupaciones!"

"Ahora vete", dijo Hadz. "Ah, y puede que necesites esto".

Ahora tenía un cinturón de seguridad, para sujetarle en su silla de ruedas, mientras surcaba el cielo hacia el avión que caía en picado.

"Estaremos vigilando", le llamaron.

"¿Me ayudaréis, si os necesito?".

"Éstas son tus pruebas, atribuidas a ti y sólo a ti. Estamos aquí para animarte. Buena suerte".

"Un momento, ¿no vais a darme lecciones como es debido? ¿Enseñarme lo que tengo que hacer?"

POP.

POP.

"¡Gracias por nada!", gritó.

En el Aeropuerto, en la Torre de Control del Tráfico Aéreo, un Controlador se dio cuenta de que el avión tenía problemas. Al no poder contactar con el piloto, observó un objeto volador no identificado en su radar.Utilizando a Superman y a Mighty Mouse como inspiración, E-Z levantó los brazos. Se colocó bajo el cuerpo de la poderosa bestia metálica e invocó toda su fuerza.

"Pensé que te vendría bien un poco de ayuda", dijo un cisne más grande de lo normal. Asintió y los pájaros volaron desde muchas direcciones. Cuando el jumbo conectó con él, los pájaros reales se alinearon. Le ayudaron a mantener firme el avión. A estabilizarlo, para que él y su silla pudieran soportar todo su peso.

Dentro las cosas rodaban como canicas. Necesitaba darse prisa, y deseó tener otro par de alas, o alas más potentes. Ojalá estuviera en la habitación blanca. Se concentró en la tarea que tenía entre manos y se preparó mentalmente para el descenso. Mirando hacia abajo, se dio cuenta de que su silla también tenía alas, en los reposapiés y en las ruedas. "Gracias", susurró a nadie. Luego a los pájaros: "Ya lo tengo, gracias por vuestra ayuda".

Ya preparado, hizo descender el jumbo, manteniéndolo estable y nivelado. Tocó la pista con la parte delantera del avión. Entonces, como el tren de aterrizaje no había descendido, tuvo que apartarse. Estiró el brazo derecho todo lo que pudo y colocó la silla lejos del centro del avión. Bajó el centro del avión y luego la cola. ¡Lo consiguió! ¡Sí! Se alejó ante los aterradores sonidos de sirenas chillonas que se acercaban desde todas direcciones en forma de camiones de bomberos, ambulancias y coches de policía.

Antes de que le vieran, se alejó volando. Los agradecidos pasajeros del interior le vitorearon, hicieron fotos y le grabaron con sus teléfonos. Pronto estaba de vuelta con Hadz y Reiki.

"Lo has hecho muy bien. Estamos orgullosos de ti, protegido".

Sonrió, hasta que sintió en las alas como si alguien les hubiera prendido fuego. Lo siguiente que supo es que se estaba quemando, y le dolía tanto que quería morir. Deseó la muerte. La anhelaba. Ahora en caída libre, con la silla hacia abajo, mantuvo los ojos bien abiertos y esperó a que sus labios besaran el suelo. Entonces se lo llevaron los dos ángeles, que lo llevaron a casa y lo acostaron.

El dolor no disminuía, pero E-Z sabía que hoy no moriría. Estaría a salvo otro día. Otra prueba. Sólo tenía que sobrevivir a ésta.

"¿Cuándo empezará a funcionar el polvo de diamante?" preguntó Hadz. "Sigue sintiendo un dolor tremendo".

"Era un tratamiento nuevo, así que no puedo decir cuándo, pero acabará haciendo efecto".

"¡Espero que dure tanto!"

"Con la ayuda del Tío Sam, lo superará. Cuando haga efecto, veremos señales. Quizá algunos cambios físicos".

E-Z siguió roncando

POP.

POP.

Y una vez más desaparecieron.

CAPÍTULO 11

Un día después, E-Z tenía el día planeado. Primero, tenía que preparar su mochila para ir al parque el sábado. Desayunaría, escribiría un poco y saldría. Mientras preparaba la mochila, oyó las voces agudas de Hadz y Reiki antes de verlas.

"Os oigo", dijo.

POP.

Hadz apareció primero.

POP.

Luego Reiki, ambos en su magnificencia angelical totalmente transformados.

"Buenos días", cantaron al unísono con dulzura enfermiza.

E-Z metió un cuaderno en la mochila y unos cuantos bolígrafos ignorándolos. Esperaba encontrar algo inspirador sobre lo que escribir en el parque. Se agachó para subir la cremallera de la mochila cuando se dio cuenta de que los dos ángeles estaban sentados sobre la cremallera.

"Oh, perdona. Casi no os veo ahí".

"Uf, ha estado cerca", dijo Reiki.

Hadz temblaba demasiado como para pronunciar una sola palabra.

Volaron sobre sus hombros mientras señalaba con la silla hacia la puerta cerrada.

"Tenemos que hablar contigo", dijo Hadz.

"Es... importante. Hemos hecho algo..."

"¿A mí?"

Se cernieron ante sus ojos.

"Sí. Mientras dormías, hace unas semanas".

"¡Hace unas semanas! Vale, te escucho...". En realidad, intentaba no estallar. La idea de que le hicieran algo. Mientras dormía. Sin su permiso. Era un terrible abuso de confianza. Apretó los puños. Silencio. Se cruzó de brazos. No iba a ponérselo fácil.

Sam llamó a la puerta: "Desayuno E-Z, ¿necesitas ayuda?".

"No, estoy bien. Estaré allí en unos minutos". El silencio barrió los sonidos del exterior cuando Sam regresó a la cocina.

"En primer lugar", dijo Hadz, "sólo hicimos lo que hicimos para ayudarte".

"Con las pruebas. Hicimos algo para ayudarte a conseguir tus objetivos".

"¿Quieres decir que podríais haberme ayudado, con el avión? Seguro que me habría venido bien vuestra ayuda. Afortunadamente, lo conseguimos gracias a ese cisne y a los pájaros".

"Sí, sobre eso, la ayuda no está permitida, ni de amigos ni de aves. Informamos del incidente en cuestión a las autoridades competentes".

E-Z sacudió la cabeza, no podía creer lo que estaba oyendo. "¿No me digas que alguien ha hecho daño al cisne o a las aves? Será mejor que no me digas eso... Ah, y por qué me habló exactamente ese cisne, en inglés. Lo hizo ya sabes".

"Ese asunto es confidencial", dijo Hadz, aleteando cerca de su cara con las manos en las caderas. Reiki adoptó la misma postura, y sus alas rozaron sus párpados.

"Eh, déjalo ya", dijo, más alto de lo que pretendía.

"¿Va todo bien ahí dentro?" preguntó Sam a través de la puerta cerrada.

"Estoy bien", dijo, agitando la mano delante de la cara y lanzando a las criaturas por la habitación. Reiki chocó contra la pared y se deslizó hacia abajo. Hadz, que ya estaba más abajo, intentó coger a Reiki, pero demasiado tarde. Ambos ángeles cayeron en picado y aterrizaron en el suelo.

"Lo siento", dijo el adolescente. Acercó su silla de ruedas a ellos. Se preguntó si tendrían estrellas dando vueltas en la cabeza como los viejos personajes de dibujos animados. Le encantaba cuando le ocurría a Wile E. Coyote. Se tambalearon un poco, así que los puso sobre la cama. Cuando los ángeles se recuperaron, les dijo: "Lo siento otra vez. No pretendía pegarte. Tus alas me han hecho cosquillas en los ojos".

"¡Sí, lo has hecho!" dijo Reiki.

"Y nosotros, no lo olvidaremos".

Se sintió mal. Eran tan pequeñas; no se había dado cuenta de que un simple movimiento podía hacerlas volar así. Era como si las hubiera bateado fuera del parque y apenas las hubiera tocado.

"Sobre eso..." dijo Reiki.

Hadz intervino: "Mientras dormías, te hicimos un ritual".

E-Z volvió a mantener la calma, pero a duras penas. "¿Un ritual dices?" Le miraron, culpables como el pecado. "Si fueras humano, te echarían la bronca por hacerme algo sin mi permiso. Es agresión a una menor. Estarías en la cárcel...".

Los ángeles temblaron y se aferraron el uno al otro.

"No teníamos elección".

"Lo hicimos por tu propio bien".

"Lo entiendo, pero en este momento NO se aceptan vuestras disculpas".

"Me parece justo", dijeron los ángeles. "Por ahora". Cantaron: "Invocamos poderes, los grandes e ilusorios poderes que están por encima de ti y a tu alrededor. Les pedimos que te ayudaran aumentando tu fuerza, tu valor y tu sabiduría. En pocas palabras, creímos que necesitabas más y te lo conjuramos".

"Ya veo. La disculpa sigue sin aceptarse".

"Lo hicimos con la menor molestia para ti", dijo Hadz.

E-Z consideró esta última información. Al mismo tiempo, miraba su silla de ruedas. Ahora sí que parecía diferente, aparte del evidente cambio de color de los reposabrazos.

"¿Qué le pasa últimamente a mi silla?", preguntó. "Es como si tuviera mente propia".

Los ángeles volvieron a temblar.

"¿Qué has hecho? ¿Exactamente? Porque sospecho que no sólo me has agredido a mí, sino también a mi silla".

Finalmente, los ángeles explicaron todo sobre el polvo de diamante y la sangre. Sobre los poderes que se habían conferido a sí mismo y a la silla. "A medida que aumente la dificultad de la tarea, tendrás que intensificarla".

"Ya lo sé, por eso mis alas han estado ardiendo. Aumentan de temperatura después de cada tarea. Pero sigo diciéndome que valdrá la pena cuando vuelva a ver a mis padres".

"Si completas las pruebas en el periodo asignado. Y sigues las directrices al pie de la letra", dijo Hadz.

"Un momento", dijo E-Z apoyando los brazos en los reposabrazos. "Nadie dijo que hubiera un plazo. Ni en la Sala Blanca. Ni en ningún momento. Y si hay un libro de normas que debo seguir, entrégamelo para que pueda leerlo. Además, no ha habido ningún compromiso por ninguna de las partes. Nadie ha dicho cuántas pruebas completadas se necesitan para sellar el acuerdo. ¿Quizás haya que ponerlo todo por escrito? ¿Existe algo así como un Ángel Abogado o, mejor aún, un Ángel de Asistencia Jurídica?".

Hadz se rió. "Por supuesto, tenemos Ángeles Abogados, pero tienes que ser un Ángel para poder tener uno".

Reiki dijo: "Completaste la primera tarea sin ayuda de nadie. Salvaste la vida de esa niña con la iniciativa de tu silla, fuerza de voluntad y suerte. Esas tres cosas sólo pueden llevarte hasta cierto punto, así que te conseguimos más potencia de fuego. Lo máximo que podíamos pedir".

"Lo máximo que podíamos arriesgarnos a darte".

"Eh, ¿qué quieres decir con arriesgarnos? ¿Estás diciendo que este ritual podría hacerme daño?"

"Te hicimos un favor. Nos arriesgamos para ayudarte. Si no puedes perdonarnos ahora, algún día lo harás".

"¡Hablando de evadir mi pregunta! ¿Has pensado alguna vez en dedicarte a la política Angelical, si es que existe?"

dijo Hadz. "La gente que te rodea puede notar ciertos cambios en tu aspecto físico".

"Sí, pueden", dijo Reiki con una sonrisa burlona.

"¿Cómo que cambios físicos?", gritó.

POP.

POP.

Y desaparecieron.

E-Z volvió a quedarse solo. Mientras se dirigía hacia la puerta, se preguntó qué querrían decir. Fuera lo que fuese, pronto lo averiguaría. Mientras tanto, pensó en cómo su silla tenía ahora su sangre. En que la silla era una extensión de sí mismo. Se dirigió a la cocina, donde le esperaba el Tío Sam.

✳✳✳

"Bueno, eso no salió exactamente como habíamos planeado", dijo Reiki. "Se enfadó mucho con nosotros. No creo que vuelva a confiar en nosotros".

"Nos necesita más que nosotros a él".

"Podríamos borrarle la mente, como hicimos con los demás".

"Si no nos perdona, no podemos hacer nada. Borrar su mente no es una opción. Sin su consentimiento y si, no cuando se entere, nos alejaríamos de él para siempre. Y ya sabes a quién no le gustaría".

"Tienes razón, como siempre", dijo Hadz.

"¿Crees que alguien notará hoy los cambios en su aspecto?".

"¡Nos hemos dado cuenta!"

"Quizá deberíamos habérselo dicho, al menos lo de su pelo. Quizá nos hubiera gustado. Si se lo hubiéramos explicado".

"Creo que los cambios serían mejores si vinieran de alguien que no fuéramos nosotros".

"Los humanos son muy extraños", dijo Reiki.

"Lo son. Pero trabajar con ellos es la única forma de ascender como verdaderos ángeles".

"Por suerte para nosotros, es muy agradable".

CAPÍTULO 12

E-Z clavó el tenedor en un plato lleno de tortitas. Estaba hambriento, como si no hubiera comido en días. Y sediento. Bebió un vaso tras otro de zumo de naranja. Volvió a llenar el plato de tortitas y siguió comiendo hasta que se acabaron.

Sam se rió al ver a su sobrino y siguió mojando una tostada con mantequilla en el café.

"¿Qué tiene tanta gracia?" preguntó E-Z.

"Supongo que nada".

Los únicos sonidos que se oían en la cocina eran los de sorber, cortar y masticar. Además del tic-tac del reloj en la pared que tenían detrás.

"¿Qué?" Preguntó E-Z, dándose cuenta de que su tío sonreía satisfecho y lo ocultaba tras la mano.

"Hay algo diferente en tu, bueno, ya sabes, esta mañana. ¿Hay algo que quieras decirme? ¿Como por qué?"

Las dos criaturas aparecieron y se sentaron cada una sobre uno de los hombros de E-Z. Estaban escuchando a hurtadillas y a él no le gustó nada su intrusión no invitada, así que las apartó de un manotazo.

POP.

POP.

Desaparecieron.

"No estoy seguro de lo que quieres decir".

Sam se sirvió otra taza de café. "¿Es por una chica? Porque cualquier chica, debería aceptarte tal y como eres".

E-Z se rió. "Ninguna chica. Estás muy equivocado".

Ambos permanecieron en silencio durante unos instantes más, mientras el reloj avanzaba.

"He hecho la maleta y voy a ir al parque después de escribir un poco esta mañana. Me llevo un bloc de notas y algunos bolígrafos por si el parque me inspira".

"Me parece un plan, pero primero ayúdame a ordenar", dijo Sam levantándose de la mesa.

El adolescente echó su silla hacia atrás y juntos limpiaron rápidamente. E-Z se dirigió a su despacho y cerró la puerta tras de sí mientras sonaba el timbre de la puerta principal.

Sam hizo entrar a Arden y a PJ. "Está en su despacho trabajando. ¿Os está esperando? Si es así, no me ha dicho nada al respecto".

"Le envié un mensaje, pero no contestó", dijo PJ.

"Así que pensamos en darnos una vuelta y salir con él hoy. Asegurarnos de que se divertía un poco. Ese tío trabaja demasiado. Mamá dijo que nos llevaría. Sólo tengo que comprobarlo con E-Z y luego llamarla".

"Mi sobrino está entusiasmado con el libro que está escribiendo. Podría oponerse".

"De un modo u otro, hoy le sacaremos de aquí", dijo PJ.

"Pensaba ir al parque, después de escribir un poco. Pero baja, ¿quizá pueda reunirse contigo allí más tarde?". Sam volvió a la cocina y sacó carne picada del congelador. Buscó en el armario salsa, espaguetis, huevos, cebollas, pan rallado y espinacas. Tenía todo lo necesario para hacer espaguetis y albóndigas más tarde.

Los dos chicos se encaminaron por el pasillo después de colgar los abrigos.

Sam se puso el abrigo. Llevaba tiempo posponiendo cortar el césped. Hoy se ocuparía de ello.

E-Z intentaba escribir, pero la creatividad no fluía. Cuando llegaron sus amigos, se alegró de la interrupción. Abrió Facebook, fingiendo que estaba echando un vistazo a las actualizaciones. "Hola, chicos". Giró la silla hacia ellos.

"Vaya tío, ¿qué demonios te ha pasado en el pelo? ¿Has ido al salón de belleza sin nosotros?".

"¿Les enseñaste una foto y les pediste un look Pepe Le Pew al revés?".

"¡Y las cejas también! Ni siquiera sabía que se podían teñir".

E-Z se pasó los dedos por el pelo, sin tener ni idea de lo que estaban hablando. Un momento, ¿a eso se refería Sam?

"Y sus ojos, también son diferentes".

Arden se agachó: "Sí, tienen motas doradas. Impresionante".

"Eh, tío, déjalo ya", dijo E-Z. "Me estáis asustando. Invadir mi espacio no está bien".

"Al menos no huele como Pepe", dijo Arden retrocediendo. PJ se unió a él al otro lado de la habitación, donde cuchichearon entre ellos.

"¿Te importa si hacemos una foto?"

E-Z sonrió y dijo: "Mozzarella".

PJ enseñó la foto que había hecho a Arden. "¡Ves!", dijeron haciendo la gran revelación.

E-Z no podía creer lo que estaba viendo. Su pelo rubio tenía un mechón negro en el centro y motas grises en las sienes. ¡Grises! Acercó la imagen, tenían razón, sus ojos tenían motas doradas. Su mente recordó el polvo de diamante, ¿así era el polvo de diamante? ¡Esos dos ángeles idiotas han hecho esto! ¡Y más vale que sepan cómo arreglarlo! La próxima vez que los viera, se lo haría pagar. Mientras tanto, intentó calmar la situación.

"No pasa nada. He tenido una noche dura".

Arden preguntó: "¿Qué es lo que no nos cuentas?".

PJ añadió: "Te están saliendo canas y aún estás en el instituto. ¿Crees que es normal?".

"Creo que tiene razón; estamos armando un escándalo por nada. ¿Qué dijo tu tío al respecto?

"No se dio cuenta... o si lo hizo, no dijo nada".

"¿Qué? ¿Quieres decirme que Sam ni siquiera se dio cuenta?".

"¿Tenía los ojos abiertos?"

E-Z intentó recordar. Primero, el tío Sam le había preguntado si tenía algo que decirle. ¿Se refería a eso?

"Un segundo", dijo E-Z, mientras se dirigía al baño. Utilizó la ampliación diez veces mayor del espejo para mirar más de cerca. Se quedó sin aliento. Las estrellas o motas de sus ojos eran agradables. No le perjudicaban, de hecho, le daban un aspecto bastante chulo. Examinó las canas que tenía en las sienes.

¿Y qué? Había pasado por mucho con la muerte de sus padres. Además, las presiones cotidianas del instituto. Y acostumbrarse a la silla de ruedas. Por no hablar de lidiar con los arcángeles y los juicios.

Que su pelo se volviera prematuramente gris no era un problema. Movió el espejo y se pasó los dedos por el pelo. La textura era diferente cuando tocó la raya negra. La sentía áspera, casi erizada. No había problema, se echaría un poco de gel y...

Fuera, el cortacésped se puso en marcha. Sam por fin estaba haciendo la temida tarea. Antes del accidente, cortar el césped había sido la tarea más odiada por E-Z.

"¡YEOW!" gritó Sam cuando el cortacésped se detuvo tosiendo.

La silla de E-Z se tambaleó hacia la puerta principal, que se abrió sola. Salió disparado, sin alcanzar los escalones y aterrizando en el césped detrás de Sam.

"¡Maldita sea!" exclamó Sam. Había golpeado una piedra con el cortacésped, y ésta salió volando y le golpeó cerca del ojo. Unas gotas de sangre le gotearon por la mejilla y se acumularon en la hierba.

La silla de ruedas se movió hacia donde estaba la sangre, sorbiéndola con las ruedas.

"¿Estás bien?"

"Estoy bien", dijo Sam. Rebuscó en el bolsillo, sacó un pañuelo y se lo llevó a la herida.

Arden y PJ llegaron. "Hemos oído el grito".

"Estoy bien, de verdad", dijo Sam. "Un pequeño accidente. No hay por qué preocuparse ni inquietarse. Volvamos dentro".

Agarró las empuñaduras de la silla de ruedas y empujó. Era muy difícil maniobrarla sobre la hierba.

Mientras tanto, Arden trajo el cortacésped y lo guardó en el cobertizo.

"¿Has engordado?" preguntó PJ al darse cuenta de la dificultad que tenía Sam.

"Me he comido unas veinte tortitas esta mañana".

"¿Quizá el mechón negro pesa más que tu pelo normal?". dijo Arden reincorporándose con una sonrisa burlona.

"Oh, se han dado cuenta", dijo Sam.

"Sí, han estado regañándome por ello desde que llegaron. ¿Por qué no dijiste nada?"

Ya dentro, E-Z sacó una tirita y la puso en la herida de su tío.

"Ha sido un cambio sutil", dijo Sam. "¡No!", sonrió. "Ah, ¿y has pensado alguna vez en dedicarte a la enfermería? Tienes un toque delicado".

PJ y Arden se burlaron.

CAPÍTULO 13

E-Z y sus amigos volvieron a su oficina. Decidió quedarse cerca de casa por si Sam le necesitaba. Sam estaba demasiado ocupado preparando la cena para pensar en lo que podía haber pasado con el cortacésped.

"La cena está lista", llamó unas horas más tarde. "Ven a por ella".

E-Z le indicó el camino: "¡Huele delicioso!".

Se sentaron y se repartieron la comida y los condimentos.

"Ya tienes un buen ojo morado", le dijo Arden a Sam.

Sam, que hasta ahora no sabía que tenía una herida visible, ahora la lucía con orgullo. Apuñaló otra albóndiga y la puso en su plato.

"¿Qué ha pasado ahí fuera?", inquirió PJ.

"Fue una piedra. Se enganchó en el cortacésped y me golpeó". Siguió empujando la comida en el plato. "¿Cómo va la escritura?", preguntó a su sobrino desviando la atención de sí mismo.

"Esta mañana no he tenido tiempo de ponerme a ello".

Sam cambió de tema y preguntó si pasaba algo en la escuela o en el equipo.

"Tenemos un entrenamiento esta tarde", dijo PJ.

"Y esperamos que E-Z juegue en el partido de mañana".

E-Z sacudió la cabeza, como un no rotundo, y siguió comiendo.

"Una entrada, sólo una y si no quieres seguir jugando, nos parece bien", dijo Arden.

"Gran idea", dijo el tío Sam. "Mete el dedo del pie. Si no te sientes bien, sal. ¿Qué tienes que perder?

PJ abrió la boca para decir algo, pero decidió no hacerlo. Se metió una albóndiga en la boca. Masticó, bebió un trago. "Cuando estás ahí, E-Z, subes la moral de todos. Los chicos piensan mucho en ti. Siempre lo han hecho y siempre lo harán".

"Vale", dijo E-Z. "Me sentaré en el banquillo si crees que eso ayudará. Después de cenar, bajemos al parque y practiquemos un poco. A ver cómo van las cosas".

"Me parece bien", dijo PJ.

Le dieron las gracias a Sam por una cena estupenda.

"Tú has cocinado, así que nosotros limpiaremos", se ofreció Arden.

E-Z y PJ intercambiaron miradas.

Cuando Sam estuvo fuera del alcance de sus oídos, PJ dijo: "Eres una besucona".

Arden salpicó un poco de agua en dirección a PJ, pero E-Z atrapó la mayor parte en la cara.

PJ devolvió una salpicadura que salpicó el suelo de la cocina, golpeando los zapatos de Sam.

"La fregona y el cubo están en el armario", dijo, cogiendo su abrigo al salir.

Terminaron de limpiarse, para entonces ya estaban casi todos secos, aparte de E-Z, que se cambió de camisa. Por fin llegaron al campo de béisbol, y ya estaba ocupado.

"Genial", dijo E-Z. "Vamos".

En la banda había unas cuantas chicas del equipo de animadoras del equipo contrario. Una, una chica pelirroja, miró en dirección a E-Z. Dio una voltereta y aterrizó con facilidad.

"Supongo que podríamos quedarnos un rato", dijo E-Z.

Atravesaron el campo hasta los bancos. Tenían que saludar al menos, de lo contrario parecerían idiotas.

La niña pelirroja le susurró algo a su amiga y soltaron una risita.

E-Z estaba seguro de que se reían de él.

"Tenemos compañía", dijo la chica pelirroja.

"Sí, un tío en silla de ruedas con pelo de cebra y dos empollones", gritó el tercera base. Esperaba que todo el mundo se riera de su patética broma, pero nadie lo hizo.

"No le hagas caso", dijo la amiga de la chica pelirroja. "Es patético".

"Lárgate", gritó el jardinero izquierdo. "Aquí no hay sitio para un lisiado".

E-Z ignoró todos los comentarios. Su silla, sin embargo, no. Empujaba, revolucionado como un toro que intenta salir de un corral. "¡Vaya!", dijo, mientras la silla se tambaleaba, como un caballo salvaje.

Arden agarró las asas de la silla y ésta reanudó su funcionamiento normal.

Detrás del plato, el receptor soltó una mosca y falló un lanzamiento. "Veo que necesitáis un receptor decente", dijo E-Z.

Las animadoras soltaron una risita.

"Dame cinco minutos detrás del plato, sólo cinco. Si soy capaz de atrapar todos los lanzamientos que envíes en mi dirección, te haremos un favor y nos quedaremos".

"¿Y si no?", preguntó el lanzador.

El receptor se quitó la máscara. "Nos invitas a hamburguesas y patatas fritas".

"Y batidos", añadió el primera base.

"Trato hecho", dijo E-Z mientras su silla se adelantaba.

Se sentó pacientemente mientras Arden se abrochaba las rodilleras. PJ le pasó el protector pectoral por la cabeza y le colocó la máscara de receptor en la cara. E-Z metió el puño en la manopla de catcher.

"Bien, lánzame la pelota", ordenó E-Z.

"Espero que sepas lo que haces, amigo", dijeron Arden y PJ.

"Confía en mí", dijo E-Z. Se puso en posición detrás del plato. "¡A batear!"

El lanzador hizo un gesto a Arden para que bateara. Éste eligió un bate y se acercó al plato.

E-Z hizo una señal al lanzador para que lanzara una bola rápida alta. En lugar de eso, el lanzador lanzó una bola curva, y estaba justo en la zona. Arden falló el golpe, pero no del todo, ya que conectó con la bola un toque y ésta hizo una falta hacia atrás. E-Z se levantó de la silla y la agarró.

"¡Vaya!", gritó el lanzador. "Buena salvada".

"Suerte", dijo el jugador de primera base.

Las animadoras se acercaron.

En el segundo lanzamiento, Arden saltó al jardín derecho.

PJ bateó y se ponchó. E-Z atrapó todas las bolas con facilidad, pero el último lanzamiento fue salvaje, y estuvo a punto de perderlo. PJ se había dirigido a primera, pero E-Z tiró la pelota al suelo y quedó fuera.

Jugaron hasta que estuvo demasiado oscuro para seguir viendo la pelota.

Después del partido, decidieron que era un empate. Fueron a una cafetería cercana y cada uno pagó su comida.

"Vamos a mataros en el partido de mañana", se jactó Brad Whipper, el capitán del equipo.

"¿Vais a jugar E-Z?" preguntó Larry Fox, el primera base.

"Oh, seguro que juega", dijeron Arden y PJ.

"Sin duda".

La chica pelirroja era Sally Swoon y le susurró algo a Arden, que negó con la cabeza. "Pregúntaselo tú mismo", dijo.

"¿Preguntarme qué?"

Sus mejillas se sonrojaron.

"Quieres saber qué pasó, ¿verdad?".

Ella asintió. "¿Le pediste a tu peluquero que lo hiciera, o ellos...".

"¿Se equivocaron?", dijo él.

Ella asintió.

"Me desperté esta mañana y estaba así. Fin de la historia".

"Tira del otro", dijo un jugador. "Ahora cuéntanos por qué estás en silla de ruedas".

E-Z contó su historia. Todos permanecieron callados mientras lo hacía. Nadie comió ni bebió. Cuando terminó, le preocupaba que todos le trataran de forma diferente, pero no lo hicieron.

Hablaron de las próximas Series Mundiales y de otras chácharas relacionadas con el deporte.

Más tarde, cuando sus amigos le acompañaron a casa, todos estaban callados. Dio las buenas noches a los chicos y volvió a su habitación. Intentó ver la televisión, escribir un poco, pero hiciera lo que hiciera seguía pensando en todo lo que había perdido. Se tumbó de nuevo en la cama, miró al techo y acabó por dormirse.

CAPÍTULO 14

E -Z dormía, soñaba.

"¡Despierta E-Z! Despierta!" dijo Reiki, saltando sobre su pecho.

"¡Ya basta!", exclamó.

Hadz le roció agua en la cara.

Se la sacudió. "Vosotros dos tenéis que dar algunas explicaciones y arreglar algunas cosas. Ponme el pelo como estaba. Y los ojos también".

"¡No hay tiempo!", dijeron, mientras su silla rodaba, le dejaba caer en ella y salía volando por la ventana ya abierta.

"¡Ni siquiera estoy vestido!" exclamó E-Z.

Reiki y Hadz soltaron una risita y le dijeron a E-Z que deseara lo que quería ponerse. Cuando volvió a mirar hacia abajo, llevaba vaqueros, un cinturón y una camiseta. Se miró los pies, donde sus zapatillas de correr se estaban atando los cordones. Mientras surcaban el cielo, E-Z les dio las gracias.

"Entonces, ¿nos perdonas?" preguntó Hadz.

"Dale tiempo", dijo Reiki.

E-Z asintió, mientras su silla se elevaba más y más. Por encima de un avión, pasando el avión. Evidentemente no era su destino. Siguieron volando, hasta que su silla de ruedas se detuvo bruscamente y apuntó hacia abajo.

"Ahí está", dijo Reiki.

Abajo, un grupo de personas se agrupaba ante un alto edificio de oficinas.

"¿Sientes eso?" preguntó E-Z, notando que el aire que rodeaba el incidente era diferente. Vibraba con energía.

"Sí", dijo Hadz.

"Bien por ti al darte cuenta esta vez", dijo Reiki.

"¿Quieres decir que las otras veces había vibraciones?".

"Sí, pero a medida que crezcan tus poderes, serás capaz de concentrarte en los lugares".

"Y no sólo tú, tu silla también puede captarlas".

"¿Quieres decir que tengo una silla súper inteligente? Sabía que estaba modificada, ¡pero esto es increíble!".

Los ángeles se rieron.

La silla aceleró mientras debajo de ellos sonaban disparos. Vieron gente corriendo, gritando, cayendo.

Hacia el caos volaron E-Z y su silla, hacia la lluvia de balas que se acercaba. Se estremeció, mientras la silla de ruedas las desviaba. Se preguntó qué pasaría si la silla fallaba una.

"Estamos seguros de que eres a prueba de balas", dijo Reiki sin que él preguntara. "Formaba parte del ritual".

"Y el polvo de diamante debería funcionar".

"¿Bastante seguros?", dijo, esperando que tuvieran razón. "¡Si funciona, será una buena compensación para mi situación capilar!".

Los aspirantes a ángeles se rieron.

CAPÍTULO 15

Su silla de ruedas siguió bajando, enfocando a un hombre que estaba en el tejado del edificio. Había estado disparando a la multitud de abajo, y a ellos a medida que se acercaban a él. La silla de ruedas se tambaleó hacia delante, E-Z oyó un sonido extraño, como si un avión bajara el tren de aterrizaje. Procedía de la silla de ruedas, mientras una caja metálica descendía y aterrizaba encima del tipo. La pistola salió volando de su mano, atravesando el techo antes de que el artilugio se apoderara de él. El hombre intentó quitarse de encima a E-Z y la silla de ruedas, pero nada funcionó.

Una sirena sonó a lo lejos y luego se hizo cada vez más fuerte a medida que acortaba distancias.

"Si te dejo subir", preguntó E-Z, "¿te portarás bien?".

Aunque el hombre asintió con la cabeza, la silla de ruedas se negó a moverse.

E-Z necesitaba desactivar el arma y largarse de allí antes de que llegara la policía. Se preguntó si alguien de abajo estaría herido. Esperaba que las ambulancias estuvieran en camino. Sin embargo, él y su silla podrían llevar a los heridos graves al hospital mucho más rápido.

Se quedó mirando el arma al otro lado del tejado. Se concentró y extendió la mano. Como si su mano fuera un imán, el arma voló hacia ella y la inutilizó haciéndole un nudo. E-Z se quitó el cinturón y lo utilizó para atar las manos del tirador a la espalda.

La silla se elevó y salió volando como un cohete, mientras las puertas de la azotea se abrían de par en par. El artefacto modificado se elevó, suspendido en el aire, mientras E-Z observaba cómo un equipo SWAT se acercaba al tirador y lo detenía. La expresión de la cara del agente que encontró el arma atada con el nudo no tenía precio.

Durante un segundo o dos, dudó sobre su mandato, pero había gente herida abajo y él podía ayudarles más rápido que nadie y eso fue lo que hizo. Ya se preocuparía de las consecuencias más tarde y esperaba que lo entendieran.

E-Z aterrizó cerca de la multitud. Recogió a los cuatro heridos más graves y, como estaban inconscientes, utilizó parte de su ala para mantenerlos a salvo en su silla mientras volaban por el cielo.

La silla absorbió la sangre de los pasajeros heridos a medida que goteaba de sus heridas. Su sangre se combinó con la de E-Z y Sam Dickens. Esta amalgama expulsó las balas de sus cuerpos, y sus heridas empezaron a curarse.

Tardaron varios minutos en llegar al hospital. Cuando llegaron, todos los pacientes estaban curados, como si sus heridas nunca hubieran ocurrido. Abrazaron a E-Z y le dieron las gracias.

En el aparcamiento del hospital, cada uno saltó de la silla de ruedas.

Había asistentes en la entrada con camillas preparadas.

E-Z miró en su dirección. Les saludó con la mano y se fue volando hacia el cielo. Debajo de él, los que había salvado le devolvieron el saludo. Esperaba que a los que esperaban les molestara demasiado que, después de todo, no les necesitaran.

"Gracias", gritó un joven con un gesto de la mano.

"Espero volver a verte", exclamó una mujer de mediana edad.

"¡Eres un auténtico héroe!", dijo un hombre que le recordaba al Tío Sam.

"Me recuerdas a mi nieto, ¡excepto por el mechón raro que tienes en el pelo!", dijo una mujer mayor.

Los asistentes se acercaron a los cuatro preguntando: "¿Alguien necesita ayuda?".

El joven dijo: "No te lo vas a creer, pero me han disparado... dos veces hace un rato. Creo que me desmayé. Cuando me desperté -se levantó la parte delantera de la camisa, que estaba manchada de sangre-, las heridas habían desaparecido".

La anciana, cuyo vestido estaba manchado de sangre, explicó cómo le habían disparado cerca del corazón.

"Habría muerto si aquel muchacho en silla de ruedas no me hubiera salvado la vida".

Los otros dos pacientes tenían historias comparables que contar. Elogiaron a E-Z y volvieron a darle las gracias. Aunque ya no estaba con ellos.

"Creo que todos deberíais seguir viniendo al hospital", dijo el primer asistente.

El segundo asistente dijo: "Sí, habéis pasado por una experiencia traumática. Deberíais ver a un médico y obtener el visto bueno".

Los cuatro ciudadanos heridos permitieron que los asistentes les ayudaran a entrar. Intentaron subir al mayor de los cuatro a la camilla.

"¡Estoy en plena forma!", exclamó la mujer mayor.

La siguieron al interior del hospital.

"Será mejor que lo hagamos ahora", dijo Reiki.

"Aunque es un poco triste. Hizo cosas tan notables y ahora nadie lo recordará".

Limpiaron las mentes de todos los que estaban cerca.

"Hizo un trabajo increíble".

"Sí, fue bien elegido", dijo Hadz.

E-Z volvió a casa, volando hacia allí tan rápido como pudo. Sabía que el dolor iba a llegar, pero no lo malo que sería esta vez. Apenas consiguió atravesar la ventana y subir a la cama antes de que sus hombros ardieran y le hicieran perder el conocimiento.

Los ángeles volvieron, susurrándole palabras tranquilizadoras cuando gritaba en sueños. Cuando el dolor se hizo demasiado intenso, lo aliviaron tomándolo para sí.

"Se ha completado la tercera prueba", dijo Reiki. "Las está superando con facilidad".

"Cierto, pero tenemos que asegurarnos de que no se le identifica. Se le puede ver, pero debemos borrar los recuerdos. Aunque me preocupa que podamos pasar por alto a alguien".

"Si borramos la mente de todos los que estén cerca, todo debería ir bien".

CAPÍTULO 16

A la mañana siguiente, E-Z estaba comiendo cereales cuando Sam entró en la cocina.

"El café huele muy bien", dijo Sam.

El adolescente le sirvió a su tío una taza llena. "¿Qué?", preguntó, con una sensación de déjà vu.

"¿Qué, qué?" preguntó Sam mientras añadía un poco de nata en la taza.

"Me estás mirando", dijo E-Z. Sacudió la cabeza. ¿Estaba en el Día de la Marmota? ¿La película sobre un día que se repite una y otra vez, con Bill Murray?

"Ah, eso. ¿Hay algo que quieras decirme?". Dejó caer un terrón de azúcar en su café.

Ignorando a su tío, se metió copos de maíz en la boca. "No estoy seguro de lo que quieres decir".

Sam esperó a que su sobrino terminara de desayunar. "Anoche te eché un vistazo y tu cama estaba vacía, y la ventana abierta. Cómo saliste con tu silla, no lo sé. En cualquier caso, si vas a salir, deberías decírmelo. Soy responsable de ti y de tu paradero. La próxima vez prométeme que me dirás adónde vas y cuándo volverás. Es cortesía común".

"I..."

POP.

POP.

Hadz y Reiki aparecieron. Reiki voló hacia Sam, revoloteando delante de sus ojos. Durante unos segundos, Sam pareció zombificado. Luego volvió a sorber su café. Levantar el vaso, sorber, dejarlo. Repitiendo.

A E-Z le recordó a un juguete para pájaros, en el que el pájaro sumerge la cabeza en el vaso y bebe. ¿Cómo se llamaba aquello?

"Pajarito", dijo Sam. Miró el reloj.

¿Qué demonios? ¿Ahora su tío podía leerle la mente?

"¿Quién no puede leer su mente? dijo Hadz con una sonrisa.

Sam se levantó y, con ojos vidriosos y movimientos de robot, se dirigió al fregadero, enjuagó la taza y la metió en el lavavajillas. A continuación, cogió las llaves del coche y se marchó sin decir una palabra.

E-Z se quedó con la boca abierta mientras procesaba la información y luego exigió: "Vale, vosotros dos. ¿Qué le habéis hecho a mi tío Sam? No teníais derecho a... a... hacer lo que hicisteis". Estaba tan enfadado que tenía la cara roja y los puños cerrados.

POP.

POP.

Odiaba eso. Cada vez que hacían algo malo, desaparecían, y él tenía que disculparse para que volvieran cuando no había hecho nada malo.

"Lo siento", les decía. "Por favor, vuelve".

POP

POP.

"Lo hecho, hecho está", dijo con calma. "¿De verdad me leyó la mente?"

Reiki dijo: "Lo hizo, pero fue un incidente aislado".

"Eso está bien. Nunca podría salirme con la mía".

"Somos tu apoyo, durante las pruebas. Depende de nosotros protegerte a ti y a tus amigos, incluido el Tío Sam".

"¿Qué le habéis hecho?", volvió a preguntar, mientras sonaba el timbre de la puerta. No se movió, esperó a que respondieran a su pregunta. El timbre volvió a sonar. "Un momento", dijo. "Dime qué le hiciste. ¡AHORA!"

"Le borré la mente", susurró Reiki.

"¿Qué hicisteis?"

"Tuvimos que hacerlo, para protegerte a ti y a tu misión", añadió Hadz.

PJ y Arden entraron en la cocina. "La puerta no estaba cerrada", dijo Arden.

"Sí, ayer le dijimos a Sam que te recogeríamos esta mañana".

"Buenos días a vosotros también". Se levantó de la mesa.

"Tenemos que hablar, amigo. Pero tenemos prisa".

Cogió su mochila y el almuerzo. Se dirigieron a la puerta principal. En lo alto de la escalera, la silla se precipitó hacia delante, como si quisiera bajar volando. Pidió a sus amigos que le ayudaran a bajar la rampa. Arden y PJ le ayudaron a subir al asiento trasero del coche. Arden guardó la silla de ruedas en el maletero.

"Hola, señora Lester", dijo E-Z, cuando los tres chicos subieron al asiento trasero del coche.

"Buenos días", dijo ella, y luego subió el volumen de la radio. El locutor hablaba de una nueva receta.

"Una vez en camino", susurró PJ, "¿qué hicisteis anoche?".

"No mucho. Comí. Dormí. Lo de siempre".

"Enséñaselo".

PJ le pasó el móvil y le dio al play.

Era un vídeo de YouTube. De él, en su silla de ruedas volando por el cielo, transportando heridos. Su silla era de color rojo sangre, y se movía tan rápido como un borrón en llamas. Se veían sus alas blancas. Y el contraste de aquella raya negra sobre su pelo rubio acentuaba su aspecto.

"No tengo ni idea", dijo E-Z, mientras se rascaba la cabeza con una explicación nada compartible. Esperó a que llegaran los ángeles y borraran la mente de sus amigos, pero no lo hicieron. Esperó a que el mundo se detuviera por completo y no lo hizo. Se preguntó si volvería a ver a sus padres. ¿Se trataba de una prueba? Cerró el teléfono y se lo devolvió.

"Tío", dijo Arden, mientras su madre entraba marcha atrás en una plaza de aparcamiento.

"Date prisa o llegarás tarde", dijo mientras abría el maletero.

"Hasta luego", dijo Arden mientras su madre se alejaba.

Los tres amigos entraron en la escuela sin hablar. El último timbre de aviso iba a sonar en cualquier momento.

E-Z rodó por el pasillo, sonriendo para sí mismo y preocupándose al mismo tiempo de quién más vería el clip. Aunque era increíble verse a sí mismo en acción. Como un Superman más fresco. Un héroe de verdad. Había rescatado a gente. Salvado vidas. Él y su silla de ruedas eran invencibles. Formaban un dúo dinámico. Se preguntó si siquiera necesitaban la ayuda de los dos aspirantes a ángeles. Se había sentido bien. En todo momento. El rescate. La salvación. La superación de otra prueba. Impresionante. Si pudiera contar su secreto a sus mejores amigos.

"¡E-Z Dickens!" gritó su profesora.

"Sí, señora", dijo E-Z, pasando la página para leer la lección. Se preguntó por qué perdía el tiempo en la escuela. Ya no lo necesitaba.

Intentó no quedarse dormido durante la clase. La Sra. Klaus no le quitaba ojo, más de lo habitual. Cada vez que se quedaba dormido, ella levantaba la voz. Él se despertaba sin saber de qué estaba hablando.

Cuando sonó el timbre y terminó la clase, los alumnos se separaron para que él fuera el primero en salir por la puerta. Miró a algunos de sus compañeros para darles las gracias. Pocos establecieron contacto visual. La mayoría apartó la mirada. Aún no se habían acostumbrado a su nuevo estatus.

En el pasillo le esperaba una multitud de compañeros y admiradores. Se encendieron los flashes de las cámaras y los teléfonos con cámara. Esperaba que el periódico escolar estuviera allí. Quizá incluso escribieran un artículo sobre él. Un momento. Nunca volvería a ver a sus padres, ¡no si todo el mundo lo sabía! ¿Cómo ha podido pasar esto? Se abrió paso a empujones. Siguieron aplaudiendo, cada vez más fuerte. Unos cuantos gritaron: "¡Discurso!".

PJ se acercó y preguntó: "¿Has visto Facebook últimamente?".

E-Z se encogió de hombros.

"Echa un vistazo a lo último", dijo PJ, mostrando a su amigo los titulares.

"Héroe local en silla de ruedas". Dejó de moverse y pulsó sobre el clip. Decía que el héroe local asistía al Instituto Lincoln de Hartford, Connecticut. E-Z no tardó en darse cuenta de que los alumnos pensaban que él era el héroe -lo era-, pero no podían saberlo. No debían saberlo. Se suponía que les habían borrado la mente, como hicieron con el Tío Sam. Pero no importaba: él no vivía en Hartford, Connecticut. Se habían equivocado. ¿Por qué aplaudían entonces sus compañeros?

Él se abrió paso, ellos se apartaron. Salió directamente a la lluvia torrencial. E-Z se preguntó si podría utilizar los nuevos poderes de su silla en beneficio propio. Aunque no hubiera una crisis ni un juicio, ¿podría hacer magia o ritual para volver a casa? Pensó en ello mientras seguía rodando por la acera. Su silla le ayudó una vez a salvar a una niña, antes incluso de que tuviera poderes especiales.

Pensó en palabras mágicas como bibbidi-bobbidi-boo y expelliarmus. Probó ambas en su silla de ruedas, pero ninguna de ellas hizo nada. Miró por encima del hombro y oyó pasos detrás de él. Esperaba a uno de sus amigos, pero era un alumno más joven, que le preguntó: "¿Dónde están tus alas?".

E-Z se rió: "No tengo alas". En el acto, sus alas salieron y le llevaron hacia el cielo. Al principio pensó que no, pero decidió seguir adelante y saludó al niño, de vuelta a la acera. El chico estaba tan emocionado que ni siquiera había pensado en sacar el teléfono para capturar el momento. "¡A casa!", ordenó. Un destello de luz roja lo llevó por el cielo, justo al lado de su casa, porque la silla tenía otro lugar donde estar.

Siguieron volando hasta que estuvieron justo encima de un centro comercial. Ahora podía sentir cómo vibraba el aire, acercándole a donde le necesitaban. La silla apuntó hacia abajo, dejándole caer en un banco, y luego se detuvo en el aire. Los clientes de abajo seguían deambulando; él estaba fuera de su campo de visión. Seguía sin saber por qué estaba aquí.

¿Es otro juicio? se preguntó. Esperó, pero no obtuvo respuesta. Si se trataba de otra prueba, el tiempo que les separaba era cada vez menor. ¿Dónde estaban esos dos ángeles? ¿No se suponía que debían cubrirle las espaldas? Pensó en las demás pruebas. La mayoría ocurrían de noche. En la oscuridad. ¿Quizá los aspirantes a ángeles no podían salir a la luz, como los vampiros? Se rió de aquella extraña conexión y esperó que fuera cierta. De algún modo, no le importaba que esta vez sólo estuvieran él y su silla. E-Z volvió al momento. Los clientes gritaban dentro del centro comercial. Voló hacia delante, salió del banco y entró en unos grandes almacenes cercanos. El lugar estaba prácticamente vacío de gente.

Al aterrizar, las ruedas giraron solas guiándole. E-Z intentó tomar el control. Pero su silla de ruedas también quería el control. Aceleró, cada vez más deprisa. Al final, dejó que la dominara, temeroso de destrozarse los dedos.

La silla se detuvo por completo cuando los clientes estaban tirados en el suelo a un metro y medio por delante de ellos. La mayoría estaban con las piernas abiertas y boca abajo en el suelo. Algunos tenían las manos en la nuca y otros en la espalda.

En varias posiciones, vio cámaras de seguridad que sólo mostraban estática. No era buena señal.

La silla de ruedas volvió a avanzar hacia una mujer joven. Llevaba ropa de camuflaje y un sombrero que le cubría los ojos. Era rubia, de rasgos claros y ojos azules, como una modelo. Blandía un rifle en una mano y un cuchillo de caza en la otra. Le preocupaba la quietud con la que blandía el armamento. Eso y su uso excesivo de pintalabios rojo manzana. Estaba embadurnado, convirtiendo una sonrisa espeluznante en una mueca amenazadora.

E-Z pensó en los que estaban en peligro en el suelo. ¿Cuánto tiempo llevaban allí? ¿A qué estaba esperando? ¿Había exigido dinero? ¿Quién, fuera de la tienda, sabía que se estaba desarrollando esta escena de rehenes, ya que las cámaras no funcionaban?

Uno de los tipos del piso le llamó la atención. E-Z se llevó el dedo a los labios. El tipo se giró hacia otro lado, y fue entonces cuando vio un teléfono en el suelo con una luz roja parpadeando. Estaba grabando el sonido. Esperaba que la chica no se diera cuenta: parecía que iba a perder los nervios en cualquier momento.

La silla de E-Z despegó como una ráfaga de cañón y pronto estuvo sobre la chica. Su pistola voló en una dirección y el cuchillo en la otra. La envoltura metálica de la silla cayó hacia abajo.

"Llama al 911", gritó E-Z. Y a los clientes que estaban en el suelo: "¡Fuera de aquí!". Corrieron sin mirar atrás. Ahora estaba solo con la loca. "¿Por qué lo has hecho?", le preguntó.

Ella canturreó la letra de una canción que él había oído antes: "No me gustan los lunes", luego sonrió, puso los ojos en blanco y dijo: "Además, sólo es un juego". Volvió a tararear la canción durante unos segundos, con los ojos cerrados. Luego los abrió y, con los ojos desorbitados y riendo, dijo: "Ah, y si necesitas un profesional que te tiña bien el pelo, conozco a alguien".

"Eh, gracias", dijo él, pasándose los dedos por el pelo.

Recordó una canción que cantaba su madre. Una historia real, sobre un tiroteo. El grupo se llamaba ratones, o ratas.

Sacudió la cabeza. La chica que tenía delante se parecía a un personaje de un juego al que había jugado varias veces. Hasta el pintalabios manchado. No recordaba cuál, pero estaba seguro de que imitaba a un jugador. "Jugar a un juego es una cosa: nadie sale herido. Esto es la vida real. Si no te gusta algo, ¡deja de hacerlo! No hagas daño a los demás".

"Lárgate", respondió ella, "como si tuviera alguna opción en el asunto".

La policía irrumpió y tuvo que irse.

Encontraron a la chica asegurada con las armas atadas con nudos en el pasillo de seguridad de una consola de juegos.

Se dirigió a casa, esperando a que el temido ardor de sus alas le golpeara. Llegó hasta allí, hasta ahí todo bien. Pero tenía tanta hambre que se moría de ganas de comer cualquier cosa que tuviera a mano.

En la nevera había medio pollo que se comió mientras esperaba a que el queso se derritiera en la sartén. Se zampó el queso a la plancha. Luego hizo otro, mientras mordisqueaba una manzana. Cuando terminó la manzana, se sirvió helado de la tarrina. El dolor no llegaba, pero tendría un grave problema de peso si seguía comiendo así.

"¿Tío Sam?", llamó, comprobando si estaba en algún lugar de la casa; no estaba. Entró en su despacho e hizo algunos deberes, luego jugó un rato. Seguía sin haber rastro de Sam. Ni SMS. Ni llamadas ni mensajes de voz. Sam siempre le avisaba cuando llegaba tarde a casa. Qué raro. ¿Dónde estaba?

CAPÍTULO 17

Era más de medianoche y aún no había rastro del Tío Sam. Era la primera vez que se había saltado hacer la cena, y mucho menos que no le había dicho a E-Z dónde estaba. Sabía lo ansioso que se ponía su sobrino cuando las cosas escapaban a su control. En momentos así, al adolescente le picaba la piel, como si le hirviera la sangre bajo la superficie.

Sentado en su silla de ruedas, hizo el equivalente a pasear. Rodaba por el pasillo y volvía a bajar. Lo difícil era darse la vuelta, lo que hacía en su despacho. De vuelta a la cocina, encendió la televisión para crear un poco de ruido blanco. Se detuvo a mirar antes de volver al pasillo y una experiencia extracorpórea se apoderó de él.

Estaba en el salón, en su silla de ruedas, viéndose a sí mismo en la televisión en su silla de ruedas. E-Z sacudió la cabeza, intentando darle sentido. ¿Por qué Hadz y Reiki no habían borrado sus recuerdos? Entonces ocurrió: el reportero dijo su nombre y su dirección real, incluido el suburbio. Esta vez lo dijo todo bien, y no se detuvo ahí.

"E-Z Dickens, de trece años, quería ser jugador profesional de béisbol. Y tenía las habilidades. Pero un accidente le arrebató a sus padres y sus piernas. El huérfano -convertido en superhéroe- vive ahora con su único pariente, Samuel Dickens".

Quería darle una patada a la pantalla del televisor. Lo dijeron, sin más. Como si todos los superhéroes tuvieran que ser huérfanos. Como si fuera un requisito imprescindible. Cuando sonó su teléfono, esperó que fuera Sam: era Arden.

"¿Lo estás viendo?", le preguntó. "¡Le han dicho a TODOS dónde vives!".

"Lo sé", dijo E-Z. "Lo peor es que el tío Sam está ausente sin permiso. Siempre me llama, pase lo que pase".

Arden habló con su padre. "Quédate ahí, papá y yo iremos enseguida. Puedes quedarte con nosotros, hasta que Sam y tú decidáis qué hacer. Déjale una nota".

"Gracias, pero aquí estaré bien".

"Papá dice que no hay peros que valgan. Dice que los periodistas se te echarán encima como el pan al arroz, signifique lo que signifique".

"No había pensado en los periodistas que vendrían aquí. Vale, me prepararé".

Fue a su habitación, preparó una bolsa de viaje y luego fue a la cocina para escribir una nota y ponerla en la nevera. Un vehículo se detuvo de repente en el exterior, haciendo chirriar los neumáticos. Una puerta se cerró de golpe, luego se oyeron disparos y fragmentos de cristal volaron por las ventanas. La puerta principal saltó de sus goznes, mientras su silla se alejaba hacia el tirador, que no dejaba de disparar a medida que se acercaban.

"Es sólo un niño", dijo E-Z, aprovechando su vacilación. Agarró la pistola, le hizo un nudo y la arrojó al otro lado del césped.

El chico, que era más joven que E-Z, aprovechó los segundos en que le lanzaba la pistola para derribarlo al suelo.

"No mola", dijo E-Z, mientras su silla lo empujaba y dejaba caer la jaula metálica sobre el niño, que sollozaba y preguntaba por su mamá. "Atrás", dijo E-Z a la silla.

El niño estaba enrollado en posición fetal, temblando y llorando. La silla replegó la jaula: el niño no se movió.

E-Z, ahora de nuevo en su silla de ruedas, preguntó: "¿Quién te ha traído hasta aquí? ¿Y por qué tanto tiroteo?"

"No es nada personal", explicó el chico. "Tenía que hacerlo. Una voz en mi cabeza me dijo que tenía que hacerlo. O me matarían a mí y a mi familia. Por eso robé las llaves de mi padre y aprendí a conducir... rápido".

"¿Nunca habías conducido?"

"Sólo en los juegos".

Otra vez juegos. "¿A quién te refieres? ¿Cómo se llaman?"

"No lo sé. Juego a algunos juegos online. Una mujer entraba en el juego y me decía que mataría a mi hermana. Cambiaba a otro juego; otra mujer decía que mataría a mis padres. En la partida a la que estaba jugando hoy, una tercera mujer me dijo que si no mataba a un chico que vivía en esta dirección, habría graves consecuencias". El chico tomó carrerilla hacia E-Z, pero no llegó lejos. La silla lo empujó y bajó la pluma.

"¡Sácame de aquí!", exigió el chaval.

E-Z se rió; el chico tenía pelotas. "Retírate", dijo a la silla y ayudó al chaval a ponerse en pie. El chaval se lo agradeció escupiéndole a la cara. Apretó los puños y pensó en arrancarle la maldita cabeza, pero no lo hizo. En vez de eso, lo abrazó. El niño empezó a llorar de nuevo, y sus lágrimas cayeron sobre los hombros y las alas de E-Z.

"Gracias, colega", dijo el niño. Dio un paso atrás, se puso la mano sobre el corazón y desapareció.

Cuando por fin llegó la policía, E-Z estaba sentado en su silla junto a la acera. Luego ya no lo estaba. Volvía a estar dentro del silo, sintiéndose claustrofóbico en la oscuridad total.

***

Antes, cuando había estado en el contenedor metálico, podía moverse. Ahora estaba en su silla de ruedas y apenas podía moverse. Intentó mover los dedos de los pies dentro de los zapatos, pero no los sentía. Si sus piernas no funcionaban aquí, se alegraba de estar en su silla de ruedas. Al fin y al cabo eran un equipo: como Batman y el Batmóvil. En respuesta a sus pensamientos, la silla de ruedas avanzó como un mastín con correa.

"Sácanos de aquí", ordenó E-Z.

Sintió una sensación de movimiento sobre él. Un desplazamiento de luz como una nube avanzando por el cielo. Ojalá pudiera volar y escapar por el techo, pero sus alas no tenían espacio para expandirse.

La piel empezó a burbujearle y empezó a picarle. ¿Dónde estaba ahora aquel calmante spray de lavanda?

PFFT.

"Eh, gracias", dijo. Ahora hasta esa cosa podía leerle la mente.

Sus hombros se relajaron, mientras formulaba una lista de exigencias:

Número uno. Quería contárselo todo al Tío Sam. Y se refería a todo. Que no se le escapara nada.

Número dos. Quería que PJ y Arden lo supieran. No todo, como haría el Tío Sam. Pero lo suficiente para que comprendieran la presión a la que estaba sometido. Lo suficiente para que pudieran apoyarle y animarle. Odiaba mentirles. Necesitaba que supieran lo de las pruebas. Por qué las hacía. Como si tuviera alguna opción.

Número tres. Quería que le pidieran permiso antes de secuestrarlo. Así sabría a qué atenerse. Odiaba que le dejaran caer en esto.

Número cuatro. Quería saber dónde estaba. Por qué siempre le dejaban caer en el mismo contenedor. Por qué a veces le funcionaban las piernas y a veces no. Por qué a veces su silla estaba con él y a veces no.

"El tiempo de espera es de doce minutos", dijo una voz de mujer. "¿Desea una bebida?"

"Agua", dijo, mientras el metal situado a su derecha escupía un estante con un vaso de agua encima. "Gracias". Volvió a lanzarlo. El vaso volvió a llenarse hasta arriba. Lo dejó para más tarde.

Ya más relajado, le vino una canción a la cabeza. A su padre le encantaba. La silla de ruedas se balanceaba de un lado a otro mientras él cantaba la letra. La silla tomaba impulso, como si quisiera liberarse.

Segundos después estaba de vuelta en casa, en su dormitorio con cristales rotos por todas partes. En las paredes palpitaban luces azules y rojas. Se asomó a la ventana rota.

"¡Está ahí arriba!", gritó un periodista.

$***$

"¡Otra vez no!", gritó, ahora de nuevo en el contenedor metálico. "¡Sácame de aquí!" Dio una patada con el pie a la pared del silo. "¡Ay!", gritó. Luego sonrió, feliz de volver a sentir las piernas y se levantó. Levantó el puño en el aire: "¡Quién te crees que eres para traerme aquí, a tu antojo!".

"El tiempo de espera es ahora de seis minutos, por favor, permanezcan sentados".

Unas correas salieron de las paredes delante de él, detrás, a ambos lados. Estaba atado en su sitio. Luchó por liberarse, pero las correas de cuero no hacían más que apretarle. Pronto sólo pudo mover la cabeza y el cuello.

PFFT.

"Ah, lavanda", dijo. Debajo de él, la silla de ruedas empezó a temblar. "Todo irá bien". "¿Sois cobardes y tenéis demasiado miedo para bajar aquí y enfrentaros a mí?".

PFFT.

PFFT.

Se desmayó.

Durmió profundamente hasta que el techo del silo se abrió como el Astrodome de Houston. Y una cosa se tragó la luz. Pudo sentirlo, antes de poder verlo. Se llevó la luz de su mundo. Debajo de él, la silla de ruedas temblaba, mientras la cosa de arriba entraba en caída libre.

Se detuvo por completo, como una araña al final de su atadura.

¿Lucifer?

¿Satanás?

Esperó, demasiado asustado para hablar.

"Hola... o... o...", rugió la criatura alada, y su voz rebotó en las paredes.

Deseó poder taparse los oídos.

La criatura sonrió, mostrando unos dientes como cuchillas y soltando un hedor pútrido y nauseabundo.

Se atragantó, tosió y deseó poder taparse también la nariz.

La bestia rió con un rugido, que retumbó arriba y abajo de su prisión metálica como si estuviera haciendo palomitas. Se inclinó más hacia la cara del adolescente y le espetó: "¿No hablo su idioma, señor?".

E-Z no respondió. No podía. Se sentía muy poco heroico. El hecho de que su silla de ruedas pareciera temblar debajo de él no aumentaba su confianza.

"¿NO ME ENTIENDES?", bramó la cosa, haciendo temblar la prisión de metal hasta sus cimientos. La cosa se acercó aún más. NO. NO. OÍR. ¿ME OYES?

Era como una nube parlante con una cabeza en el centro, preparándose para llover sobre él con truenos y relámpagos. Clavando las uñas en los reposabrazos, se armó de valor y dijo: "Sí". Repasó mentalmente su lista de exigencias.

La bestia rugió y salió fuego de su boca. Por suerte para E-Z, el calor sube. De repente sintió mucha hambre, de tocino.

"Me gusta el tocino", confesó la criatura.

E-Z se preguntó si había dicho lo del tocino en voz alta. Incluso dado su acelerado nivel de miedo, sabía que no lo había dicho. Eso significaba una cosa: ¡todos podían leerle la mente! Se enderezó e intentó protegerse cerrando la mente. Sus pensamientos se precipitaron hacia las comidas, tortitas en el Café de Ann, un batido de chocolate espeso, sirope de mantequilla. Cualquier cosa para mantener a raya el miedo y bajar la ansiedad. Aquello era una tortura, aquella cosa podía leer sus pensamientos y aprisionarlo para siempre. ¿Había algún sindicato de superhéroes al que pudiera afiliarse?

"¡Bah, ja, ja!", rugió la cosa entre risas.

E-Z deseó tanto poder llegar a sus oídos, pero como no podía, se consoló pensando que al menos tenía sentido del humor. "¿Por qué estoy aquí?"

La cosa no contestó inmediatamente, así que intentó mentalizarle con la mirada. Resultaba especialmente difícil mantener la mirada, ya que la silla seguía intentando arrojarle fuera de ella. Hizo una bola con los puños, haciendo sangre.

La criatura se movía con la agilidad de una serpiente, y su lengua espumosa saltaba de un lado a otro mientras lamía los puños de E-Z.

"Gritó: "¡Qué asco! "¡Qué asco!"

"¡Más, por favor!", exigió la cosa, mientras la sangre de su lengua brillaba como gotas de lluvia.

E-Z se había asustado antes, pero ahora estaba mucho más que asustado. Más bien petrificado, pero era un superhéroe. Tenía que sacar fuerzas de algún sitio, aunque la silla fuera inútil.

"Nah, nah, nah, nah, nah", cantaba la cosa, mientras se acercaba en picado, luego se alejaba y volvía a acercarse. Rebotaba en las paredes.

Al cabo de unos instantes, la criatura se acomodó. Cruzó las piernas en el aire. Luego le puso el dedo largo y huesudo en la mejilla. Parecía que esperaba tener una charla amistosa.

"Hadz y Reiki han sido retirados de tu caso", susurró la cosa. "Esos dos eran imbéciles. Menos que inútiles. Soy tu nuevo mentor".

La criatura oscura se descruzó. Revoloteó por encima, realizó una media reverencia con una floritura y se elevó más arriba en el contenedor.

E-Z pensó unos segundos antes de responder. Aquellas dos criaturas le habían sido leales. Le habían ayudado y cuidado, y lo más importante, no bebían sangre humana.

"¿Podemos hablar de esto? preguntó E-Z. Intentó sonreír. No sabía qué aspecto tendría al otro lado.

"¡NO!", dijo la cosa, acercándose a la salida.

E-Z observó cómo se elevaba. Indefenso. Sin esperanza.

"¡Espera!", gritó, la cosa estaba medio dentro y medio fuera del contenedor. "¡Te ordeno que esperes!" dijo E-Z, mientras el techo empezaba a cerrarse, entonces la cosa estaba en su cara en un instante.

"¿Y-E-S?", preguntó.

"Quiero hablar con tu jefe, para que me devuelva a Reiki y Hadz. Son más adecuados para mis pruebas. Para el éxito de las pruebas".

"¿No te gusto?", chilló la criatura con una voz como uñas en una pizarra.

"¡Para! Por favor!"

"Traer de vuelta a esos dos idiotas está fuera de lugar", la cosa giró como un hámster en una rueda.

"¡Basta ya! ¡Me estás mareando! Sácame de aquí".

"De acuerdo", dijo, cruzándose de brazos y parpadeando como la mujer de la vieja serie de televisión Sueño con Jeannie.

El silo desapareció, mientras E-Z y su silla quedaban cayendo en picado hacia el suelo.

"¡Ahhhh!", gritó.

Luego desapareció su silla de ruedas.

Y mientras seguía cayendo, agitó los puños hacia la criatura que tenía encima. Se preparó para la caída.

"Por cierto, me llamo Eriel".

"¡Arrggghhhh!", exclamó.

Volvía a estar en su silla de ruedas y se aferraba a ella para salvar la vida. Seguían cayendo.

CAPÍTULO 18

CRASH!

Justo a través del tejado de su casa. Su silla de ruedas se inclinó hacia delante y le tiró sobre la cama. Luego rodó hasta el suelo. Los dos estaban bien. No habían empeorado.

Encima de él, el agujero que habían hecho se arreglaba solo.

"¡Ahí estás!" dijo Sam. "Bienvenido a casa".

E-Z ni siquiera se había fijado en él. Estaba profundamente dormido en la silla del rincón.

Sam se estiró y bostezó. Luego cruzó tambaleándose la habitación, donde le esperaba una jarra de agua. Engulló un vaso y ofreció otro a su sobrino.

"¿Y esa criatura malvada de Eriel?". dijo Sam.

E-Z casi escupió el agua.

"¿Quién? ¿QUÉ?"

continuó Sam. "¡Ese Eriel, es la criatura voladora crecida más asquerosa y repugnante que jamás esperaría conocer!". Apretó los puños. "¡Espero que puedas oírme, estés donde estés! No te tengo miedo".

A E-Z casi se le cae la mandíbula al suelo.

Sam continuó. "Esa cosa me tenía dentro de un contenedor de metal. Ahora sé por qué tenías una pesadilla. Realmente era como un silo. Me dijo que tenía que entregarle tu tutela, de lo contrario te dispararían".

"Ah, eso", dijo E-Z. "Supongo que viste todos los cristales rotos. Era un niño, intentó matarme".

"Lo sé todo. Lo vi todo desde dentro del silo. ¿Sabías que había un televisor de pantalla grande ahí dentro? Y también un sistema de sonido bastante bueno".

"¿Qué? Acabo de estar allí y Eriel no me ha dicho nada sobre ti ni sobre asumir la tutela". Cruzó la habitación y miró al techo: "¿Es una prueba, Eriel? Si digo algo, ¿vas a rescindir la oferta? Dame una señal".

"¿Con quién estás hablando? Eriel no está aquí. Si lo estuviera, seríamos capaces de oler su hedor desde una milla. No, estamos solos -aunque levanté los puños hacia él. No esperaba que me oyera".

"Seguro que tiene ojos y oídos por todas partes".

"Dicen que Dios tiene ojos y oídos en todas partes. Si es que existe".

"¿Qué más te dijo sobre mí?

"Me dijo que estabas destinado a morir con tus padres. Él y sus colegas te salvaron y ahora tienes que superar una serie de pruebas".

"Así es. Juré guardar el secreto, así que me pregunto por qué te reveló esta información".

"Al principio, intentó intimidarme, pero tú saliste de ese aprieto con el chico. Me dejó aquí en la casa y no pude encontrarte por ninguna parte".

"Sí, porque me tenía en el contenedor".

"Me metió y sacó unas cuantas veces, pero me negué a renunciar a tu tutela. Después de la segunda o tercera vez, me dijo que habías pedido que me lo contaran todo y..."

"Preparé un plan para pedírselo. No le dije de qué se trataba, pero él, como casi todo el mundo últimamente, puede leerme la mente".

"¿Cómo que todos los demás?"

"Eh, antes de Eriel, había dos aspirantes a ángeles llamados Hadz y Reiki".

"Oh, sí que mencionó a dos imbéciles. Dijo que los habían degradado a trabajar en las minas de diamantes".

"¿El cielo tiene minas?"

"Dudo que esa cosa viniera del cielo, si es que existe".

"¿Te importa si vamos a la cocina a tomar un tentempié?" preguntó E-Z. Avanzaron por el pasillo, Sam puso la parrilla y preparó pan con queso y mantequilla. "Mientras dormías, investigué un poco sobre Eriel. Me costó un poco encontrarlo, pero una vez que acoté la búsqueda, di con oro". Volcó los bocadillos en los platos y los llevó a la mesa.

"Gracias, estoy deseando que me lo cuentes todo. ¿Te importa si me pongo a ello?

"No, adelante". Sam observó a su sobrino dar cuatro mordiscos y luego el bocadillo desapareció. Le pasó el suyo, no tenía hambre después de todo. "Empecé la búsqueda tecleando Eriel. No salió nada. Así que tecleé Arcángeles y el nombre de Uriel aparecía al principio de la página".

"¿Crees que son lo mismo?" Dio otro mordisco.

"Eso es lo que pensé al principio. Luego encontré una lista de Arcángeles y el nombre Radueriel en la Mitología

Judía. Cuando comprobé su descripción, dice que podía crear ángeles menores con una simple expresión".

"¿Quieres decir como Hadz y Reiki? Espera un momento, si los creó, probablemente por eso pudo enviarlos a las minas".

"Pienso exactamente lo mismo. Entonces, creo que basándonos en esa información ahora sabemos que Eriel, alias Radueriel, es un arcángel".

E-Z asintió.

"Entonces, seguí indagando y encontré esto "Un príncipe que contempla lugares secretos y misterios secretos. También, un gran y santo ángel de luz y gloria".

"¡Vaya, es todo un malote!

"También puede crear algo de la nada, manifestándolo desde el aire".

"Entonces, deduzco que puede cambiar su propia apariencia, además de las apariencias de los demás".

"Así es. Y escribí algunas palabras". Empujó el trozo de papel por la mesa. "Pero no las digas en voz alta. Si lo hicieras, le invocarías". Las palabras del papel eran

Rosh-Ah-Or.A.Ra-Du,EE,El.

"Memoriza las palabras de este trozo de papel, por si alguna vez necesitas invocarle".

"¿Cómo sabemos que funcionarán?".

"Úsalas sólo si es necesario. No merece la pena llamarle aquí, a menos que sea el último recurso".

"De acuerdo". Mientras las repetía una y otra vez en su mente, sintió consuelo al saber que, después de todo, el arcángel no le leía la mente continuamente.

"Eriel dijo que debía ayudarte con las pruebas. Supongo que salvar a esa niña fue la primera que tuviste que hacer".

"Hasta ahora he hecho varias. La primera, sí, la de la niña. La segunda, salvé a un avión de estrellarse".

"¡Vaya! Me encantaría saber más sobre cómo lo hiciste. Me sorprende que no salieras en las noticias".

"Estuve, pero no se notaba que era yo. La tercera, detuve a un tirador en la azotea de un edificio del centro. La cuarta, a otro tirador en un centro comercial con rehenes y la quinta, al chico de fuera que intentaba matarme".

Sam recogió los platos y los llevó al lavavajillas. "No sabes lo orgullosa que estoy de ti. Todo esto que está pasando y yo no tenía ni idea".

"Juré guardar el secreto. Si se lo contaba a alguien...".

"Se asegurarían de que no volvieras a ver a tus padres" - sí, me lo dijo. Eso me parece un poco sospechoso. Eriel no es del tipo sentimental, era como una gran bola de ira esperando un objetivo".

"Herí sus sentimientos, cuando pensó que no me gustaba".

se burló Sam. "Imagínate esa cosa, teniendo sentimientos". Se levantó. "¿Quieres café?"

"Preferiría cacao". Bostezó. "Ha sido un día muy largo".

"Podemos hablar más de esto por la mañana, pero ¿qué te parece el plazo? Has completado cinco pruebas, ¿en cuántos días?".

"Han sido aleatorias. No sé nada de un plazo firme".

"Eriel me dijo que tienes que completar doce pruebas en treinta días. Si ya llevas dos semanas, entonces tendrán que acelerarlo, y mucho".

"Es la primera vez que oigo eso".

"Dijo que si no las completas a tiempo... morirás".

"¿Qué?

"También que todos los que has salvado perecerán. Sam se detuvo, ante la idea de perderlo ahora que acababan de empezar. Su vida volvería a estar vacía, sólo trabajo, casa, trabajo, casa. E-Z le miraba fijamente, esperando. "Perdona, estaba pensando en lo mucho que significas para mí, pequeña. Pero me dijo otra cosa: que morirías con tus padres. Eso significaría que todo lo que hemos hecho, todo el tiempo que hemos pasado juntos desaparecería. Y no digo que yo pueda o quiera ocupar el lugar de tus padres, pero sabes lo que quiero decir, ¿verdad? Te quiero, pequeña".

"Lo mismo digo", dijo E-Z. Quería abrazar a Sam y Sam quería abrazarle a él, se daba cuenta y, sin embargo, se movían. Respiró hondo: "Eso es duro. Aunque suena más a Eriel".

"Una cosa más, dijo que cada vez que completas una prueba, tu alma aumenta. Cuando llegues a doce, tendrá un valor óptimo. Moneda de alma que podrás utilizar para volver a ver y hablar con tus padres".

La silla de E-Z se retiró de la mesa mientras la puerta principal salía volando de las bisagras y él se lanzaba al cielo.

"¡Arrgghhhhh!" gritó Sam desde detrás de él. Se aferraba a la silla y a las alas de su sobrino como una cometa descarriada.

"¡Agárrate!" dijo E-Z. "Creo que Eriel te llama".

Y siguieron volando.

CAPÍTULO 19

"Espera, vamos a aterrizar". Su silla de ruedas se dirigió hacia abajo.

"¡Ojalá yo también tuviera cinturón de seguridad!" exclamó Sam, rodeando con los brazos el cuello de su sobrino.

"No te preocupes, será un aterrizaje seguro".

"¡Si no me suelto antes! Arrgghhh!"

Mientras descendían, E-Z divisó un círculo de estatuas. Como no tenía otra cosa que hacer, las contó: había cien con algo en medio. Qué raro, había estado muchas veces en el centro de la ciudad, pero no recordaba este grupo de bloques de hormigón. Las ruedas de la silla tocaron el suelo, pero Sam seguía aferrado a ella.

"Ya está bien", dijo E-Z. "Puedes abrir los ojos".

Y lo hizo. "¡Mataré a ese Eriel la próxima vez que lo vea!".

"Shhhh. Puede que sea antes de lo que crees". Lo que había visto en el centro de las estatuas era Eriel en forma humana, en rasgos físicos pero no en tamaño. Además, estaba sentado en una silla de ruedas que flotaba como un trono mágico.

Tenía el pelo negro azabache, que le caía por los hombros hasta la cintura. Tenía los ojos como el carbón y la tez como el alabastro. Tenía la barbilla cubierta de barba incipiente, como la sombra de las seis de la tarde, aunque era más cerca del mediodía. Sus labios eran muy rojos, como si se hubiera aplicado carmín fresco. Mientras que su nariz parecía la de un jugador de fútbol que se la hubiera roto más de una vez. Como ropa, llevaba una camiseta blanca, unos vaqueros negros y en los pies un par de sandalias de Jesús.

E-Z giró en círculo, mirando de nuevo a los ciento diez hombres. Todos iban vestidos con ropa moderna. La mayoría llevaba gafas y trajes potentes. Entonces supo la verdad: Eriel había convertido en estatuas a ciento diez hombres que vivían y respiraban.

Y eso no era todo. Se dio cuenta de que, aunque estaban en el distrito comercial central, no se oía ninguno de los ruidos habituales. En un día normal, los coches atascados en el tráfico estarían tocando el claxon y los gases de escape llenarían el aire.

El silencio era molesto, pero el aire fresco y limpio le hizo inspirar más profundamente. Le tranquilizó. Sabía que era la calma que precede a la tormenta.

Miró al cielo. Un avión de pasajeros estaba detenido en el aire. Junto a él había pájaros que habían dejado de volar. Como telón de fondo, nubes. Inmóviles. Inmóviles.

Entonces todo por encima de él cambió de azul a negro.

Y el otrora inquietante silencio fue arrancado.

Lo que lo sustituyó fueron gemidos. Gemidos. Como si las raíces de los árboles fueran arrancadas de la tierra. Y el aire se espesó y se enroscó en sus gargantas. Robándoles el aliento.

Y bajo sus pies, el suelo empezó a temblar. Se abrió de par en par. Un terremoto. Desgarrador. Desgarrando.

Y el sol, la luna y las estrellas brillaron todos juntos, pero sólo durante un segundo. Luego estallaron y se rompieron en mil pedazos.

"¿Por qué convertisteis a los hombres en estatuas? ¿Y por qué intentas destruir el mundo?" preguntó E-Z. "¿Y por qué estás flotando ahí arriba en una silla de ruedas?".

"¡Oh, no!", gritó Sam, blandiendo los puños en el aire.

Eriel se rió: "Ya era hora de que vinieras, protegido. ¿Cómo te atreves a hablarme, a hacerme preguntas? Soy el grande y el poderoso, pero soy real, no falso como el Mago de OZ. Sólo existes porque elegí salvarte".

"Cuando Ophaniel me habló en la Biblioteca de los Ángeles, ni siquiera te mencionó".

Eriel se rió y señaló con un dedo huesudo que se estiró hacia abajo y tocó la nariz de E-Z. "Me entregaron tu caso, después de que esos dos idiotas de Hadz y Reiki fracasaran en su cometido".

"¡No me toques!" El dedo se retrajo. "Te pregunto de nuevo: ¿qué haces aquí, en mi territorio, y por qué estás en una silla de ruedas?".

"Todo se explicará", dijo Eriel. Levantó los pies y les sonrió. "Me gustan estos zapatos; son muy cómodos".

"No son zapatos, son sandalias", dijo Sam, acercándose a la silla que flotaba.

"Espera, tío Sam, ponte detrás de mí".

Eriel echó la cabeza hacia atrás y se echó a reír. "'La verdad es un perro que debe ser domado', es una cita de Shakespeare que significa que tu tío debe ser domado".

"¿Por qué tú?" gritó Sam, levantando el puño en el aire.

" Es difícil vencer a una persona que nunca se rinde' - es una cita de Babe Ruth uno de los jugadores de béisbol más famosos de la historia". La silla de E-Z se levantó del suelo y voló cerca de Eriel.

"'El béisbol es un juego de equilibrio'", dijo Eriel. "Es una cita del escritor Stephen King". Dudó, y luego esbozó una sonrisa tan grande que parecía que se le iban a hundir las mejillas cuando la silla de E-Z cayó como si fuera de plomo. "Uy", dijo Eriel, mientras rugía de risa.

E-Z no tardó en recuperar el control de su silla y ésta se elevó como un ascensor. Intentó que sus alas controlaran la situación. Pero no había tiempo, ya que se había convertido en una peonza y daba vueltas y vueltas.

"¡Arrgghhhhh!", gritó, clavando las uñas en los reposabrazos de la silla. La peonza dejó de girar, la silla volvió a caer como un globo de plomo y se detuvo.

De nuevo, intentó hacer funcionar sus alas. No cooperaron y lo siguiente que supo es que estaba girando de nuevo. Pero esta vez era en sentido contrario a las agujas del reloj.

"¡Hhhhggggrrraaa!", gritó.

Eriel se rió tan fuerte que hizo temblar la tierra.

Abajo, Sam recogió piedras del pavimento y se las lanzó a Eriel, que esquivó y esquivó la mayoría de ellas. Sin embargo, una gran roca conectó con la nariz de la criatura. "¡Métete con alguien de tu edad! gritó Sam.

Mientras la sangre le corría por la cara, Eriel puso al tío de E-Z en su sitio.

"¡Nooooooo!" gritó E-Z mientras seguía girando. Cuando se detuvo por completo, boca abajo, lo que vio debajo no podía ser erróneo. El Tío Sam era ahora una de las estatuas en círculo: allí había ciento once hombres. Estaba tan mareado que aún así se le ocurrió una cita y, como era todo lo que tenía, la gritó tan alto como pudo: "'¡No se acaba hasta que se acaba!

POP.

POP.

Hadz se sentó en uno de los hombros del adolescente, Reiki en el otro.

"¡Esa es una cita de Yogi Berra y esta, es mía y del Tío Sam!".

En sus manos sostenía ahora el bate más grande del mundo, una réplica del ouncer 54 de Babe Ruth, y estaba deslumbrante de polvo de diamante. No tenía ni idea de lo pesado que era éste cuando lanzó un golpe a Eriel en su trono de silla de ruedas y lo envió volando de un extremo a otro. Cantó: "¡Saluda al hombre de la Luna cuando lo conozcas!".

A lo lejos, la voz resonante de Eriel dijo: "¡Prueba completada!".

Hadz y Reiki aplaudieron. Al igual que los ciento once hombres que habían vuelto a sus formas humanas, incluido el Tío Sam.

"Por supuesto, sabes que volverá", dijo Hadz. "¡Y estará muy enfadado!"

"¡Gracias por tu ayuda!" Dijo E-Z, mientras él y Sam volaban a casa.

Reiki y Hadz borraron las mentes de los ciento diez, luego reanudaron el trabajo en las minas y esperaron que nadie se diera cuenta de que habían descubierto cómo escapar.

Eriel siguió dando vueltas sin control mientras formulaba un plan de venganza.

EPÍLOGO

Después de unos días ajetreados, E-Z por fin pudo dormir bien. Soñó con jugar al béisbol y al día siguiente Arden y PJ vinieron para llevarle a un partido. "Hoy no me apetece jugar, pero iré por la moral", dijo.

"Claro que sí", respondieron sus amigos.

Cuando llevaron a E-Z al campo, insistieron en que jugara. Necesitaban que atrapara, y él aceptó. Cuando llegó su primera vez al bate, quiso batear por sí mismo. Cogió su bate favorito y se dirigió al plato. El primer lanzamiento fue alto, y lo falló. Su zona de lanzamiento estaba muy condensada desde que estaba sentado.

"Strike uno", gritó el árbitro.

E-Z se apartó del plato. Practicó un par de lanzamientos más y volvió a girar. En el siguiente lanzamiento, conectó con él y lanzó una falta.

"Strike dos", dijo el árbitro.

"No hay bateador, no hay bateador", parlotearon los chicos del campo.

El lanzador lanzó una bola curva y E-Z se inclinó hacia el lanzamiento y conectó. Voló, fuera del campo. Por encima de la valla. Fuera del parque.

"Toma las bases", dijo el árbitro. "Te lo mereces, chaval".

E-Z giró sobre sí mismo alrededor de las bases, evitando que su silla levantara el vuelo. Cuando su silla tocó la base, sus compañeros de equipo se reunieron a su alrededor para animarle. Disfrutó mientras duró.

Hasta que aterrizó de nuevo dentro del contenedor metálico, sólo que esta vez estaba enrollado en una bola, y se quedó sin silla. Como un bebé recién nacido, respiró profundamente, pues era lo único que podía hacer. Los bebés podían darse la vuelta. Lo único que tenía que hacer era concentrarse, enfocar.

Sí, lo consiguió. El único problema era que no estaba mejor. Seguía enrollado, en la oscuridad. Confinado en un espacio sin luz ni posibilidad de moverse apenas. De hecho, la forma del contenedor metálico era diferente esta vez. Era más delgado en un extremo, con forma de bala.

Saber esto no ayudó a que su claustrofobia y ansiedad se dispararan. Se preguntó cuánto tiempo podría seguir respirando en aquel espacio reducido. No mucho. Se quedaría sin aire enseguida y moriría. Inspiró profundamente, intentando mantener bajo el nivel de ansiedad.

Una cosa era cierta: no había forma de que Eriel cupiera en esta cosa con él. A menos que abriera las paredes de par en par, lo que quizá no fuera tan mala idea.

E-Z golpeó las paredes y el techo. Gritó. Gritó. Recordó su teléfono. ¿Podría alcanzarlo? No lo tenía. Lo había metido en la bolsa de deporte para cumplir la norma de no permitir teléfonos en el campo.

Fuera del contenedor, se oían ruidos inquietantes. Arañazos. ¿Ratas? No, ratas no. Podía lidiar con muchas cosas, pero no con ratas. "¡Dejadme salir!", gritó.

Se encendió un motor. Un vehículo más viejo, como un camión. El suelo bajo él empezó a temblar y a traquetear mientras la bala avanzaba y rebotaba.

Fuera, el contenedor rebotaba contra las paredes. Dentro, estaba en un espacio tan reducido que no había mucho movimiento. Ésa era una ventaja de estar atrapado en una bala.

El vehículo chocó contra algo, y la cabeza de E-Z conectó con la parte superior de la cosa. Gritó, pero el sonido se apagó. El contenedor metálico volvió a moverse, de lado. Chocó contra algo y volvió a su posición original. Le dolía el hombro por el impacto.

E-Z se preguntó si se trataba de una tarea de Eriel, pero decidió que no podía ser. Empezó a llegar a la conclusión de que lo habían secuestrado y lo mantenían cautivo. Pero, ¿por qué ahora?

"¡Eh!", gritó cuando el objeto metálico rodó y aterrizó en el fondo plano, donde estaba su trasero. Ahora el peso estaba más repartido. Estaba cómodo. O todo lo cómodo que podía estar dadas las circunstancias. Así que permaneció muy quieto hasta que el vehículo se detuvo por completo y cayó de punta.

Respiró hondo, se tranquilizó y pronunció las palabras en voz alta,

"Roch-Ah-Or, A, Ra-Du, EE, El".

Mientras esperaba, preguntó: "¿Dónde estás Eriel?

¿Roch-Ah-Or, A, Ra-Du, EE, El?".

"¿Me has convocado?" dijo Eriel. Su voz era nítida y clara, pero no era visible.

"Sí, Eriel, creo que me han secuestrado. Estoy en un contenedor. ¿Puedes ayudarme?"

"Sé dónde estás siempre", dijo Eriel. "La pregunta que deberías hacerte es: ¿TE AYUDARÉ?".

"¡No sabía que me tenías vigilada las 24 horas del día!" exclamó E-Z, cada vez más enfadado. Respiró hondo varias veces y se tranquilizó. Necesitaba la ayuda de Eriel, y el arcángel no se lo iba a poner fácil. "No puedo ver al conductor de esta cosa y no puedo extender mis alas. ¿Y dónde está mi silla? Me estoy quedando sin aire aquí dentro. Si quieres que termine esas pruebas por ti, será mejor que me saques de aquí y rápido".

"Primero me insultas, cuestionando si soy ángel o no, y luego me suplicas que te ayude. Los humanos son criaturas muy volubles".

"Lo sé. Lo siento. Por favor, ayúdame".

"¿Has considerado", sugirió Eriel. "¿Que esto ES una prueba? ¿Algo que debes superar tú misma?"

"¿Me estás diciendo que esto es definitivamente una prueba?".

"No digo que lo sea. Y yo no digo que no lo sea", dijo Eriel con una risita.

E-Z echaba humo. Echaba tanto de menos a Hadz y a Reiki.

"Qué triste que sigas pensando en esos dos idiotas. Ahora E-Z, si fuera un juicio, ¿cómo te librarías de él?".

"En primer lugar, me ayudaron cuando casi matas a la Tierra. En segundo lugar, no puede ser un juicio porque no tengo a nadie a quien ayudar".

Eriel se rió. "¿Te consideras nadie?". Eriel hizo una pausa. "Hoy te salvas a ti mismo y sólo a ti mismo. Utiliza las herramientas que tienes a tu disposición". Vaciló y volvió a reír. "Piensa fuera del contenedor de metal". Su risa era tan fuerte dentro de la bala metálica que a E-Z le dolían los oídos. Se los tapó. Entonces dejó de oír a Eriel.

E-Z cerró los ojos y se concentró. Decidió cerrar los puños e intentar separar las paredes. Por mucho que lo intentara, no se moverían. El plan B era invocar su silla, y así lo hizo. Imaginó que no estaba lejos. Quizá estuviera flotando en el aire, esperando a que E-Z la invocara. Estaba tan concentrado en llamar a su silla que no se dio cuenta de que alguien caminaba fuera. Pisadas en la acera. Un hombre, con las botas golpeando. El hombre se dirigía alrededor del vehículo, hacia la parte trasera. Entró una llave. La puerta se enrolló.

"Ha estado rodando por aquí", dijo el hombre.

Una risa. No la risa de Eriel. La risa de otro hombre.

Luego un grito.

Luego más gritos.

Luego, una huida. Huyendo.

Más gritos.

Luego movimiento. El contenedor en movimiento. Siendo elevado hasta su silla de ruedas.

Luego hacia arriba, cada vez más alto. Hacia un lugar seguro.

"Gracias", dijo E-Z a su silla. "Ahora llévame a casa con el Tío Sam".

E-Z sabía que el Tío Sam podría sacarle del contenedor. Necesitaría un abrelatas gigante, pero si había alguno, el Tío Sam lo encontraría.

Sin embargo, su silla de ruedas partió a toda velocidad en dirección contraria.

LIBRO DOS:

LAS TRES

CAPÍTULO 1

Lejos, muy lejos de donde vivía E-Z Dickens, una niña bailaba. Sus clases de ballet eran en un pequeño estudio del distrito financiero central de Holanda.

Era una niña bonita, con el pelo dorado y una línea de pecas que se extendía por la nariz y las mejillas. Sus rasgos más memorables eran sus ojos verde avellana. El color era exactamente el mismo que el de su abuela. Su sueño era llegar a ser la bailarina más famosa de Holanda.

Su tutú rosa era de tul. Era un tejido ligero, parecido a la red, que utilizaban los diseñadores para las bailarinas profesionales. Su niñera le había diseñado y cosido el tutú. El traje de bailarina era una obra de arte en sí mismo, tanto que todos los niños de la clase querían uno.

Hannah, la niñera de Lia, recibió muchas peticiones de otros padres para que hiciera a sus hijas el mismo tutú. Les dijo con firmeza a los niños, a sus padres, a los profesores y a muchas otras personas que no tenía tiempo para asumir ese trabajo extra. Aunque le habría venido bien el dinero.

Todo lo que hacía Hannah, lo hacía porque quería a su pupila, Lia. Lia, a quien llamaba su kleintje, que traducido significa pequeña.

Cuando la clase de ballet estaba a punto de terminar, Lia guardó las zapatillas. Se frotó los pies doloridos.

Todos los bailarines de ballet -incluso los de siete años como Lia- debían entrenar un mínimo de veinte horas a la semana.

Este trabajo adicional, además de un programa escolar completo, exigía dedicación y compromiso. A los niños que no podían seguir el ritmo se les enseñaba la puerta enseguida. No importaba cuánto dinero se ofrecieran a pagar sus padres para mantenerlos en el programa.

Lia esperaba conocer algún día a su ídolo Igone de Jongh, la bailarina holandesa más famosa de todos los tiempos. Desde que su ídolo se retiró, Lia veía sus actuaciones por televisión.

Hannah cuidaba de Lia los días laborables. La madre de Lia, Samantha, viajaba por negocios durante la semana.

Fuera del estudio de danza, Hannah y Lia subieron al Volkswagen Golf. Pronto llegarían a casa.

"¿Tienes deberes?" preguntó Hannah.

Lia asintió.

"Goed", traducido como bien. "Ve a empezar cuando prepare la cena", dijo Hannah.

"Oke", traducido como bien, respondió Lia.

Lia fue inmediatamente a su habitación, donde colgó su traje de ballet, y luego se puso a trabajar en su pupitre.

En la escuela estaban aprendiendo la leyenda del Árbol Brujo. Su tarea consistía en dibujar el árbol y crear algo mágico sobre él. Su intención era dibujar un contorno con tiza. Luego utilizaría limpiapipas para las raíces y purpurina en las hojas para el elemento mágico.

Aunque tenía un talento natural para el arte, no disfrutaba creándolo. Prefería la danza. No se quejaba ni rechazaba las tareas que no le gustaban especialmente. No estaba en su naturaleza ser desobediente o perturbadora.

Aunque Lia vivía en Zumbert (Países Bajos), iba a una escuela internacional. Su inglés era excelente. Zumbert era conocido en todo el mundo por ser el lugar de nacimiento de Vincent Van Gogh. Lia lo sabía todo sobre Van Gogh, ya que por sus venas corría la misma sangre que por las suyas.

Tras terminar los deberes, abrió el ordenador. Se conectó y jugó a un juego. Llegar al siguiente nivel sólo le llevaría unos instantes. Hannah pronto la llamaría para bajar a avondeten (cenar).

Nadie tiene por qué enterarse, le dijo una vocecita en el fondo de su mente. Lia hizo caso a la voz, pero para asegurarse de que nadie se enteraba, cerró la puerta de su habitación.

Cuando sus dedos chasquearon el teclado, la bombilla de encima de su escritorio se apagó con un chasquido. Cerró el portátil y volvió a abrir la puerta. Miró hacia el pasillo, donde estaban las bombillas halógenas de repuesto. Nanny guardaba una provisión en el armario de la ropa blanca, al final de la escalera. Lia sólo tenía que salir, coger una, volver y cambiar la bombilla ella misma. Así tendría más tiempo para jugar a su juego.

De vuelta en su habitación, evaluó la situación. Tenía que subirse a la silla del escritorio, que tenía ruedas. La empujaría firmemente contra la cama para asegurarla. Sí, funcionaría.

Aseguró la silla bajo la lámpara y se subió a ella. Sujetó la bombilla nueva bajo la barbilla y desenroscó la vieja. Tiró la bombilla fundida a la cama. Cogió la otra bombilla de debajo de la barbilla y la enroscó.

¡CRACK!

La bombilla nueva explotó.

Salieron despedidos fragmentos de cristal, en su mayoría diminutos. En la cara y los ojos de la niña.

Lia no gritó inmediatamente, pues una luz azul llenó la habitación haciendo que el tiempo se detuviera. La luz la rodeó mientras subía a la altura de su cara.

¡SWISH!

Apareció una pequeña criatura angelical que examinó los ojos de la niña. Luego, decidiendo que estaban irreparablemente dañados, susurró: "¿Serás tú, una de las tres?".

"Ja", traducido como sí, dijo Lia, mientras el tiempo se detenía.

Llegó el ángel, que se llamaba Haniel. Cantó una canción de cuna tranquilizadora a Lia, mientras le quitaba el cristal.

En inglés, la letra de la canción era

"Una niña triste se sentó

en la orilla del río.

La niña lloraba de pena

Porque sus dos padres habían muerto".

En neerlandés, la letra de la canción era

"Asn d'oever van de snelle vliet

Eeen treurig meisje zat.

Het meisje huilde van verdriet

Omdat zij geen ouders meer had".

Afortunadamente, la pequeña Lia dormía, por lo que no pudo asustarse con las palabras de la nana.

Cuando Haniel terminó de curar la peor parte de las heridas de Lia, se puso las manos en las caderas y dejó de cantar. Tarea casi terminada, ahora sólo tenía que sentar las bases de los nuevos ojos de su protegida.

Las dos manitas de Lia se hicieron bolas. Pequeños puños apretados. Haniel dejó que sus alas acariciaran suavemente los dedos cerrados, tratando de abrirlos.

Cuando las palmas de Lia estuvieron abiertas, el ángel Haniel, con el dedo índice, trazó la forma de un ojo en ambas palmas. En los dedos, dibujó una sola línea en cada uno, que iba desde la palma hasta el extremo del dedo. Una vez completada su tarea, el ángel Haniel besó suavemente a Lia en la frente y luego, con un

¡SWISH!

desapareció.

El tiempo se reinició y nuestra valiente Lia siguió sin gritar. El shock hace eso en tu cuerpo como mecanismo de defensa y, al detener el tiempo, el dolor también se detuvo. Cuando Lia por fin gritó, no pudo parar. Ni cuando llegó la ambulancia. Ni cuando la llevaron en camilla al vehículo con la sirena uniéndose a su coro de gritos. Ni cuando la empujaron en una camilla hacia el hospital. Ni cuando le iluminaron la cara con una gran luz, que podía sentir pero no ver.

Dejó de gritar cuando la sedaron. Entonces utilizaron la tecnología más avanzada para retirar los restos de cristal. Sin embargo, ya le habían quitado todos los trozos de cristal. Los cirujanos le vendaron los ojos y la llevaron a su habitación para que se recuperara.

Tras la operación, llegó Samantha, la madre de Lia. Había cogido un vuelo Red Eye desde Londres. Se reunió con el cirujano mientras su hija seguía durmiendo.

"Lo siento, pero no volverá a ver", le dijo.

La madre de Lia se llevó el puño a la boca, conteniendo las ganas de llorar.

El médico dijo: "Puede aprender braille y asistir a una escuela para deficientes visuales. Está en una edad excelente para aprender y se empapará de conocimientos. En poco tiempo, el lenguaje de signos será algo natural para ella".

"Pero mi hija quiere ser bailarina de ballet. ¿Has visto u oído hablar alguna vez de una bailarina profesional ciega?"

"Alicia Alonso era parcialmente ciega. No dejó que eso la frenara".

La madre de Lia palmeó la mano de su hija dormida. "Gracias, buscaré detalles sobre ella en Internet. Siete años es demasiado joven para que te obliguen a renunciar a un sueño".

"Estoy de acuerdo. Ahora descansa tú también. Lia se despertará pronto y necesitará que seas fuerte por ella. Para cuando se lo digas. Si quieres que yo también esté aquí, dímelo".

"Gracias, doctor, intentaré ocuparme yo primero".

Al cerrarse la puerta, la madre de Lia tocó las marcas de la cara de su hija. Las marcas parecían gotas de lluvia furiosas. Luego miró a Hannah, la niñera de Lia, que dormía. Al pasar junto a ella para coger agua, le dio una patada accidental a propósito en el zapato izquierdo para despertarla. "¡Fuera!", dijo, mientras Hannah bostezaba.

Ahora, en el pasillo, Samantha, la madre de Lia, dejó volar sus emociones sin contenerse. "¿Cómo has podido dejar que le pasara esto a mi niña? ¿Cómo has podido? En un momento estaba en una reunión de trabajo y al siguiente tuve que interrumpir mi viaje de negocios y coger el primer vuelo que salía de Londres. ¿Qué ha ocurrido? ¿Cómo ha ocurrido?

"Acabábamos de volver de clase de ballet. Yo estaba preparando la cena y Lia estaba terminando los deberes. La bombilla debió de fundirse. Cogió otra del armario del pasillo e intentó cambiarla ella misma y explotó. Cuando gritó, llegué en segundos y la ziekenwagen (ambulancia) no tardó en llegar. He estado rezando para que se le curaran los ojos, para que se pusiera bien".

"Entonces rezas mientras duermes, ¿no?". preguntó Samantha, sin esperar respuesta. "Los artsen (médicos) dicen que no volverá a ver", dijo Samantha con un veneno poco amable en su discurso.

Mientras tanto, Lia estaba en un sueño, volando con un ángel. Tenía los brazos alrededor de su cuello, mientras se acurrucaba contra su pecho. El movimiento de la silla de ruedas en el aire la mecía y la reconfortaba.

Entonces su mente dio vueltas y estaba mirando un contenedor metálico desde arriba. El contenedor estaba sentado en el asiento de una silla de ruedas con alas. La transportaban a un lugar que ella desconocía.

Levantó la mano derecha y luego la izquierda, y con ellas pudo ver que había un ángel/niño atrapado en su interior. Tenía un rostro amable, con unos ojos más azules que el cielo con motas de oro que los hacían brillar a pesar de estar en la oscuridad. Su cabello era, en su mayor parte, rubio, salvo algunas canas en las sienes. Pero lo más extraño era un mechón negro en el centro. Hacía que el chico pareciera mayor.

El ángel/niño del contenedor que viajaba en el asiento de la silla de ruedas se acercó a la niña de su sueño. Ella tocó el contenedor y, al hacerlo, pudo sentir y oír los latidos del corazón del ángel/niño que había dentro. No sólo eso, sino que también podía leer sus pensamientos y emociones.

Lia se despertó y gritó: "¡Madre! ¡Hannah! Ven pronto".

"Estoy aquí, cariño", dijo su madre, mientras se dirigía a la cabecera de la cama de su hija.

Hannah se secó los ojos y volvió a entrar en la habitación.

"No hay tiempo para que tu madre culpe a Hannah. Ha sido un accidente. Además, necesitamos tu ayuda. Por favor, tráeme papel y lápices, AHORA".

"¡Está delirando!" exclamó Samantha. Comprobó la temperatura de la frente de su hija. Parecía estar bien.

Hannah sacó de su bolso los objetos solicitados y los puso en manos de Lia.

Sin dudarlo, Lia empezó a dibujar. Arañó el papel, como una artista inspirada. Samantha y Hannah la miraban con curiosidad.

El primer dibujo que hizo era el de un niño dentro de un recipiente metálico con forma de bala. El contenedor descansaba en el asiento de una silla de ruedas y la silla tenía alas. Alas de ángel. Lia pasó la página y dibujó un segundo dibujo de un niño/ángel dentro desde todos los ángulos. Desde todos los lados. Tras el primer dibujo, dibujó muchos más de forma maníaca, y luego los lanzó al aire.

Los dibujos, como si los hubiera atrapado una ráfaga de viento, bailaron por la habitación, elevándose, bajando y dando vueltas. Como si estuvieran bajo un hechizo mágico. Uno de los dibujos persiguió a la niñera, que salió gritando de la habitación.

Lia cerró los puños con fuerza y murmuró unas palabras inaudibles.

"¿Llamo al médico?", preguntó su madre histérica. "¡Mi bebé, oh no, mi pobre bebé!".

volvió a decir Hannah, temblorosa, mientras miraba cómo Lia se había vuelto a dormir.

Las dos mujeres se sentaron junto a la cama de la niña. La observaron dormir plácidamente hasta que al final ellas también se durmieron.

Lia no podía ver con los ojos color avellana con los que había nacido. Se los habían sustituido por ojos en las palmas de las manos.

Sus nuevos ojos colocados en la palma incluían todas las partes normales de un ojo. Como la pupila, el iris, la esclerótica, la córnea y el conducto lagrimal. Cada ojo de palma tenía un párpado. El superior empezaba donde terminaban los dedos. El inferior terminaba donde empezaba la muñeca.

En cuanto a las pestañas, cada dedo tenía tatuada una línea. Desde la parte superior del párpado hasta donde empezaba la uña, al igual que el pulgar.

Lo cual era bueno, pues ninguna niña querría que le crecieran pelos en los dedos.

Y menos una niña como Lia, que esperaba convertirse algún día en una gran bailarina.

CAPÍTULO 2

Cuando se despertó, le picaban mucho las palmas de las manos. De hecho, le picaban más que nunca. Eso le recordó algo que le había dicho su abuela. La abuela decía que cuando te picaba la mano derecha, significaba que ibas a recibir dinero y mucho. Si te picaba la izquierda, significaba que perdías dinero. Nunca dijo qué ocurriría si te picaban las dos palmas a la vez.

Un destello del ángel/niño atrapado en el contenedor la devolvió a la realidad. Abrió las palmas, preparándose para rascarse. En lugar de eso, se sorprendió al verse reflejada en ellas. Sonrió, como si estuviera posando para un selfie.

Aún sin estar segura al cien por cien de si estaba soñando, apartó ambas palmas de ella. Su intención era tomar una vista panorámica de la habitación.

Estaba decorada como si estuviera nadando dentro de un acuario. Los peces payaso y los peces de colores estaban ocupados persiguiéndose la cola unos a otros. Siguió moviendo las manos por la habitación hasta que encontró a Hannah. Luego encontró a su madre. Chilló de alegría.

Samantha, la madre de Lia, se levantó de un salto, al igual que Hannah.

"¿Qué pasa, cariño?

"¿Mami? Puedo verte".

"Claro que puedes, cariño".

"¿Me crees?"

"Sí, claro que te creo. Pero dime una cosa, antes, ¿por qué has dibujado una silla de ruedas con alas? Las sillas de ruedas no tienen alas".

No ve mis ojos nuevos, pensó Lia. "Te quiero, mami, pero algunas sillas de ruedas sí tienen alas y algunos ángeles vuelan en sillas de ruedas con alas".

"Yo también te quiero, cariño", respondió ella. "¿Qué niño/ángel? ¿Has tenido un sueño?

"Hay un niño/ángel", dijo Lia.

"¿Un niño/ángel? ¿Dónde, cariño?"

Lia abrió las palmas de las manos y pensó en el niño ángel. Pensó tanto que pudo verle, oírle, sentir su presencia en su mente. "El ángel/niño viene aquí a verme", dijo.

"¿Aquí, cariño?", preguntó su madre, mirando en dirección a la niñera, que se encogió de hombros.

"Sí, el ángel niño necesita mi ayuda. Viene a verme desde Norteamérica".

"Cuando hiciste los dibujos", preguntó Hannah, "¿lo hiciste a partir de un recuerdo del ángel/niño?".

"¿O de un sueño?", preguntó su madre.

"Empezó como un sueño, pero ahora también puedo verlo cuando estoy despierta".

"Si puedes verme, cariño, ¿qué llevo puesto?".

"Puedo verte mami, pero no con mis viejos ojos. Sino con los nuevos. Llevas un vestido rojo, con perlas alrededor del cuello".

Un paciente anciano que pasaba por delante de su habitación, se detuvo en seco al ver a una niña, con las palmas de las manos abiertas delante de ella. Es ella, pensó, y para confirmarlo no tuvo que esperar mucho. Porque Lia, sintiendo la presencia de otra persona, giró la palma de la mano izquierda en dirección a la puerta. El anciano vio parpadear la palma y se apartó de su vista.

"Está adivinando", sugirió Hannah, desviando la atención de Lia de la puerta.

Llegó una enfermera y Lia, que no la había visto nunca, dijo: "Hola, enfermera Vinke".

"¿Nos conocemos?" preguntó la enfermera Heidi Vinke.

Lia soltó una risita. "No, pero puedo leer tu etiqueta con tu nombre".

"Dice que puede ver, con sus nuevos ojos", dijo la madre de Lia.

"Ya, ya", respondió la enfermera Vinke, atendiendo a la madre en lugar de a la niña. A la niña no le importó que la enfermera Vinke se llevara a su madre fuera para hablar con ella en privado.

"Es normal que tu hija use la imaginación dadas las circunstancias, ha perdido la vista. Es una cosita feliz, aunque le haya ocurrido algo terrible".

Samantha asintió y las dos volvieron junto a Lia.

"Debes de estar cansada, niña", dijo la enfermera Vinke, tomando el pulso a la pequeña.

"No lo estoy", dijo Lia. "Acabo de despertarme y no quiero volver a dormirme. Si duermo ahora, podría echarlo de menos".

"¿Echar de menos a quién?" preguntó Vinke, arropando a la niña.

"Pues al niño/ángel", dijo Lia. "Ya se está acercando. Ya casi está aquí, y necesita mi ayuda. Estoy impaciente por conocerle. Ha viajado mucho, mucho, sólo para verme".

"Ya, ya, niña", arrulló Vinke. Presionó en el brazo de Lia una aguja que contenía un medicamento inductor del sueño.

Lia protestó, pero enseguida se durmió.

"Buenas noches, pequeña", arrulló su madre.

✳✳✳

El anciano regresó a su habitación, e inmediatamente cogió el teléfono y pidió una línea exterior.

"Está aquí", susurró al teléfono. "La he visto yo mismo, aquí mismo, en el hospital, al final del pasillo de mi habitación".

Se hizo el silencio y luego se oyó un clic en el otro extremo. El viejo se metió en la cama. Encendió la televisión con el mando a distancia.

Su programa favorito: Ahora o Nunca Jamás (también conocido como Factor Miedo) acababa de empezar. Quería ver qué harían aquellos locos en el episodio de esta semana.

CAPÍTULO 3

Todavía apretujado dentro de la bala de plata, E-Z ya no se sentía tan solo. Pues en su mente estaba hablando con una niña.

Ella había entrado en su mente acompañada de un destello de luz y un grito. La habían herido. Observó cómo el ángel Haniel la ayudaba. Escuchó cuando Haniel cantaba una canción a la niña mientras le quitaba el cristal.

Lo que vino después fue inesperado. El ángel Haniel trazó líneas sobre la palma y los dedos de la niña. Haniel dotó a la niña de un nuevo tipo de vista. Y ojos de palma.

Inmediatamente supo que el destino de la niña estaba relacionado con el suyo.

Al principio, aunque podía verla en su mente, era incapaz de comunicarse con ella. Era como si estuviera viendo un programa de televisión en su mente sin sonido. Entonces, cuando el niño soñó, ella se acercó a él y puso sus manos sobre la bala en la que estaba atrapado. Entonces él supo lo que ella sabía, y ella supo lo que él sabía, y estaban unidos.

Las primeras palabras que ella le había dicho fueron: "No me gusta la oscuridad".

E-Z había respondido: "No tengas miedo. Yo estoy aquí. Me llamo E-Z. ¿Y cómo te llamas tú?"

"Me llamo Cecilia", respondió la niña. "Pero mis amigos me llaman Lia. Puedes llamarme Lia. Tengo siete años. ¿Cuántos tienes tú?

E-Z había pensado que la niña era más joven. "Tengo trece años", dijo. "Soy de Norteamérica".

"Vivo en Holanda", dijo Lia.

Ambos guardaron silencio mientras Lia utilizaba sus ojos de palma para mirarle dentro de la bala de acero.

"¿Qué haces ahí dentro?", preguntó.

E-Z se lo pensó antes de contestar. No quería asustar a la niña, con la verdadera historia de que había sido secuestrado como prueba por un arcángel. Quería contarle la verdad, pero no estaba seguro de que pudiera soportarlo, ya que era muy pequeña.

Dijo: "No estoy muy seguro de por qué me metieron aquí, pero creo que fue para conocerte". Dudó, se rascó la cabeza y preguntó: "¿Conoces a Eriel?".

Lia se sintió halagada de que viniera a verla, pero le preocupaba que lo transportaran de ese modo en su beneficio. "Lo siento mucho si te ves obligado contra tu voluntad a viajar hasta aquí para reunirte conmigo. Ah, y no, ese nombre no me es conocido".

E-Z sentía mucha curiosidad por Lia. Como dijo que era holandesa, le impresionó mucho lo excelente que era su inglés.

"Te sentía, pero no podía verte hasta que los ojos, mis nuevos ojos crecieron. Antes de eso, podía leer tus pensamientos. ¿Podrías leer los míos? Ah, y gracias, por mi inglés".

"Vi lo que te pasó, el accidente. Siento profundamente que te hirieran. No pude ayudarte, por culpa de esta cosa". Golpeó las paredes con los puños. Se tapó los oídos, mientras reverberaba el golpeteo. "Cuando soñabas, estabas conmigo. Dentro de mi cabeza".

Lia cerró el puño derecho, dejando el izquierdo abierto y tocando la pared exterior. Su palma parpadeó abriéndose y cerrándose, abriéndose y cerrándose. No dijo nada, pero se quedó mirando al frente como quien está en trance.

E-Z decidió entonces contarle su historia.

"Mis padres murieron en un accidente de coche. Y perdí el uso de las piernas".

Se detuvo ahí. Se preguntó cuánto debía contarle.

Esta vacilación tomó la decisión por él.

Estaba profundamente dormida.

CAPÍTULO 4

De vuelta al hospital, había un nuevo médico de guardia. Miró brevemente el historial de Lia. Al ver que Cecelia seguía durmiendo, susurró a su madre.

"Tenemos que bajar a tu hija a la segunda planta, para hacerle otra exploración".

"¿Es urgente?" preguntó la madre de Lia. "Está durmiendo tan plácidamente; sería una pena despertarla".

El médico, cuya etiqueta con su nombre estaba cubierta por el cuello de su chaqueta, sonrió. "No hace falta despertarla. Podemos introducirla en la máquina mientras duerme. Algunos pacientes, sobre todo los más jóvenes, lo prefieren así".

Samantha miró el reloj. "Claro, bajaré con ella".

"No hace falta", dijo el médico. "Tengo ayudantes en camino. Aprovecha para comprarte un bocadillo o una taza de té de manzanilla, mi mujer lo adora. La ayuda a relajarse y a dormir".

"Gracias", dijo Samantha, mientras llegaban dos ayudantes. Los dos hombres fornidos vestidos de calle levantaron a Lia de la cama y la colocaron en una camilla con ruedas. El médico sacó una manta de debajo de la camilla y se la puso a Lia. "La mantendremos caliente y volveremos enseguida. No olvides aprovechar este tiempo para regalarte un té o un café".

Mientras Hannah seguía durmiendo, Samantha observó a los asistentes y al médico. Empujaban a su hija por el pasillo. Siguió observándoles mientras esperaban el ascensor. Cuando el ascensor con su hija dentro cerró las puertas, salió de la habitación. Sintió hambre, esperó al segundo ascensor y bajó a la cafetería.

La cafetería estaba llena. La mayoría de los empleados llevaban bata. Observó cómo se movían los médicos, los auxiliares y otras personas.

Mientras sorbía su té, se le ocurrió que ningún miembro del personal llevaba ropa de calle.

"Disculpe", dijo a uno de los médicos. "¿Qué hay en la segunda planta? ¿Es allí donde se hacen las radiografías y los escáneres corporales?".

Negó con la cabeza: "La segunda planta es la sala de maternidad".

Samantha se levantó de la silla, derramando el té caliente sobre su regazo. Los ayudantes acudieron en todas direcciones cuando ella gritó.

"¡Mi hija!", gritó. "Un médico con dos ayudantes se acaba de llevar a mi hija Lia en una camilla. Dijeron que la llevaban a la segunda planta para hacerle unas pruebas. Si la segunda planta es de maternidad, ¿por qué se la han llevado?

Su arrebato llamaba demasiado la atención. Así que el médico al que se había dirigido en primer lugar la sacó fuera.

Volvieron a la habitación de Lia. Samantha le explicó todo con más detalle. Menos mal que había mirado el reloj para poder decirles la hora exacta en que había ocurrido todo.

"Se trata de un asunto serio", dijo el doctor Brown. "Déjenmelo a mí. Tenemos cámaras de seguridad por todo el hospital. ¿Quizá oyó mal lo de la segunda planta? Quizá esté en la séptima planta haciéndose un escáner ahora mismo mientras hablamos. Déjamelo a mí. No te muevas de aquí y volveré contigo lo antes posible".

Samantha se sentó y se lo explicó todo a Hannah. Compartieron el bocadillo de atún y se esforzaron por no preocuparse.

Mientras Lia seguía durmiendo, el hombre que en realidad no era médico y los internos que no eran internos abandonaron el edificio. Se dirigieron a un coche que les esperaba. Dejaron la camilla en el aparcamiento.

El Doctor Brown convocó una reunión con el Administrador. Utilizando la Videovigilancia, fueron testigos del secuestro de Lia. Alertaron a la policía, dando una descripción del vehículo. Por desgracia, las cámaras no captaron los datos de la matrícula.

"Esperemos un poco", dijo Helen Mitchell, la administradora del hospital. Se jubilaba dentro de unos días. "Antes de poner al corriente a la madre de la niña. No queremos preocuparla".

"No puedo hacer eso", dijo el doctor Brown.

"La policía podría traer a la niña dentro de nada".

"Espero que tengas razón. Aun así, es preocupante. Esperemos que no lleguen lejos".

Sonó el teléfono, era la policía. Pusieron un boletín de todos los puntos (APB) sobre la niña. Pidieron una foto reciente de ella.

"Quieren una foto reciente", dijo Helen Mitchell.

"La única forma de conseguirla es pedírsela a su madre", dijo el doctor Brown.

Helen asintió, mientras Brown se daba la vuelta para marcharse.

"Diles que la enviaremos por fax lo antes posible".

"Enviaré a alguien del equipo de traumatología", dijo Helen. Luego a la policía por teléfono: "Es ciega y sólo tiene siete años. ¿Por qué demonios harían estos tres hombres algo tan elaborado para sacarla así del hospital?".

"No puedo decirlo", dijo el agente al otro lado

CAPÍTULO 5

E-Z supo inmediatamente que algo no iba bien con su nueva amiga Lia. Se suponía que estaba durmiendo en su cama del hospital, pero su cama estaba en movimiento. ¿Pero qué?

Pensó en despertarla, pero ¿qué podía hacer aunque estuviera despierta? No, mejor que siguiera durmiendo, hasta que él pudiera encontrarla y rescatarla. Así las cosas, estaba muy ocupada soñando que bailaba ballet. Nunca había prestado mucha atención al ballet, pero le pareció que aquella niña tenía talento. Y bailaba utilizando los ojos de sus manos mientras se movía por el escenario.

E-Z se transportó mentalmente a su ubicación sin mucho esfuerzo. Allí estaba, profundamente dormida en el asiento trasero de un vehículo en marcha. Parecía tan tranquila, porque estaba en su mente haciendo algo que le encantaba: bailar.

Amplió la vista y vio tres cabezas. La que conducía era de tamaño y estatura normales. Mientras que los otros dos parecían jugadores de fútbol.

"¡Acelera!" ordenó E-Z a su silla, pero ésta ya lo había hecho.

¿Cómo iba a ayudarla, si seguía atrapado dentro de la bala de plata? Tenía que romperla en pedazos, y cuanto antes. Hasta ahora, todos los esfuerzos por romperla no habían funcionado.

Se preguntó por qué se la habían llevado. ¿Conocían sus poderes? ¿Cómo podían saberlo? La mayoría de los hospitales tenían cámaras de seguridad, ¿podrían haberla estado vigilando? Pero no tenía sentido. Era una niña ciega de siete años. ¿Qué querían de ella?

Mientras E-Z surcaba el cielo a toda velocidad, no pudo evitar preguntarse por qué la habían secuestrado. ¿Quizás le iban a pedir dinero antes de devolvérsela?

En cualquier caso, si era eso lo que buscaban, para él tenía más sentido. Mejor que supieran que era vidente. Y además con poderes especiales. Aun así, su prioridad número uno era librarse de la bala.

Gritó. Como había hecho muchas veces antes: "¡AYUDA!".

POP.

"Hola", dijo Hadz, mientras se sentaba en el hombro de E-Z. "¿Qué demonios haces aquí? Este sitio es demasiado pequeño para ti". Hadz puso los ojos en blanco.

E-Z estaba más que emocionado de ver a Hadz. Agarró a la pequeña criatura y la abrazó con fuerza contra su pecho.

"Eh, cuidado con las alas", dijo Hadz.

E-Z soltó a la criatura. "Gracias por venir y responder a mi llamada. Necesito que me ayudes a averiguar cómo salir de esta cosa. Sé que te han apartado de mi caso, pero hay una niña llamada Lia que está en peligro y me necesita. Simplemente tienes que ayudarla. Estoy segura de que Eriel lo entenderá".

"Ah, ¿entonces no quieres participar en esto?". preguntó Hadz.

"No, no quiero estar aquí. Quiero salir, pero ¿cómo?

"Hazlo", dijo Hadz.

"Lo he intentado todo. Los lados no ceden. Llamé a Eriel para que me ayudara, pero me dijo que estaba sola en esto".

"Ah, eso no le gustaría. No se supone que deba ayudar, pero una cosa que puedo decirte es: ten en cuenta lo que te rodea".

"Eso no es ninguna ayuda", dijo E-Z, intentando no perder totalmente los nervios. "Le pedí a la silla que me llevara al Tío Sam. Seguro que él me sacaría de esta cosa. Pero la silla ignoró mis deseos. Ahora, una niña está en apuros y necesita mi ayuda. Si no puedo salir, entonces no podré ayudarme a mí mismo y si no puedo ayudarme a mí mismo, entonces no podré ayudarla a ella. Por favor. Dime cómo salir de aquí. Hazme salir o algo".

La criatura sacudió la cabeza y luego voló hasta la parte superior de la bala. Tocó la punta. "Ten en cuenta la física. Si estás dentro de una bala, que es a lo que se parece esta cosa, entonces debes ser descargada. Disparada. ¿Correcto?"

E-Z consideró sus opciones. Podía decirle a la silla que lo soltara, lanzándolo hacia el suelo. El suelo amortiguaría su caída. ¿Rompería la bala de par en par? Decidió que merecía la pena correr el riesgo. "Vale", dijo E-Z, "tengo que hacer que la silla me suelte, ¿no?".

La criatura se rió. "Eres gracioso, E-Z. Si te dejaras caer desde esta altura, esta cosa se incrustaría en el suelo. Eso siempre que no explotara con el impacto. Y contigo dentro". Volvió a reírse. "O no murieras en la caída. Si morías no podrías salvar a la niña. De todas formas, ¿de qué niña estás hablando?".

"Se llama Cecelia, Lia, y está en Holanda, no muy lejos de donde estamos ahora".

Hadz palpó la punta del contenedor que E-Z no había visto, ni podía haber alcanzado. La criatura lo empujó. El cilindro se soltó y se abrió como un tulipán. Hadz ayudó a E-Z a salir de la bala y pronto estuvo sentado en su silla, sosteniendo la cosa en su regazo. Las alas de E-Z se abrieron. Sentaba bien estirarlas.

E-Z despegó por el cielo, llevando el cilindro que dejó caer en el Mar del Norte.

El trío, E-Z, la silla y Hadz volaron a gran velocidad y se dirigieron hacia Holanda Septentrional, donde el coche avanzaba a toda velocidad.

"Gracias", dijo E-Z.

"De nada", respondió Hadz. "Me quedaré por aquí por si me necesitáis".

"¡Genial!"

CAPÍTULO 6

E-Z estaba alcanzando al coche, que ahora se acercaba a Zaandam. Comprobó que Lia seguía durmiendo en el asiento trasero. Pero ya no soñaba, así que le preocupaba que pudiera despertarse pronto.

Su silla de ruedas cambió de rumbo, aceleró y se centró en el coche, sobrevolándolo. El falso médico que conducía vio la silla de ruedas detrás de ellos por el retrovisor lateral.

"Wat is dat vliegende contraptie?", preguntó. (Traducción: ¿Qué es ese artilugio volador?

Los dos matones giraron la cabeza.

Uno dijo: "Ik weet het niet, maar versnel het!" (Traducción: No lo sé, ¡pero acelera!".

El segundo matón se rió y sacó una pistola del dashboardkastje. (Traducción: guantera.) Comprobó si había balas. La cerró de golpe y accionó el seguro.

La silla de ruedas de E-Z aterrizó en el techo del coche con un ruido seco.

El conductor frenó bruscamente, haciendo que la silla de ruedas se deslizara hacia delante. Se deslizó por el parabrisas mirando hacia delante y luego por el capó.

E-Z se elevó, flotó y se volvió hacia ellos.

"¿Pero qué...?", gritó el conductor, mientras perdía el control del coche, haciéndolo derrapar y zigzaguear.

E-Z y la silla de ruedas despegaron, retrocedieron y se agarraron al parachoques del coche, haciendo que se detuviera por completo.

Al instante, el pasajero se abrió de par en par y se oyeron disparos.

En el asiento trasero, Lia roncaba.

El matón de la pistola salió rodando por la puerta y, de rodillas, se preparó para disparar a E-Z.

Hadz salió de la nada y le quitó la pistola de la mano. Luego le ató las manos a la espalda y los pies a la espalda como si fuera un ternero en un rodeo.

El segundo matón fue directo a por E-Z, que le echó el lazo con su cinturón. El matón se cayó, por lo que pudo rodearle fácilmente las piernas con el cinturón.

El tipo hizo un intento de huir saltando, pero no llegó muy lejos. Ahora que estaba detenido, fueron a por el médico utilizando el mecanismo de enjaulado de la silla. Atraparon al médico y lo inmovilizaron.

Lia durmió durante todo el proceso, incluso mientras Hadz la sacaba del vehículo y la llevaba a un lugar seguro.

E-Z colocó a los tres hombres uno junto al otro en el asiento trasero del coche.

"¿Para quién trabajáis?", preguntó.

Hadz voló: "No entienden el inglés". A los hombres les tradujo la pregunta de E-Z. Después de que el falso médico contestara, Hadz tradujo. "Dice que no saben para quién trabajan".

"Eso es ridículo. Secuestraron a una niña del hospital. Pregúntales entonces adónde la llevaban. ¿Y cómo la descubrieron?"

tradujo Hadz. El falso médico volvió a responder: "Nos dijeron que la lleváramos al muelle y que alguien la estaría esperando allí. Eso es todo lo que sabemos".

E-Z no les creyó, pero Hadz confirmó que decían la verdad. "¿Qué quieres hacer con ellos?", preguntó.

"¿Puedes borrar sus mentes? ¿Y las mentes de aquellos con los que están conectados? Estos tres son engranajes de la máquina. Queremos borrar la mente de la persona de los muelles. Para que todos se olviden de ella... para siempre".

"Hecho", dijo ella.

"¡Vaya, eres rápido!"

E-Z y Hadz en la silla regresaron al hospital, justo cuando Lia empezaba a despertarse. Movió la cabeza, sintió que el viento le agitaba el pelo y se acurrucó en el pecho de E-Z. Abrió la palma de la mano derecha y miró a su amigo, el niño/ángel. Se rió y le abrazó con fuerza. Cuando se fijó en la pequeña criatura parecida a un hada que estaba en el hombro de E-Z, utilizó los ojos de la palma para mirarla.

"Eres tan pequeña y mona", le dijo.

"Encantada de conocerte", dijo Hadz. "Y gracias".

Volaron hacia el hospital.

"Ahora estás a salvo", dijo E-Z.

"Y ya no estás en esa cosa", dijo Lia.

"Hadz me ayudó a salir", dijo E-Z, agitando las alas.

"¿De dónde las has sacado?" preguntó Lia. "¿Me das unas?"

E-Z sonrió. No estaba seguro de cuánto debía contarle. Le preocupaba lo que diría Eriel si revelaba demasiado. "Los conseguí después de que murieran mis padres".

"¿Pero por qué?", preguntó la pequeña Lia.

"Empecé a rescatar a gente", dijo E-Z.

"¿Quieres decir que no soy la primera persona a la que rescatas?".

"No, no lo eres".

Hadz se aclaró la garganta, lo que fue una señal para que E-Z dejara de hablar.

Siguieron volando en silencio. La niña abrazada al pecho de E-Z. La silla de ruedas sabiendo dónde tenía que ir. Hadz sintiéndose necesitada una vez más.

E-Z se perdió en sus pensamientos. Se preguntó si rescatar a Lia había sido la prueba principal. O si librarse de la bala había completado la tarea. ¿O quizás había hecho dos al mismo tiempo? ¿Cuántas habrían sido entonces? Tuvo que anotarlas para llevar la cuenta. Eso era lo que había estado haciendo en su diario, pero últimamente no había tenido mucho tiempo para anotar cosas.

"Te oigo pensar", dijo Lia. Tenía las dos palmas de las manos abiertas. Observaba el exterior de E-Z mientras escuchaba lo que pensaba en su interior. "Quiero saber más sobre estas pruebas. Y quiero saber por qué puedo ver con las manos en vez de con los ojos. ¿Crees que este Eriel lo sabrá?".

POP

Hadz no esperó la respuesta.

"El hospital está abajo", dijo E-Z.

La silla descendió lentamente y entraron en el hospital. E-Z y las alas de la silla desaparecieron. Avanzó por el pasillo y encontró la habitación de Lia. Su madre esperaba allí.

"Detened a este chico", gritó la madre de Lia.

E-Z se quedó atónito. ¿Por qué iba a querer que lo detuvieran? Acababa de salvar a su hija.

"Pero mamá", empezó Lia.

Entró la policía. Llegaron por detrás de E-Z y le pusieron las manos en las esposas.

Antes de que se las cerraran, Lia gritó. Entonces abrió las palmas de las manos y las extendió delante de ella. De los ojos de sus palmas surgió una luz blanca cegadora que hizo que todos los presentes, excepto ella y E-Z, se detuvieran en el tiempo. La pequeña Lia detuvo el tiempo.

"¡Genial! ¿Cómo lo has hecho?" exclamó E-Z mientras las esposas caían al suelo con un ruido seco.

"Yo, no lo sé. Quería protegerte. Salvarte". Se detuvo, escuchó. "Viene alguien, tienes que salir de aquí. Siento que viene alguien y tienes que irte".

"¿Alguien?" preguntó E-Z. "¿Sabes quién?"

"No lo sé. Lo único que sé es que viene alguien más y tienes que irte... inmediatamente".

"¿Estarás bien? ¿Te van a hacer daño?

"Estaré bien, vienen a por ti, no a por mí. Vete de aquí, ahora".

"¿Cuándo volveré a verte? preguntó E-Z, mientras rompía la ventana del hospital y salía volando a esperar su respuesta.

"Siempre me verás, E-Z. Estamos unidos. Somos amigos. Sal de aquí y yo me encargaré del resto". Le lanzó un beso.

Lia se metió en la cama, se subió las sábanas hasta el cuello y fingió estar profundamente dormida antes de volver a poner el mundo en movimiento.

"¿Qué ha pasado?", preguntó su madre.

Todo volvía a estar bien. Lia estaba en la cama, ilesa.

El mundo continuó como antes mientras E-Z volvía a casa volando.

"Gracias, Hadz por la ayuda", dijo E-Z a pesar de que ella se había ido. De algún modo, sabía que, estuviera donde estuviera, ella podía oírle.

CAPÍTULO 7

Mientras E-Z volaba por el cielo, se dio cuenta de que se moría de hambre. Debajo de él estaba el Big Ben. Decidió aterrizar y comprarse unas patatas fritas inglesas.

Mientras descendía, se fijó en una furgoneta blanca que avanzaba rápidamente por la carretera. Iba paralela a un colegio. Vio a padres en vehículos y a pie esperando para recoger a sus hijos.

Al doblar la esquina, la furgoneta aceleró.

Su silla de ruedas se tambaleó hacia delante, quedando detrás del vehículo. La conducción era cada vez más temeraria, a medida que se acercaba a la escuela. Empezaron a salir niños.

E-Z se agarró a la parte trasera de la furgoneta. Usando toda su fuerza, la detuvo por completo con un chirrido.

El conductor pisó el acelerador, intentando apartarse. No tuvo suerte. No podían ver qué o quién les retenía.

E-Z rompió la cerradura del maletero, metió la mano dentro y sacó los cables de arranque. La silla se tambaleó hacia delante y aterrizó en el techo del vehículo. E-Z utilizó los cables de arranque para atar las puertas de la cabina. El conductor no podía salir.

El sonido de las sirenas llenó el aire.

E-Z alzó el vuelo, y al darse cuenta de que varias personas le hacían fotos con sus teléfonos voló cada vez más alto.

Su estómago refunfuñó y se acordó del fish and chips. Al no tener moneda británica, no podía pagarlas de todos modos, así que emprendió el camino de vuelta a casa.

Pensando en su tío preguntándose dónde estaba, pensó en dejarle un mensaje y empezó a hacerlo: "Estoy de camino a casa".

Clic.

"¿Dónde estás?" preguntó el Tío Sam. Después de todo, no era un mensaje.

"Estoy sobrevolando Gran Bretaña. Hace un día agradable para volar, ¿no crees?".

"¿Qué? ¿Cómo?"

"Es una larga historia, te lo explicaré cuando vuelva".

"¿Vas en avión?"

"No, sólo somos mi silla y yo".

Abajo, E-Z podía ver a la gente haciéndole fotos. Cuando vio que un 747 de una compañía local se dirigía hacia él, se dio cuenta de que tenía problemas. Antes de que tuviera la oportunidad de volar más alto, las cámaras estaban sacando fotos y probablemente publicándolas en todas las redes sociales.

"Lo siento, Eriel", dijo, elevándose más. "¿Conoces el dicho de que toda publicidad es buena publicidad? Pues..." E-Z se rió. Si Eriel podía verle todos los días y a todas horas, ¿por qué tenía que pedirle ayuda? Algo no encajaba. No es que los arcángeles quisieran que completara las pruebas.

Le recorrió un escalofrío cuando el cielo cambió y unas nubes negras se arremolinaron y palpitaron a su alrededor. Siguió volando, intentando acelerar el ritmo, pero entonces empezaron los relámpagos y tuvo que esquivarlos. Entonces se acordó del avión. Pudo ver que estaba aterrizando con éxito y que la gente estaba ilesa. Continuó hacia su casa.

Después de la tormenta, salieron las estrellas. Su silla seguía batiendo las alas mientras E-Z dormía la siesta.

"¿E-Z?" dijo Lia en su cabeza. "¿Estás ahí?"

Se despertó de un tirón, olvidó que estaba en la silla y se cayó. Empezó a caer, pero sus alas se activaron y pronto volvió a estar en la silla.

"¿Va todo bien, pequeño?", preguntó.

"Sí. Creen que todo ha sido un sueño, yo hablando contigo. Que te hacía dibujos. Mamá sabe la verdad, pero no quiere afrontarla".

"¿Eso te preocupa?"

"No. Mis poderes están aumentando. Puedo sentirlos y sé que algo se acerca. Algo para lo que necesitarás mi ayuda. Pronto volveré a casa. Le preguntaré a mamá si podemos ir a verte. Pronto".

"¿Qué? ¿Quizá tu mamá debería llamar a mi tío Sam y podrían charlar?".

"Sí, es una idea inteligente. Mamá ha visto las fotos y te ha conocido, pero no se acuerda. Es como si le hubieran limpiado la mente o sus recuerdos sobre ti estuvieran dormidos".

"¿Estás seguro de que es lo correcto?"

"Estoy seguro. Necesito estar donde estás tú. Necesito ayudarte".

La mente de E-Z se quedó en blanco. Lia se había ido.

El adolescente pensó en Lia, en su llegada a Norteamérica. Era una niña, vidente con las manos, sí, pero

¿cómo podía ayudarle? Ella le había ayudado a escapar, pero él estaba confuso sobre su implicación. No quería ponerla en peligro. Volvió a llamar a Eriel. Evocó el cántico, pero no ocurrió nada.

Contempló el paisaje. Ya casi estaba en casa. Menos mal que su silla estaba modificada y podía viajar muy rápido.

CAPÍTULO 8

J usto delante, E-Z divisó la costa. Suspiró aliviado hasta que notó que un gran pájaro se dirigía directamente hacia él. Al acercarse, se dio cuenta de que era un cisne. Pero no un cisne de tamaño normal. Era enorme y también lo era su envergadura, que estimó en más de ciento cincuenta pulgadas. Era el mismo cisne que le había hablado antes. Y no sólo eso, sino que también notó una brillante luz roja que parpadeaba en el hombro del ave.

El cisne viró y se posó pesadamente sobre sus hombros. Había hecho autostop.

"Hola", dijo E-Z, mirando a la hermosa criatura mientras se estabilizaba.

"Hoo-hoo", dijo el cisne. Luego sacudió la cabeza, abrió el pico y dijo: "Hola, E-Z".

"Creo que te debo mi agradecimiento", dijo.

"De nada. Y espero que no te importe que haya hecho autostop", dijo el cisne, erizándose las plumas.

"No hay problema", respondió E-Z.

"Esta es mi mentora Ariel", dijo el cisne.

WHOOPEE

Un ángel sustituyó a la luz roja.

"Hola", dijo, sentándose en las rodillas de E-Z.

"Encantado de conocerte", dijo él.

"¿En qué puedo servirte?", preguntó.

"Espero que tú y mi amigo el cisne podáis formar una asociación".

"¿Cómo?", preguntó.

"Mi protegido ha pasado por muchas cosas. Podrá informarte de los detalles cuando se sienta preparado, pero por ahora necesito que le ayudes permitiéndole que te ayude con las pruebas. Te vendrá bien algo de ayuda, ¿no?"

"Según tengo entendido", dijo dirigiéndose a Ariel. Luego al cisne, "nada contra ti, amigo". Y ahora a Ariel: "es que nadie puede ayudarme en las pruebas". Eso vino directamente de Eriel y Ophaniel".

"Lo he aclarado con ellos. Así que, si ésa es tu única objeción", hizo una pausa y luego

WHOOPEE

y desapareció.

Después, E-Z y el cisne cruzaron el Océano Atlántico y se adentraron en Norteamérica. Como siempre quiso ver el Gran Cañón. Tendría que verlo en otra ocasión. El cisne roncaba y se acurrucaba contra el cuello de E-Z.

E-Z metió la mano en el bolsillo y sacó el teléfono. Se hizo un selfie con el cisne. Mantuvo el teléfono en la mano, con la intención de grabar al cisne la próxima vez que hablara. Necesitaba una prueba de que no estaba perdiendo la cabeza.

Algún tiempo después, E-Z se fijó en su casa. Era día de colegio, pero estaba demasiado cansado para ir. Cuando la silla empezó a descender, el cisne se despertó. "¿Ya hemos llegado?"

"Sí, estamos en mi casa", dijo E-Z, pulsando el botón de grabación de su teléfono. "¿Quieres que te deje en algún sitio?".

"No, gracias. Voy a quedarme contigo", dijo el cisne, mientras alargaba el cuello para echar un vistazo a la casa en la que se alojaría. "Tú y yo tenemos que hablar".

E-Z pulsó "play", pero no había sonido. No se podía grabar al cisne. Qué extraño.

Aterrizaron en la puerta principal. E-Z metió la llave en la cerradura, pero antes de que pudiera abrirla el tío Sam estaba allí. Le dio un fuerte abrazo a su sobrino y le dijo: "Bienvenido a casa". Se rascó la barbilla y pareció un poco preocupado cuando vio al compañero de E-Z, un cisne excepcionalmente grande.

"Me alegro de volver", dijo E-Z, abriéndose paso hacia el interior.

El cisne le siguió con sus patas palmeadas, arrastrándose detrás de él.

"¿Y quién es tu amigo emplumado?". preguntó el tío Sam.

E-Z se dio cuenta de que ni siquiera sabía el nombre del cisne.

El cisne dijo: "Alfred, me llamo Alfred".

E-Z hizo una presentación formal.

El cisne se alejó por el pasillo hasta la habitación de E-Z y se subió volando a su cama para echarse una merecida siesta.

E-Z entró en la cocina con el tío Sam sobre sus ruedas.

"¿Qué demonios hace ese cisne aquí?". Hizo una pausa y sacó leche de la nevera. Sirvió a su sobrino un vaso lleno. "No puede quedarse aquí. Tendríamos que meterlo en la bañera. Eso si cabe. Es el cisne más grande que he visto nunca. ¿Dónde lo encontraste y por qué lo trajiste aquí?".

E-Z tragó de nuevo su leche. Se limpió el bigote de leche. "Yo no lo encontré, él me encontró a mí. Y puede hablar. Estaba allí cuando salvé a aquella niña y cuando salvé aquel avión. Dice que tenemos que hablar".

El Tío Sam, sin responder, se alejó por el pasillo. E-Z le siguió de cerca sin hablar.

"¡Habla!" Exigió el Tío Sam.

El cisne Alfred abrió los ojos, bostezó y volvió a dormirse sin emitir ni un sonido.

"He dicho que hables", dijo el tío Sam, intentándolo de nuevo.

Alfred el cisne abrió el pico y resopló.

"No pasa nada, Alfred", dijo E-Z. "Es mi tío Sam".

"No puede entenderme. Y no creo que pueda hacerlo nunca. Estoy aquí por ti y sólo por ti", dijo Alfred el cisne. Resopló, se acurrucó en el edredón y volvió a dormirse.

El tío Sam miraba, mientras el cisne se había animado y miraba atentamente a E-Z.

El tío Sam y él cerraron la puerta al salir y volvieron a la cocina para hablar.

E-Z estaba tan cansado que apenas podía mantener los ojos abiertos.

"¿Esto no puede esperar hasta mañana?", preguntó.

Sam negó con la cabeza.

"Vale, allá vamos. Primero, golpeé una pelota de béisbol fuera del parque. Y corrí o rodé por las bases. Luego, quedé atrapado dentro de un contenedor con forma de bala sin salida. Entonces pude hablar con una niña en Holanda. Fui allí a rescatarla. Se llama Lia, y su madre te llamará de paso. Impedí que un vehículo hiciera daño a unos niños, en Londres, Inglaterra. Luego conocí a Alfred, el cisne trompetista. Y ahora que estás al día, ¿puedo irme a la cama?".

"¿Qué se supone que debo decir cuando llame?" preguntó Sam. "Ni siquiera conocemos a esta gente, pero se supone que tenemos que dejar que se queden aquí en casa con nosotros. ¿Nosotros y Alfred el cisne?"

"Sí, por favor, sigue la corriente. Hay un plan en marcha y aún no conozco todos los detalles. Lia tiene poderes, ojos en las palmas de las manos y puede leer mis pensamientos y detener el tiempo. Alfred, el cisne, también tiene poderes, puede leer mi mente y puede hablar. Creo que los tres estamos vinculados de algún modo, tal vez debido a las pruebas. No lo sé. Puede pasar cualquier cosa con Eriel espiándome las 24 horas del día -dijo E-Z.

Al llegar al pasillo, oyeron el golpeteo de las patas del cisne mientras se contoneaba. "Tengo demasiada hambre para dormir", dijo Alfred el cisne.

"¿Qué clase de cosas comes?".

"Maíz está bien, o puedes dejarme salir atrás y me buscaré un poco de hierba".

"¿Tenemos maíz?" preguntó E-Z.

"Sólo congelado", dijo el tío Sam. "Pero puedo pasar los granos por agua caliente y estarán listos en un santiamén".

"Dale las gracias", dijo Alfred el cisne. "Es muy amable por su parte".

El tío Sam puso el maíz en un plato y Alfred comió lo que le ofrecían. Pero seguía teniendo hambre y necesitaba ir a vaciar la vejiga, así que pidió salir fuera después de todo. Mientras estuviese fuera, disfrutaría del césped.

E-Z y el Tío Sam observaron al cisne durante unos segundos.

"Espero que el chihuahua del vecino no venga de visita", dijo el tío Sam. "Ese cisne es tan grande que le dará un susto de muerte".

E-Z se echó a reír. "Imagínate lo que haría si el perro pudiera entenderlo como yo".

Alfred el cisne se sintió como en casa. Estaba seguro de que aquí sería feliz.

CAPÍTULO 9

Más tarde, Alfred el cisne pidió hablar con E-Z en privado.

"Aquí puedes decir lo que quieras", dijo E-Z. "El Tío Sam no te entiende, ¿recuerdas?".

"Sí, lo sé. Pero es una cuestión de modales. No se habla con una persona cuando otra está presente, sobre todo cuando se trata de un invitado en casa ajena. Sería, bueno, bastante grosero. De hecho, muy grosero".

E-Z se dio cuenta ahora de que Alfred el cisne hablaba con acento británico.

"¿Me disculpas?" preguntó E-Z.

El tío Sam asintió y E-Z entró en su habitación con Alfred el cisne siguiéndole.

"De acuerdo", dijo E-Z. "Dime por qué Ariel te ha enviado aquí y qué es exactamente lo que pretendes hacer para ayudarme".

Ahora que E-Z estaba en su cama, el cisne se arremolinó mientras se amasaba en el edredón, intentando ponerse cómodo.

"Puedes dormir en el fondo de la cama", dijo E-Z, arrojando allí una almohada.

"Gracias", dijo Alfred el cisne. Se acercó a la almohada y la golpeó con sus patas palmeadas hasta que estuvo cómoda. Luego se puso en cuclillas.

"Ahora, empecemos", dijo Alfred.

E-Z, ahora en pijama, escuchó mientras Alfred contaba su historia.

"Una vez fui un hombre".

E-Z jadeó.

"Será mejor que no interrumpas hasta que termine", reprendió el cisne. "De lo contrario, mi cuento seguirá y seguirá y ninguno de los dos podrá dormir".

"Lo siento", dijo E-Z.

El cisne continuó. "Vivía con mi mujer y mis dos hijos. Éramos increíblemente felices, hasta que se desató una tormenta que derribó nuestra casa y los mató a todos. Sobreviví, pero sin ellos no quería hacerlo. Entonces vino a mí un ángel, Ariel, a quien conociste, y me dijo que podría volver a verlos a todos si aceptaba ayudar a los demás. Me gusta ayudar a los demás y hacerlo me daría un propósito. Además, no tenía otras opciones y acepté".

"¿Tienes juicios?" preguntó E-Z. Había supuesto erróneamente que la historia de Alfred había terminado.

"Mi historia aún no ha terminado", dijo Alfred el cisne, bastante enfadado. Luego continuó. "Ése es el quid de mi historia. No tengo pruebas, porque no soy un ángel en formación. Mis alas no son como las tuyas. Soy un cisne, aunque un cisne más grande de lo habitual. El nombre de mi raza es Cygnus Falconeri, también conocido como cisne gigante. Mi especie se extinguió hace mucho tiempo. Mi propósito era indefinido. Me quedé atrapado en el entre y el entre, a la deriva en el tiempo porque cometí un error.

Pero ahora no quiero hablar de eso. Cuando te vi salvar a aquella niña, llamé a Ariel y le pregunté si podía trabajar contigo. Ella me regañó por escapar y me enviaron de nuevo al entretiempo. Volví a escapar de allí y te ayudé con el avión y Ariel le pidió a Ophaniel que me diera otra oportunidad. Ahora tengo un propósito: ayudarte".

"¿Y Ophaniel, de acuerdo? Pero ¿y Eriel?"

"Al principio no lo hicieron. Eso fue porque Hadz y Reiki me denunciaron por ayudaros invocando a mis amigos pájaros. Cuando me enteré de que los habían enviado a las minas y habían vuelto a escapar, Ariel expuso mi caso y Ophaniel estuvo de acuerdo. No sé nada de Eriel. ¿Es tu mentor?"

"Sí, se hizo cargo de Hadz y Reiki. Ellos entraban y salían, mientras que él dice que siempre puede ver dónde estoy y lo que hago".

"Eso suena exagerado. Aun así, me gustaría conocerle algún día. Por ahora, somos un equipo. Puedo ayudarte para que un día yo también vuelva a estar con mi familia. Así que, donde tú vayas E-Z, iré yo".

E-Z apoyó la cabeza en la almohada y cerró los ojos. Se sentía agradecido por cualquier ayuda. Después de todo, el cisne le había ayudado en el pasado con el avión.

"No te estorbaré", dijo Alfred el cisne. "Lo sé, estás pensando que somos una pareja ilógica y, cuando llegue Lia, seremos un trío aún más ilógico, pero...".

"Espera", dijo E-Z. "¿Sabes lo de Lia? ¿Cómo?"

"Oh sí, lo sé todo sobre ti y lo sé todo sobre ella y también sé más. Que los tres estamos vinculados. Predestinados a trabajar juntos". Estiró las mandíbulas, que parecía que intentaba bostezar. "Estoy demasiado cansado para seguir hablando esta noche". Al poco rato, Alfred el cisne estaba roncando.

E-Z repasó mentalmente todo lo que sabía sobre los cisnes. Que no era mucho. Por la mañana investigaría un poco sobre la especie de Alfred.

Se preguntó qué pensarían PJ y Arden de Alfred. ¿O quizá no había razón para presentarlos? Alfred podía ser un secreto.

Esponjó la almohada con los puños y se preparó para irse a dormir.

Despertó a Alfred, que estaba de mal humor por ello.

"¿Tienes que hacer eso?" preguntó Alfred.

"Lo siento", dijo E-Z.

CAPÍTULO 10

A la mañana siguiente, E-Z se despertó con el sonido del Tío Sam aporreando su puerta. "¡Despierta, E-Z! PJ y Arden ya están de camino para llevarte al colegio".

E-Z bostezó y se estiró. Se vistió y se acomodó en su silla. Como Alfred seguía durmiendo, se escabulliría para verle después del colegio.

"¡No puedes ir a ninguna parte sin mí!" dijo Alfred. Se sacudió las plumas por todas partes y luego saltó al suelo.

"No puedes ir conmigo al colegio. No se permiten mascotas".

"¡E-Z, vamos, chaval!" gritó el tío Sam desde la cocina. "Si no, te perderás el desayuno".

El estómago de E-Z gruñó cuando el olor de las tostadas llegó hasta él. "¡Ya voy!"

Sin tiempo para discutir, E-Z abrió la puerta. Se dirigió a la cocina justo cuando llegaban Arden y PJ. Un bocinazo en el exterior le hizo saber que estaban allí.

"¡Vale, vale!" gritó E-Z mientras cogía una tostada. Avanzó por el pasillo con su nuevo compañero de patas de telaraña detrás de él.

PJ salió del coche para ayudar a E-Z a entrar y aseguró su silla de ruedas en el maletero. Mientras lo cerraba, vio a Alfred intentando entrar en el vehículo.

"Eh, esa cosa no puede entrar en el coche", gritó PJ.

Arden bajó la ventanilla.

"¿Qué demonios es eso? ¿Me he perdido un memorándum que decía que hoy íbamos a hacer Show and Tell?". Se rió.

"¿Eso es un cisne?" inquirió la madre de la Sra. Mango PJ.

"¿O esta cosa es el presidente de tu club de fans?" preguntó PJ con una sonrisa burlona.

Una vez dentro del coche, E-Z contestó "Somos demasiado mayores para exhibirnos", se rió. "El cisne es mi proyecto. Un experimento, como un perro lazarillo para un ciego. Es mi compañero de silla de ruedas". Abrochó a Alfred el cinturón de seguridad.

PJ fue a sentarse delante, junto a su madre.

Alfred el cisne dijo: "¿No me vas a presentar?".

La señora Mango sacó el coche y se dirigieron a la escuela.

"Alfred", E-Z miró a sus amigos, "te presento a la Sra. Handle. Y a mis dos mejores amigos, PJ y Arden. Todos, éste es Alfred, el cisne trompetista". E-Z se cruzó de brazos.

Alfred dijo: "Hoo-hoo". A E-Z le dijo: "Estoy increíblemente encantado de conocerte. Puedes traducirme".

"¿Cómo sabes su nombre?" preguntó PJ.

"No te estarás convirtiendo en, cómo se llamaba, el tipo que podía hablar con los animales, ¿verdad E-Z? Por favor, dime que no. Aunque podría convertirse en una auténtica gallina de los huevos de oro. Podríamos comercializar tu talento. Hacer preguntas y publicar las respuestas en nuestro propio canal de YouTube. Podríamos llamarlo E-Z Dickens el Susurrador de Cisnes".

"¡Excelente idea!" dijo PJ mientras su madre se detenía en un paso de peatones. "Si hubiera sido hace unos años, probablemente habríamos ganado millones en YouTube. Hoy en día ganar dinero allí es bastante duro. Han tomado medidas drásticas".

"No seas grosera", dijo la señora Handle, mientras seguía conduciendo.

"La persona a la que se refiere es el Doctor Dolittle", ofreció Alfred. "Era una serie de doce libros de novelas escritas por Hugh Lofting. El primer libro se publicó en 1920, y los demás siguieron hasta 1952. Hugh Lofting murió en 1947. También era británico. Un hombre nacido y criado en Berkshire".

"Sé a quién se refieren", dijo E-Z a Alfred. "Y no, no lo soy".

Arden dijo: "Espero que tu compañero el cisne no nos robe hoy a todas las chicas. Ya sabes que a las chicas les encantan las cosas con plumas".

La señora Handle se aclaró la garganta.

"Yo era todo un asesino de señoritas, en mis tiempos", dijo Alfred, seguido de otro "¡Hoo-hoo!" que dirigió a PJ y Arden.

PJ dijo: "Tu cisne compañero me hace mucha gracia".

Arden preguntó: "¿Qué película de pájaros ganó un Oscar?".

PJ respondió: "El señor de las alas".

Arden preguntó: "¿Dónde invierten su dinero los pájaros?".

PJ contestó: "¡En el mercado de las cigüeñas!".

"Tus amigos se divierten fácilmente", dijo Alfred. "Son dos plastas, cortados por el mismo patrón. Ya veo por qué te caen bien. A mí me gusta la señora Handle. Es tranquila y una excelente conductora".

E-Z se rió.

"Me alegro de que disfrutes del humor mañanero", dijo PJ.

"La verdad es que no", dijo Alfred. "Además vosotros dos sois unos auténticos plonkers".

Arden y PJ hicieron una doble toma.

E-Z también hizo una doble toma ante sus dobles tomas. "¿Qué?"

"¿No lo has oído?", dijeron los dos al unísono. "El cisne sabe hablar, y con acento británico. Tío, a las chicas les va a encantar".

La Sra. Mango sacudió la cabeza. "¡No os hagáis los tontos, vosotros dos!".

E-Z miró al cisne Alfred, que parecía confuso.

Alfred intentó hacer una broma para ver si realmente le entendían. "¿Por qué zumban los colibríes?", preguntó.

Los tres chicos le miraron, estaba claro que tanto Arden como PJ podían entenderle ahora.

Alfred dijo el remate: "Porque no conocen las palabras, claro".

PJ y Arden se rieron, más o menos, pero sobre todo estaban asustados.

"¿Cómo es que ahora ellos también te entienden?". preguntó E-Z. "Primero no podían y ahora sí. Creía que habías dicho que sólo me entendían a mí. ¿Y por qué no podía entenderte el Tío Sam?".

Ahora que podían entenderle, Alfred se sintió cohibido. Susurró a E-Z: "Sinceramente, no lo sé. A menos que, por lo que estoy aquí, también tenga algo que ver con ellos".

"¿Y no incluye al Tío Sam? ¿O a la Sra. Mango?"

"Quizá no", respondió Alfred.

"¿Y dónde encontraste este cisne parlante?" preguntó Arden.

"¿Y por qué lo traes a la escuela?" preguntó PJ.

La señora Handle resopló. "Estáis siendo todos muy tontos. E-Z dice que es un cisne de compañía. No puede hablar".

"En primer lugar, no es sólo un cisne, es un Cygnus Falconeri. También conocido como cisne gigante y una especie extinguida desde hace siglos".

"No he visto muchos cisnes en la vida real", dijo Arden. "Sin embargo, los que he visto en el canal de la naturaleza no parecían tan grandes como él. ¡Sus patas son enormes! ¿Y qué pasa si tiene que, ya sabes, ir al baño?".

"El cisne gigante medio tiene una longitud del pico a la cola de entre 190 y 210 centímetros", ofreció Alfred. "Y si lo hago, utilizaré la hierba: el campo de deportes debería ofrecerme un amplio espacio para alimentarme y hacer mis necesidades siempre y cuando sea necesario".

"¿Quieres decir que comes la hierba y luego haces tus necesidades en la hierba?". dijo PJ.

"¡Qué asco!" dijo Arden.

Ahora estaban muy cerca de la escuela, así que E-Z se explicó. "No puedo darte detalles porque en realidad no los conozco. Lo único que sé con seguridad es que Alfred está aquí para ayudarme y que le verás mucho".

"No creo que le dejen entrar en la escuela", dijo Arden.

"No será un problema, ya que soy tu compañero", dijo Alfred.

PJ, Arden y Alfred se rieron mientras el coche se detenía frente a la escuela.

"Llámame si quieres que te recoja después de clase", dijo la señora Handle.

"Gracias", contestaron.

Después de sacar la silla de E-Z del maletero, la Sra. Handle se alejó de la acera.

Sus amigos le ayudaron a entrar en ella, mientras Alfred volaba y se sentaba en su hombro. Se dirigieron hacia la parte delantera de la escuela, donde el director Pearson estaba haciendo entrar a los alumnos.

"Buenos días, chicos", dijo con una enorme sonrisa en la cara. Hasta que se fijó en Alfred, el cisne. "¿Qué es eso?", preguntó.

"Es un cisne de compañía", dijo E-Z.

"Un Cygnus Falconerie, para ser exactos", dijo Arden.

"Está con nosotros", dijo PJ.

El director Pearson se cruzó de brazos. "¡Esa cosa, la Cygnus whatchamacallit no va a entrar aquí!".

Alfred dijo: "No pasa nada, E-Z. No montemos una escena. Estaré aquí cuando acaben tus clases. Hasta luego". Alfred voló y aterrizó en el tejado del edificio. Contempló las vistas antes de volar hacia el campo de fútbol. Había mucha hierba para picar. Cuando estuviera lleno, buscaría un lugar sombreado bajo un árbol y se echaría una siesta.

El director Pearson sacudió la cabeza y sostuvo la puerta para E-Z y sus amigos. Dentro sonó la campana de aviso de cinco minutos.

La jornada escolar transcurrió sin incidentes para E-Z y sus amigos.

Seguían sin noticias de Eriel sobre nuevas pruebas.

CAPÍTULO 11

Alfred se acomodó a su nueva rutina. Los niños de la escuela empezaron a conocerle, aunque sólo E-Z y sus amigos sabían que podía hablar.

Ese día, fuera del colegio, Alfred estaba esperando a E-Z y le preguntó: "¿Podemos hablar?".

E-Z miró a su alrededor; aún no quería que los demás alumnos le oyeran hablar con un cisne. Susurró: "Eh, ¿esto puede esperar hasta que lleguemos a casa?".

"Ah, ya veo", dijo Alfred. "Sigues sintiéndote cohibido cuando charlamos. Lo cual es comprensible, pero los niños me adoran aquí. Hacen cola para acariciarme, para darme de comer. Además, ¿no estará el tío Sam en casa? Necesito hablar contigo a solas".

"Como sigue sin entenderte, hablas conmigo a solas aunque estemos en casa".

"Pero se trata de un asunto de cierta importancia y el tiempo apremia", dijo Alfred.

PJ se detuvo en la acera junto a ellos. Arden les preguntó si querían que les llevara a casa.

"Eh, chicos. Lo siento, pero hoy voy a acompañar a Alfred a casa. Tiene una información vital que comunicarme".

PJ y Arden negaron con la cabeza. Arden dijo: "Esperábamos que nos tiraran un día por una chica, no por un pájaro". Soltó una risita.

"¿Y qué pasa con el juego?" preguntó Arden.

"Hoy es hoy y el partido no es hasta mañana. Lo siento, chicos". E-Z aceleró el paso. El coche se arrastró a su lado y luego se alejó con un chirrido de los neumáticos.

"Plonkers", dijo Alfred.

"Tienen buenas intenciones. ¿Y ahora qué es tan importante?"

"¿Has sabido algo de Lia últimamente? Estoy preocupado por ella". Alfred se paseó junto a E-Z, arrancándole la cabeza a un diente de león.

"¿Por qué te preocupas? No tener noticias es una buena noticia, ¿no?

"Bueno, en realidad, he tenido noticias suyas y ha habido un... bueno, una novedad desconcertante".

E-Z se detuvo. "Cuéntame más".

"Sigue andando", dijo Alfred, ahora mordisqueando la cabeza de una margarita. "Lia y su madre ya están de camino. Deberían llegar en algún momento de mañana".

"¿Por qué tanta prisa? Sí, es una sorpresa. Sabíamos que vendrían, posiblemente pronto. ¿Qué tiene eso de desconcertante?".

"Eso no es lo desconcertante".

"¡Deja de dar rodeos y escúpelo!"

"Lia ya no tiene siete años, ahora tiene diez".

"¿Qué? Eso es imposible".

"¿Crees que mentiría?"

"No, no creo que mintiera, pero eso no tiene ningún sentido. La gente no pasa de siete a diez años en cuestión de semanas".

"Dijo que se había ido a dormir. A la mañana siguiente, entró en la cocina para desayunar y su niñera empezó a gritar. Así descubrió que había envejecido tres años de la noche a la mañana".

"¡Vaya!" exclamó E-Z.

"Y hay más".

"Más. No puedo imaginar nada más".

"Fue capaz de convencer a su madre de que no era necesario que permaneciera aquí durante toda la visita. Es una mujer de negocios muy ocupada. Le costó bastante convencerla. Lia dijo que sería mejor para ella, dada la experiencia de Sam contigo y las pruebas. Su madre estuvo de acuerdo, con algunas condiciones".

"¿Como cuáles?"

"Que le caiga bien el tío Sam".

"A todo el mundo le gusta el Tío Sam".

"También, que le expliques cómo su hija ha podido envejecer así de la noche a la mañana".

"¿Y cómo voy a hacerlo exactamente?"

"Para ser sincero", dijo Alfred, "no tengo ni idea. Por eso quería hablar contigo a solas. Es decir, el Tío Sam sabe que Lia va a venir, ¿no?".

E-Z asintió: "Supongo que sí, si están de camino".

"Pero espera a una niña de siete años, cuando va a aparecer en su puerta una niña de diez".

E-Z se detuvo de nuevo. El Tío Sam. Ni siquiera había pensado en que el Tío Sam tuviera que vérselas con una niña de diez años. "No estoy seguro de haberle mencionado nunca la edad de Lia. Quizá no lo hice y nos estamos preocupando por nada".

continuó Alfred. "He oído que los humanos envejecen rápidamente. Hay una enfermedad llamada progeria. Es una enfermedad genética, bastante rara y mortal. La mayoría de los niños no viven más allá de los trece años y Lia ya tiene diez, así que tenemos que resolverlo".

"¿Cómo es eso que has dicho?"

"Progeria".

"Sí, Progeria, ¿cómo se contrae?". preguntó E-Z.

"Según tengo entendido, ocurre durante los dos primeros años. Y los niños suelen quedar desfigurados".

"Lia está desfigurada, a causa del cristal, no es una enfermedad. ¿Hay cura?"

"No hay cura. Pero E-Z, hay algo más. Tiene algo que ver con los ojos de sus manos. Son nuevos y la enfermedad es nueva. Demasiada coincidencia, ¿no crees?".

E-Z lo pensó y decidió que Alfred tenía razón. Era demasiada coincidencia. Pero, ¿qué iba a hacer al respecto? ¿Debía llamar a Eriel? "¿Conoces a Eriel?"

Alfred aminoró el paso y E-Z también. Estaban cerca de casa y necesitaban hablar de esto antes de reunirse con el Tío Sam. "Sí, he oído hablar de él. Pero como sabes Eriel no es mi ángel. Conociste a mi mentora Ariel, y ella es el ángel de la naturaleza, de ahí que me encuentre en la condición de un raro cisne. Tal vez ella pueda ayudar, pero tendremos que esperar a su próxima aparición para hacerlo".

"¿Quieres decir que no puedes invocarla?".

Alfred asintió. "¿Eres capaz de invocar a Eriel a voluntad?".

E-Z se rió. "No exactamente a voluntad, pero es accesible. Aunque es un pesado y no le gusta que lo llamen o lo convoquen". E-Z pensó en voz baja y Alfred también. Su casa ya estaba a la vista y el tío Sam estaba en casa, pues su coche estaba aparcado en la entrada. "Creo que deberíamos esperar a ver qué pasa con Lia".

"De acuerdo", dijo Alfred, mientras se apartaba del camino, arrancaba un poco de hierba del suelo y la mordisqueaba. E-Z lo observó. "Prefiero no comer demasiada hierba; me refiero a la hierba del césped. Es lo que como todo el día cuando estás en la escuela, aparte de las pocas flores que encuentro. Ahora mismo, me apetece comer algo de lo húmedo, que crece bajo el agua. Es más fresco y jugoso".

"Lo entiendo perfectamente", dijo E-Z. "Me gusta comer ensalada cuando está fresca y crujiente. No me gusta tanto cuando viene en bolsas y la única forma de bajarla es empaparla en aliño para ensaladas".

"Echo de menos la comida humana".

"¿Qué es lo que más echas de menos?"

"Las hamburguesas con queso y las patatas fritas, sin duda. Ah, y el ketchup. Cómo me gustaba esa salsa espesa, roja y pegajosa que le va a todo".

"¿Quizá no estaría tan mal sobre la hierba?". E-Z se rió, pero Alfred se lo estaba pensando.

"Estaría dispuesto a intentarlo".

"Pongámoslo en tu lista de deseos", dijo E-Z.

"¿Qué es una lista de deseos? preguntó Alfred.

CAPÍTULO 12

E-Z contempló la pregunta de Alfred. Alfred no sabía lo que era una lista de cosas que hacer antes de morir... y la frase se acuñó en 2007. En la película de Nicholson y Freeman del mismo nombre. Explicó sin entrar en demasiados detalles

"Es una idea muy interesante", dijo Alfred, esponjándose las plumas. "¿Pero qué sentido tiene llevar una lista de cosas que hacer antes de morir? Seguro que recordarías cualquier cosa que realmente quisieras hacer".

"Sabes, Alfred, no estoy muy segura. Supongo que tiene que ver con la edad. Envejecer y perder la memoria".

"Tiene sentido".

Continuaron su viaje y llegaron a casa. Cuando E-Z subió por la rampa, Alfred se subió. El cisne batió las alas para ayudar con el impulso ascendente. Arriba, cuando E-Z abrió la puerta, oyeron una voz desconocida.

"¡Oh, no, ya están aquí!" dijo Alfred.

"¡Podías haberme avisado!" replicó E-Z, guardando su bolsa en un gancho de camino al salón.

"¡Claro que lo habría hecho, de haberlo sabido!".

Lia se puso en pie. Lia, de diez años, parecía notablemente distinta, hasta que levantó las palmas de las manos abiertas. Chilló al ver a E-Z, corrió hacia él y le dio un fuerte abrazo. Luego abrazó a Alfred y le dijo que estaba increíblemente contenta de conocerle por fin.

Samantha, la madre de Lia, también estaba de pie, mirando cómo su hija abrazaba al chico que le había salvado la vida. El ángel/niño en silla de ruedas. Su hija había mencionado a Alfred, pero no que fuera un cisne gigante.

El tío Sam se levantó y dijo: "Oh, ya estás en casa". Se acercó a su sobrino. Luego, torpemente, sugirió que fueran a la cocina. A por refrescos.

"Estamos bien", dijo Samantha.

Sam insistió en que fueran a la cocina de todos modos.

"Eh", tartamudeó E-Z. "Me gustaría tomar algo".

Sam suspiró.

"No te molestes por nosotros", dijo Samantha.

"No es ninguna molestia", dijo Sam, empujando la silla de E-Z hacia la salida del salón.

"Lia, eres muy guapa", dijo Alfred, inclinando la cabeza para que ella pudiera acariciarle.

"Gracias", dijo Lia sonrojándose. Miró en dirección a E-Z mientras salían del salón, pero él no se dio cuenta, pues tenía los ojos puestos en su tío.

Una vez estuvieron en la cocina, Sam aparcó a su sobrino. Abrió la nevera y volvió a cerrarla. Fue a la alacena, abrió la puerta y volvió a cerrarla.

"¿Qué pasa?" preguntó E-Z.

"Yo, no los esperaba tan pronto y, de todas formas, ¿qué comen y beben los holandeses? No creo que tenga nada adecuado en casa. Quizá debería salir a comprar algo".

"Son gente como nosotros, seguro que probarán lo que tengas. No te lo pienses demasiado".

"Ayúdame, chaval. ¿Qué tipo de cosas deberíamos servir? ¿Queso y galletas? ¿Algo caliente, bocadillos de queso a la plancha? Tenemos agua, zumo y refrescos".

"Vale, de momento hagamos lo del queso y las galletas. A ver cómo nos va con eso. Y una bandeja de bebidas variadas".

Sam suspiró y lo puso todo junto en una bandeja. "¡Oh, servilletas!", dijo, sacando una pila de ellas del cajón.

"¿Todo listo?" preguntó E-Z.

"Gracias, chaval", dijo Sam, mientras recogía la bandeja llena de comida y bebida. Se dirigió al salón con su sobrino siguiéndole. Sam lo puso todo sobre la mesa, luego se levantó de un salto y dijo: "¡Platos de acompañamiento!" y salió de la habitación, regresando poco después con los citados platos.

E-Z miró en dirección a Lia cuando dio un sorbo a su bebida. Aún podía verla como una niña, aunque ya no lo era. Tenía el pelo más largo.

La madre de Lia parecía aún más incómoda que el tío Sam. Jugueteó con una galleta, pero no la mordió. Movió el vaso de bebida de un lado a otro, pero no bebió. De vez en cuando miraba en dirección al tío Sam, pero no por mucho tiempo. Luego suspiró muy alto y volvió a juguetear con la comida.

"¿Qué tal el vuelo?" preguntó E-Z.

"Fue fácil-fácil comparado con volar contigo", dijo Lia. Se rió y el refresco casi se le salió por la nariz. Pronto todos se rieron y se sintieron más a gusto.

Alfred charlaba libremente, sabiendo que sólo Lia y E-Z podían entenderle. "Ahora estamos juntos, Los Tres. Como tenía que ser".

Lia y E-Z intercambiaron miradas.

Alfred continuó. "Sigo preguntándome por qué nos han reunido. E-Z puedes salvar a la gente y eres superfuerte, además puedes volar y tu silla también. Lia tus poderes están en tu vista. Puedes leer los pensamientos. Por lo que me ha contado E-Z tienes los poderes de la luz y puedes detener el tiempo.

"Yo, puedo viajar, volar por el cielo y a veces puedo saber cuando van a ocurrir las cosas antes de que ocurran. También puedo leer la mente, aunque no siempre. Además, a la mayoría de la gente le encantan los cisnes. Algunos dicen que somos angelicales. Incluso hay quien cree que los cisnes tienen el poder de transformar a las personas en ángeles. No sé si eso es cierto. Yo mismo puedo ayudar a todos los seres vivos a curarse".

La última parte era nueva para E-Z. Quería saber más.

Alfred se ofreció voluntario: "Rendirse es el primer paso".

E-Z y Lia se perdieron en sus pensamientos respecto a la confesión de Alfred.

"¿Qué hacemos ahora?" preguntó Lia.

"Todo equipo necesita un líder, un capitán. Nomino a E-Z", dijo Alfred.

"Secundo la nominación", dijo Lia.

Lia y Alfred alzaron sus copas por E-Z. El tío Sam y la madre de Lia, Samantha, se unieron al brindis. Aunque no tenían ni idea de por qué brindaban todos.

E-Z les dio las gracias a todos. Pero por dentro se preguntaba cómo iba a funcionar todo aquello. ¿Cómo iba a guiar a una niña y a un cisne trompetista? ¿Cómo iba a mantenerlos a salvo y fuera de peligro?

El tío Sam y Samantha se ofrecieron a limpiar, mientras el trío volvía al salón.

"Será una buena oportunidad para que se conozcan un poco mejor", dijo Alfred.

"Sí, mamá nunca había estado tan nerviosa. Con su trabajo, conoce a mucha gente y habla con ellos, incluso con completos desconocidos, como si los conociera de toda la vida. Creo que es uno de los secretos de su éxito. Sin embargo, con Sam está callada como un ratón y nerviosa".

"Quizá sea el jetlag", sugirió E-Z.

Alfred se rió. "No, se sienten atraídos el uno por el otro. Los dos sois demasiado jóvenes para daros cuenta, pero había una vibración en el aire".

"¿En serio, mi madre está colada por Sam?".

"El tío Sam también era bastante torpe, pero últimamente no conoce a muchas chicas, ya que trabaja desde casa y pasa la mayor parte del tiempo ayudándome". Yo voto, cambiemos de tema".

"Yo también", dijo Lia.

"Vosotros dos no sois divertidos".

"Creo que ya es hora de que convoquemos a Eriel", dijo E-Z. "Él debe ser quien nos ha reunido a todos. Necesitamos que nos cuente el plan. Saber qué se espera de nosotros y cuándo".

"¿Quién es Eriel?" preguntó Lia. "Recuerdo que antes me preguntaste si le conocía".

"Es un Arcángel y ha sido el mentor de mis pruebas. Bueno, al menos en las últimas".

"Mi ángel, el que me ha dado el don de ver con la mano, se llama Haniel. Ella también es un arcángel. Es la cuidadora de la Tierra".

Esto sorprendió a E-Z. Si todos trabajaban para sus propios ángeles, ¿por qué los habían reunido? ¿Era un ángel más poderoso que el otro? ¿Quién era el ángel jefe? ¿Quién respondía ante quién?

"Me gustaría saber qué está pasando", dijo Alfred.

"Lo único que sé -dijo Lia- es que después del accidente me preguntaron si quería ser uno de los tres. Y ahora, voilá, aquí estamos".

El tío Sam y Samantha entraron en la habitación. Estuvieron charlando un rato más hasta que Samantha, que estaba cansada por el vuelo, se fue a su habitación. El tío Sam también se fue a su habitación.

"Vamos a mi habitación a hablar", dijo E-Z.

Lia y Alfred les siguieron. Tras unas horas de discusión, el trío se dio cuenta de que tenían muchas preguntas pero pocas respuestas. Lia se fue a su habitación, que compartía con su madre. Alfred durmió en el borde de la cama de E-Z. E-Z roncaba. Mañana sería otro día; entonces lo resolverían todo.

CAPÍTULO 13

A la mañana siguiente, Lia sacó cuencos de cereales al jardín trasero. El sol se elevaba en el cielo, era un día despejado y se acercaban las 10 de la mañana. Alfred mordisqueaba la hierba cerca del camino.

Lia le dio a E-Z su cuenco, luego se sentó bajo la sombrilla del patio y tomó una cucharada de copos de maíz.

"Los cornflakes norteamericanos saben distinto a los que tenemos en Holanda".

"¿Cuál es la diferencia?" preguntó E-Z.

"Aquí todo sabe más dulce".

"He oído que en los distintos países utilizan recetas diferentes. ¿Quieres otra cosa?" Ella se negó con un movimiento de cabeza. "Anoche no pude dormir", dijo E-Z, tomando otra cucharada de Capitán Crujiente.

"Perdona, ¿estaba roncando demasiado?". preguntó Alfred mientras hundía la cara en la hierba cubierta de rocío.

"No, estuviste bien. Tenía muchas cosas en la cabeza. Estamos todos aquí. Los tres... y hace tiempo que no tengo un juicio... Desde que Hadz y Reiki fueron degradados, no sé qué está pasando. Después de la última batalla con Eriel -que por cierto gané- no he sabido nada de Eriel. Eso me pone nerviosa. Me pregunto qué estará tramando para hacerme la vida imposible".

Alfred se alejó por el jardín, mientras un unicornio se posaba en la hierba.

"A tu servicio", dijo Little Dorrit.

El unicornio se arrimó a Lia, mientras ésta se levantaba y lo besaba en la frente.

Sobre ellos comenzó una raya azul de escritura celeste. Deletreaba las palabras

SÍGUEME.

La silla de E-Z se levantó: "¡Vamos!", gritó.

La pequeña Dorrit se inclinó, permitiendo que Lia la montara.

Alfred batió las alas y se unió a los demás.

"¿Alguna idea de adónde nos dirigimos?" preguntó Alfred.

"¡Lo único que sé es que tenemos que darnos prisa! Las vibraciones aumentan, así que debemos estar cerca".

"Mira hacia delante", gritó Lia. "Creo que nos necesitan en el parque de atracciones".

Inmediatamente, fue obvio para E-Z por qué les necesitaban. La montaña rusa había descarrilado. Los vagones colgaban medio sobre las vías y medio fuera de ellas. Y los pasajeros, de todas las edades, gritaban. Un niño colgaba tan precariamente con las piernas por encima del lateral del carro que estaba claro que caería primero.

"Cogeremos al niño", dijo Lia, arrancando. Ella y Little Dorrit fueron directas hacia el chico. Éste se soltó, se dejó caer y aterrizó sano y salvo delante de Lia sobre el unicornio.

"Gracias", dijo el niño. "¿Esto es realmente un unicornio o estoy soñando?".

"Lo es de verdad", dijo Lia. "Se llama La pequeña Dorrit".

"Mi madre tiene un libro con ese nombre. Creo que es de Charles Dickens".

"Así es", dijo Lia.

"¿Hay unicornios en La pequeña Dorrit? Si es así, ¡tendré que leerlo!".

"No puedo asegurarlo", dijo Lia. "Pero si lo averiguas, avísame".

E-Z agarró uno a uno los coches que sobresalían. Le costó un poco equilibrarlo, al principio parecía un slinky inclinado en una dirección. Pero su experiencia con el avión le ayudó y le inspiró mientras volvía a levantar los vagones y los colocaba en las vías. Los mantuvo firmes hasta que todos los pasajeros estuvieron a salvo dentro.

Gracias a la ayuda de Alfred, este proceso transcurrió sin contratiempos. Alfred, utilizando sus alas, su pico y su enorme tamaño, pudo hacer palanca para ponerlos a salvo.

"¿Estáis todos bien?" llamó E-Z, recibiendo un sonoro aplauso de todos los pasajeros.

Terminada la tarea con éxito, Alfred voló hasta donde estaban Lia y los demás. Era un lugar excelente para observar.

"¿Te parece bien que bajemos al chico ahora?". preguntó Lia.

E-Z le hizo un gesto de aprobación.

Abajo, trajeron una grúa con el fin de elevarla para un rescate. Aún no estaba ni mucho menos lista. Observó cómo los trabajadores se apresuraban con sus cascos amarillos.

E-Z silbó al operario de la montaña rusa para que la pusiera en marcha.

El operador de la montaña rusa volvió a poner en marcha el motor. Al principio los vagones avanzaron un poco, pero luego se detuvieron. Los pasajeros gritaron, temerosos de que volviera a descarrilar. Algunos se agarraban el cuello, que se había sacudido en el accidente original.

E-Z colocó su silla de ruedas en la parte delantera de los vagones para observar que su posición no se alteraba. Se dio cuenta de que el viento arreciaba, mientras el pelo de los pasajeros se agitaba en los vagones. Un anciano perdió su gorra de béisbol de los Dodgers de Los Ángeles. Todos observaron cómo caía en picado al suelo.

"Inténtalo de nuevo", gritó E-Z, esperando lo mejor pero pensando en un Plan B por si acaso.

El operario aceleró el motor. Una vez más, la montaña rusa avanzó. Esta vez un poco más lejos, pero volvió a detenerse por completo.

El adolescente llamó a Little Dorrit: "¿Puedes poner a Lia en el suelo? Luego coge unas cadenas con ganchos en ambos extremos y tráemelas".

La unicornio asintió, descendiendo ante los "oohs" y "ahhs" de la multitud que se había reunido abajo. Un tipo intentó agarrarla y subir, ella lo apartó con la nariz y la policía acudió para acordonar la zona.

"¡Aquí!", dijo un obrero de la construcción. Había oído lo que pedía E-Z. Colocó parte de la cadena en la boca de Little Dorrit y le rodeó el cuello con el resto.

"¿No pesa demasiado?", preguntó, mientras la Pequeña Dorrit despegaba sin problemas y se dirigía volando hacia donde Alfred esperaba ahora al lado de E-Z.

Con el pico, Alfred introdujo el gancho en la parte delantera del vagón de la montaña rusa. Lo aseguró en su sitio y lo sujetó a la silla de ruedas de E-Z.

"Por favor, permanece sentado", llamó E-Z. "Voy a bajarte, despacio pero con seguridad. Intenta no moverte demasiado, me gustaría que el peso estuviera colocado de forma uniforme. A la de tres, a rodar", dijo. "Uno, dos, tres". Tiró, dando todo lo que tenía, y el coche rodó con él. Bajar era fácil, subir, tenía que asegurarse de que el carro no cogiera demasiada velocidad y volviera a desprenderse. La pequeña Dorrit y Alfred volaron junto al carro, preparados para actuar si algo iba mal.

Lia estaba muy asustada, nerviosa y emocionada.

"¡Puedes hacerlo, E-Z!", gritó, olvidando que podía pronunciar las palabras en su cabeza y él las oiría.

"Gracias", dijo él, manteniendo el paso lento y constante. Aunque E-Z estaba cansado, tenía que completar la tarea que tenía entre manos. Cuando el coche dobló la esquina y se detuvo por completo, volvió a entrar en el túnel. De vuelta al punto de partida.

"¡Gracias!", gritó el operador.

Bomberos, paramédicos y enfermeros se prepararon para la avalancha de pasajeros. Desembarcando al mismo tiempo.

"¡E-Z! ¡E-Z! E-Z!" coreaba la multitud, con los teléfonos en alto filmando todo el incidente.

"¿Crees que tendremos tiempo de comprar algodón de azúcar?". preguntó Lia.

"¿Y caramelo de maíz?" dijo Alfred. "No estoy seguro de si me gustará, pero estoy dispuesto a probarlo".

"Claro", dijo E-Z, "¡Iré a por los dos sin problemas! Incluso podría comprarme una Manzana de Caramelo".

Cuando fue a hacer las compras, se dio cuenta de que habían llegado unos periodistas. Estaban reunidos en torno a alguien muy alto, con el pelo negro azabache. El hombre llevaba un sombrero de copa delante y se parecía a Abraham Lincoln. Al observarlo más de cerca, se dio cuenta de que era Eriel disfrazado. Se acercó para escuchar.

"Sí, soy quien ha reunido a este trío dinámico. El líder es E-Z Dickens, tiene trece años y es una superestrella. Además de ser el miembro más experimentado de Los Tres, es el líder. Como te habrás dado cuenta, puede con casi todo. Es un gran chico".

E-Z podía sentir cómo se le calentaban las mejillas.

"¿Y la chica y el unicornio?", gritó un periodista.

"Se llama Lia, y ésta ha sido su primera incursión en el mundo de los superhéroes. Su unicornio es la Pequeña Dorrit, y las dos forman un equipo increíble. Ella rescató a ese muchacho", agarró al chico. Lo puso en primer plano para las cámaras.

Cuando todos los ojos estaban puestos en él, terminó su frase. "Con facilidad. Lia y la pequeña Dorrit son unas incorporaciones maravillosas al equipo, y serán una ayuda inmensa para E-Z en todos sus futuros proyectos".

"¿Cómo fue?", preguntó un periodista al chico.

"Lia era muy simpática", dijo el chico.

La figura oscura apartó al chico de un empujón. Se sacudió el polvo.

"El cisne trompetista se llama Alfred. Era su primera oportunidad de ayudar a E-Z. Con valentía, se puso en peligro. Alfred es otro miembro excelente de este equipo de superhéroes de Los Tres. Los verás mucho en el futuro". Dudó: "Ah, y me llamo Eriel, por si quieres citarme en tu artículo".

Ahora E-Z deseaba no haber aceptado coleccionar golosinas de feria. Se encogió de hombros, a un lado, esperando no llamar la atención.

"¡Ahí está!", gritó alguien.

Otros que estaban en la cola detrás de él, le empujaron hacia la parte delantera de la cola.

"Invita la casa", dijo el vendedor, entregándole uno de cada.

"Gracias", dijo él, mientras se levantaba.

"¡Es él! ¡El chico de la silla de ruedas! Nuestro héroe!", gritó alguien desde abajo.

"Ahí está, hazle una foto".

"¡Vuelve para un selfie, por favor!".

E-Z miró hacia donde había estado Eriel, pero ahora que le habían visto, nadie se interesaba por él. Lo siguiente que supo fue que Eriel se había ido.

"¡Vámonos de aquí!" dijo E-Z, preguntándose adónde debían ir exactamente. Si iban a su casa, lo más probable era que los periodistas y los fans les siguieran. En cierto modo, echaba de menos los días en que Hadz y Reiki limpiaban las mentes de todos los implicados. Seguro que eso no complicaba las cosas.

En el camino de vuelta, E-Z no pudo evitar preguntarse qué estaría tramando Eriel. Al fin y al cabo, se suponía que nadie sabía nada de sus pruebas. Era muy extraño, pero estaba demasiado agotado para hablar de ello con sus amigos. En cambio, se preguntaba por qué ya no era importante mantener ocultas sus pruebas y cómo iban a cambiar las cosas. Era bueno que ya no le ardieran las alas y que su silla no pareciera interesada en beber sangre.

"Bueno, ha sido bastante fácil", dijo Alfred.

Lia se rió: "Y ha sido divertido verte en acción E-Z".

"Oye, y yo, ¡también ayudé!".

"Claro que sí", dijo E-Z. "Y Little Dorrit, ¡gracias! No podría haberlo hecho sin ti".

Little Dorrit se rió. "Me alegro de haberte ayudado".

"¡Has estado increíble!" dijo Lia, acariciándole el cuello.

Pero algo les preocupaba. Era obvio que E-Z podría haberlo hecho todo él solo. No necesitaba ayuda.

Sobre todo Alfred pensaba que, siendo un cisne trompetista, hacía todo lo que podía. Pero no era de mucha ayuda en este tipo de rescate. No podía ayudar alguien que tuviera manos. Se había esforzado al máximo, pero ¿era suficiente? ¿Era él la mejor elección para ser miembro de Los Tres?

Lia pensaba que la Pequeña Dorrit podría haber aterrizado debajo del chico y haberlo salvado sin que ella estuviera sobre su lomo. La unicornio era lista y podría haber seguido el ejemplo y las instrucciones de E-Z. Sentía que había venido hasta aquí, ¿y para qué? En realidad no tenía ningún sentido.

Volvieron de nuevo a casa. Aunque habían conseguido algo maravilloso juntos, sus ánimos estaban por los suelos.

La pequeña Dorrit se marchó a dondequiera que viviera cuando no la necesitaban.

E-Z fue inmediatamente a su despacho, donde trabajó un poco en su libro. Había querido actualizar la lista de pruebas para ver en qué punto se encontraba. Decidió escribirlas todas de nuevo desde el principio:

1/ rescató a la niña

2/ salvó al avión de estrellarse

3/ detuvo al tirador en el tejado

4/ detuvo a la chica en la tienda

5/ detuvo al tirador frente a su casa

6/ se batió en duelo con Eriel

7/ saliste de la bala

8/ rescató a Lia

9/ volvió a poner en marcha una montaña rusa.

No estaba seguro de si salvar al Tío Sam era una prueba o no. Hadz y Reiki le habían limpiado la mente. La corazonada de E-Z era que salvar al Tío Sam no había sido una prueba.

Volvió a sentarse en su silla. Pensó en su inminente fecha límite. Tenía que completar tres pruebas más en un periodo de tiempo limitado. Por un lado, quería terminarlas de una vez. En otro sentido, acabar con su compromiso le asustaba.

Mientras tanto, Alfred decidió ir a nadar al lago.

Mientras, Lia y su madre salieron a dar un paseo.

"¿Y cómo fue?" preguntó Samantha.

"Fue extremadamente emocionante y aterrador al mismo tiempo. E-Z es extraordinario. No tiene miedo", explicó Lia.

"¿Y cuál fue tu contribución?"

Doblaron la esquina y se sentaron juntas en un banco del parque. Los niños jugaban, corriendo arriba y abajo y gritando. Tanto la madre como la hija recordaron cómo Lia solía jugar así, despreocupada, cuando tenía siete años. Ahora que tenía diez, su interés por jugar había disminuido mucho.

"¿Lo echas de menos? preguntó Samantha.

Lia sonrió. "Siempre sabes lo que pienso. La verdad es que no, pero algún día me gustaría volver a bailar. Para ver cómo y si podría adaptarme".

Se sentaron juntos a mirar, sin decir nada.

"En cuanto a mi contribución, un niño estaba colgado del coche y, sin la ayuda de Little Dorrit, podría haberse caído".

"¿Podría?"

"Sí, creo que E-Z le habría rescatado, y luego se habría encargado del resto, si no hubiéramos estado allí. Está acostumbrado a hacer las pruebas él solo".

"¿No crees que Alfred o tú erais necesarios?"

"Puede que el hecho de que estuviéramos allí como apoyo moral fuera útil, no lo sé. Parece que los arcángeles se han tomado muchas molestias para reunirnos. Para hacernos volar desde Holanda, nuestro hogar. Cuando, basándome en este juicio, no creo que seamos realmente necesarias".

Samantha tomó la mano de su hija entre las suyas, se levantaron del banco y se volvieron hacia su casa.

"Creo que tener un equipo, de apoyo, es algo bueno y estoy segura de que E-Z lo sabe y lo agradece. No parece el tipo de chico que se sienta solo. Jugó al béisbol, todavía lo hace por lo que me ha dicho Sam. Sabe que los equipos funcionan bien juntos, aprovechando los puntos fuertes de cada jugador. En cuanto a ti, no me preocuparía de que no fueras el factor más crucial en este juicio. Y nunca subestimes tu valía".

"Gracias, mamá", dijo Lia, mientras doblaban la esquina hacia su calle. "Ahora hablemos de Sam. Te cae muy bien, ¿verdad?".

Samantha sonrió, pero no contestó.

***

Al mismo tiempo, Sam estaba controlando a E-Z. "¿Va todo bien?", preguntó, asomando la cabeza en el despacho de su sobrino.

"No estoy seguro. ¿Podemos hablar?"

"Claro, chaval".

"Cierra la puerta, por favor".

"¿Qué pasa? ¿No ha ido bien la primera prueba del equipo?"

"En primer lugar, quiero preguntarte qué pasa entre tú y la madre de Lia".

Sam arrastró los pies y se limpió las gafas. "No hagamos que esto tenga que ver conmigo y con Samantha. Eso es entre nosotros".

"Entonces, ¿hay un EE.UU.?", sonrió con satisfacción.

"Cambia de tema", dijo Sam.

"De acuerdo entonces, lo que tú digas. En cuanto al juicio, fue bien, y no pienses mal de mí. No lo digo porque sea un cabezón, pero podría haberla completado sin los demás".

"Cuéntame exactamente lo que ocurrió. ¿Cuál era tu tarea? Y tengo que decir que esto me sorprende, ya que siempre has trabajado en equipo".

"Lo sé. Eso es lo que me preocupa a mí también. Fue en el parque de atracciones. Una montaña rusa se salió de la pista. La parte delantera colgaba del borde y los pasajeros se desparramaban. Sólo uno estaba realmente en peligro: un niño al que Lia atrapó con la ayuda de la pequeña Dorrit, el unicornio".

"Parece que el rescate fue útil".

"Lo fue, porque el niño estaba casi fuera de tiempo, pero yo estaba allí y podría haberlo rescatado. Luego volví a poner el carro en marcha y ayudé a los demás a entrar. Fue como si el tiempo se hubiera detenido para mí, así que fácilmente podría haber resuelto esta situación sin la ayuda de nadie."

"Parece que Alfred, no te sirvió de mucho. ¿Insinúas que podías prescindir de él?".

E-Z se pasó los dedos por la oscura parte central del pelo. La sensación erizada de alguna manera le hizo desestresarse.

"Alfred me ayudó. Pero yo buscaba formas de que él ayudara. Se esfuerza mucho. Queremos tanto ayudar, pero, sinceramente, es lo bastante listo como para saber que le he hecho trabajar. Así que pudo ayudar, y no me siento bien por ello".

"Eso es lo que hacen los jugadores de equipo. Se cuidan unos a otros. Se ayudan mutuamente".

"Lo sé, pero cuando hay vidas en juego, depende de mí que nadie muera. Si busco tareas para los demás para que se sientan necesarios, es una desventaja, no una ayuda". Suspiró profundamente, chasqueando los dedos sobre el teclado. Avergonzado, evitó el contacto visual con su tío.

Tras unos minutos de silencio, E-Z volvió a trabajar en su libro para dejar que su tío reflexionara. Repasó los detalles de los acontecimientos del día.

Mientras informaba. Desmenuzando las cosas. Desmontando y volviendo a montar el juicio, tuvo una revelación. Era algo que nunca había hecho antes. Podía hablar de ello con su equipo. Podrían decirle cómo lo había hecho, hacerle sugerencias para que pudiera mejorar. Sí, ser uno de los tres tenía muchas ventajas. Se sentía relajado y más feliz sabiéndolo.

"Creo que deberías darle más tiempo a esta situación del equipo antes de decidir nada. Debe ser beneficioso para ti saber que cada uno tiene sus propios poderes especiales, para ayudarte. En esta situación, tus habilidades estaban en primer plano. Eso no significa que siempre vaya a ser así. Las cosas podrían cambiar para la próxima tarea. Todo ocurre por alguna razón".

"Estás pensando lo mismo que yo ahora. Todo es siempre mejor si no tienes que afrontarlo solo. Tú me lo enseñaste".

"¿Alguien más en esta casa se muere de hambre?" llamó Alfred mientras avanzaba contoneándose por el pasillo.

E-Z echó su silla hacia atrás y contestó: "¡Yo!".

Sam dijo: "¿Tú qué?".

"Ah, Alfred ha preguntado si alguien tiene hambre".

"¡Yo también!" gritó Sam.

"Yo sí", dijo Lia. "¿Qué hay para cenar?"

Samantha sugirió que pidieran pizza. Todos se alegraron, excepto Alfred. No le gustaba el queso fibroso.

Pasaron la velada juntos, llenándose la boca y dándose un atracón viendo una serie sobre zombis.

"No te da mucho miedo, ¿verdad, Lia? preguntó E-Z

"¡Da demasiado miedo para mí!" replicó Samantha. Sam la rodeó con el brazo, mientras Lia soltaba una risita y cogía la mano de su madre.

CAPÍTULO 14

A la mañana siguiente, Alfred se despertó con un grito. Si nunca has oído el grito de un cisne, tienes suerte. Fue tan fuerte que despertó a todo el mundo.

E-Z intentó calmar a Alfred. El cisne sólo batió más las alas y emitió un sonido terrible. Era como si lo estuvieran torturando. O eso o se acababa el mundo.

El tío Sam llegó para comprobar lo que ocurría.

"Soy Alfred, pero no te preocupes. Yo me encargo", dijo E-Z.

Pronto llegaron Lia y Samantha para investigar. Lia convenció a Samantha para que volviera a dormir.

Lia se quedó, para ayudar a E-Z a consolar a Alfred. Éste se dirigió inmediatamente a la ventana, la abrió con el pico y salió volando hacia la noche.

Por encima de ellos, E-Z y Lia escucharon cómo las patas palmeadas de Alfred golpeaban el tejado.

"¿A qué estáis esperando?", gritó. "Tenemos que irnos, ¡YA!

Lia salió por la ventana y se quedó temblando en la cornisa. Esperó hasta que E-Z pudo subirse a su silla de ruedas y maniobrarla hasta una posición flotante.

"Espera, creo que el unicornio por fin está en camino", dijo Alfred. "Por eso estoy aquí arriba. Para ver si venía".

La pequeña Dorrit aterrizó, puso la nariz debajo de Lia y se la echó a la espalda.

Salieron volando con Alfred a la cabeza.

"¡Más despacio!" gritó E-Z. Alfred le ignoró. Siguió adelante, ganando altura y velocidad. Las alas de silla de E-Z empezaron a batir al igual que sus alas de ángel. Tenía que trabajar rápido para no perder de vista a Alfred.

Lia se estremeció. "Ojalá llevara un jersey conmigo".

"Acurrúcate a mi cuello", dijo la Pequeña Dorrit. "Te mantendré caliente".

E-Z aceleró el paso, acercándose, y entonces se dio cuenta de que Alfred iba más despacio. O eso pensó. En lugar de eso, vio una imagen que nunca se borraría de su mente. Alfred estaba congelado en el aire, con las alas y los pies extendidos. Como si estuviera modelado como una X.

Entonces todo su cuerpo empezó a temblar, lo que creció hasta convertirse en una sacudida. Parecía que le estaban electrocutando. Y su cara, la expresión de dolor insoportable que había en ella, hizo que a sus amigos se les saltaran las lágrimas.

"¿Qué le está pasando?" preguntó Lia. "No puedo seguir viéndolo. No puedo", sollozó.

"Es como si le dieran una descarga. ¿Quién haría algo así?" Al decirlo, lo supo. Sólo Eriel podía ser así de cruel. Eriel los estaba invocando. Utilizando esta técnica de electrocución para que siguieran a su amigo Alfred. Sólo que, ¿y si no sobrevivía a las descargas? Mientras decía esto, un puñado de plumas de Alfred se desconectó de su cuerpo y flotó en el aire. Dejó de temblar y empezó a volar. Por encima del hombro, dijo: "Vamos, mantén el ritmo antes de que vuelva a golpearme".

"¿Estás bien?" preguntó Lia.

"Ésa era la tercera, y cada vez es peor. Tenemos que llegar adonde quieren que lleguemos y rápido. No sé si podré soportar otro, no peor que el anterior. Fue una pasada".

Siguieron volando, charlando mientras avanzaban.

"Siento haber despertado a todo el mundo", dijo Alfred ahora que habían cesado las sacudidas.

"No ha sido culpa tuya". dijo E-Z. "Estoy bastante seguro de que sé de quién es la culpa... y cuando le veamos, voy a darle su merecido".

"¿Qué quieres decir? preguntó Lia, acurrucándose en el cuello de la Pequeña Dorrit. Estaba tan oscuro y hacía tanto frío que no podía dejar de temblar.

Alfred dijo: "Nos han convocado enviando descargas eléctricas por todo mi cuerpo. Era como si me ardieran las plumas de dentro a fuera. Qué grosero. Tan grosero y, por un momento, pensé que estaba de nuevo en el entremedio".

Todo su cuerpo de cisne temblaba al pensar en ello. "¡También le daré su merecido a quien lo haya hecho cuando lo vea!".

Alfred siguió volando al paso de los demás. "Antes Ariel me susurraba al oído para despertarme. Luego elaborábamos un plan juntos. Incluso lo hacía cuando yo estaba en el entretiempo. Siempre ha sido gentil y amable conmigo. Esta invocación fue diferente".

"Parece cosa de Eriel", admitió E-Z. "No tiene mucho tacto y puede ser un poco melodramático y bastante insensible. Por no mencionar que tiene un sentido del humor enfermizo".

"Un poco melodramático, ni siquiera rasca la superficie", dijo Alfred.

"Alguna vez tendrás que contarnos más cosas sobre este entretanto. El nombre suena bastante mono, pero tengo la sensación de que es un oxímoron", dijo E-Z.

"No me gusta hablar de ello", respondió Alfred.

"Tengo muchas ganas de conocer a esa tal Eriel. NO". confesó Lia. "Es como tener ganas de conocer a Voldemort. Su reputación le precede".

"Ah, ¿entonces eres fan de Harry Potter?". dijo Alfred.

"Sin duda", admitió Lia.

Las estrellas del cielo despedían un calor imaginario. Aun así, temblaban desprevenidos en el aire nocturno.

"¿Ya casi hemos llegado?" preguntó E-Z.

"No lo sé con seguridad", dijo Alfred. "La descarga no decía adónde nos habían convocado, y no puedo captar ninguna vibración en el aire. Lo único que indicaría que no estamos haciendo lo que se espera de nosotros sería otra descarga. Por desgracia".

"No queremos que eso ocurra. Aceleremos el paso".

"Parece que nos estamos acercando". Alfred se detuvo en el aire, con las alas completamente extendidas. "¡Oh, no!", dijo, esperando el nuevo impacto. Esperó y esperó, pero no ocurrió nada. "Supongo que estamos cerca...".

Esta vez el cuerpo del cisne no sólo se agitó y tembló. El cuerpo de Alfred rodó una y otra vez. Como si estuviera dando volteretas en el cielo.

Las plumas sueltas volaron a su alrededor, bailando en el viento mientras el cisne caía en caída libre.

E-Z voló por debajo del cisne trompetero y lo atrapó. "¿Alfred? ¿Alfred?" El pobre cisne se había desmayado. "¡Eriel! ¡Tú! Gran buitre peludo!" gritó E-Z, levantando el puño hacia el cielo. "No tienes por qué matar a Alfred. Dinos dónde estás y estaremos allí, pero sólo si aceptas acabar con él con las cargas eléctricas. Es una barbaridad. Es un cisne, por piedad. Dale un respiro".

"Lo que él ha dicho", respondió Lia, con las palmas de las manos abiertas hacia el cielo.

Durante un segundo, flotaron, inmóviles.

Entonces una descarga sacudió la silla de ruedas. Luego golpeó a Dorrit, la unicornio. Y todos cayeron en caída libre.

La risa de Eriel llenó el aire a su alrededor. El mundo era su Sensurround, y se burlaba de Los Tres como nadie más podía hacerlo. O lo haría.

CAPÍTULO 15

Siguieron cayendo en picado durante bastante tiempo. Ninguno de ellos controlaba sus poderes o atributos especiales.

Casi esperaban que sus cuerpos cayeran al suelo. El pavimento que parecía elevarse para recibirles.

De repente, el descenso terminó. Era como si todos estuvieran sujetos a un titiritero invisible.

Al cabo de unos segundos, se reanudó el movimiento, pero esta vez fue suave.

Guiándoles, hasta que pudieron dejarse caer con seguridad a los pies de los arcángeles Eriel, Ariel y Haniel.

"¿Habéis tenido un buen viaje?" preguntó Eriel. Bramó una carcajada. Sus compañeros miraban sin reír ni hablar.

Alfred, ya despierto, voló y aterrizó, seguido por la Pequeña Dorrit, el unicornio que llevaba a Lia.

El unicornio se inclinó, saludando a los demás invitados, y luego se retiró al otro extremo de la sala.

Eriel era el más alto de los otros tres y estaba de pie con las manos en la cadera, asegurándose de que no hubiera ninguna duda sobre quién estaba al mando.

Ariel, en cambio, parecía un hada.

Haniel era escultural e irradiaba belleza.

Eriel dio un paso adelante, levantándose del suelo para quedar por encima de ellos. Bramó: "¡Ya habéis tardado bastante en llegar! En el futuro, cuando ordene tu presencia, estarás aquí enseguida".

Haniel voló más cerca de Alfred. Le tocó en la frente. Luego se volvió hacia E-Z e hizo lo mismo. Sonrió. "Encantada de conoceros". Se volvió hacia Lia. Lia abrió la palma de la mano y los dos se tocaron con los dedos. Lia se lanzó a los brazos de Haniel. Haniel la envolvió con sus alas, contemplando el aspecto de la nueva niña de diez años.

Ariel revoloteó cerca de E-Z. Le guiñó un ojo y sonrió a Lia. Voló hacia Alfred, lo tocó y le alivió el dolor.

"¡Basta de alboroto!" ordenó Eriel con una voz tan atronadora que E-Z temió que levantara el techo.

"Espera un momento", dijo Alfred, caminando con el sonido de sus pies palmeados aleteando sobre el suelo de cemento. "Estuve a punto de electrocutarme y me gustaría una disculpa".

Eriel abrió las alas todo lo que podía. Se cernió sobre Alfred, que tembló pero se mantuvo firme. Sus miradas se cruzaron.

A E-Z le pareció que Alfred, el cisne trompetero, o era muy valiente o muy tonto. En cualquier caso, necesitaba ayuda.

E-Z rodó hacia delante y colocó su silla entre ellos. "Lo hecho, hecho está". Se dirigió a Alfred: "Retírate". Alfred lo hizo. Luego se dirigió a Eriel: "Sé que eres un matón y que lo que le hiciste a nuestro amigo fue imperdonable y cruel. Estamos en mitad de la noche, así que ve al grano: dinos por qué estamos aquí. ¿Cuál es la gran emergencia?"

Eriel aterrizó y sus alas se plegaron detrás de su cuerpo. Bramó: "Mis intentos de localizarte personalmente, mi protegido, quedaron sin respuesta. Hiciera lo que hiciera, tus ronquidos impedían que te despertaras. Envié a Haniel a por Lia, pero fue incapaz de despertarla sin molestar a su madre, que dormía a su lado. Por lo tanto, convocamos a Alfred, que tampoco respondió durante bastante tiempo. Su mentora intentó acercarse a él, como de costumbre, pero sus susurros no fueron lo bastante potentes como para despertarlo".

"Estaba preocupada por ti", dijo Ariel.

"Lo siento", dijo Alfred. "La cama de E-Z es maravillosamente cómoda, y ronca bastante fuerte. Hacía mucho tiempo que no volvía a dormir en una cama de verdad".

"¡SILENCIO!" chilló Eriel.

Alfred dio un paso atrás, mientras que E-Z acercó su silla mucho más a la criatura.

Eriel bajó la voz. "Haniel creía que habías muerto, cisne. Y por eso yo, aproveché esta oportunidad para probar nuestra tecnología más reciente".

"No se había probado antes en humanos", admitió Haniel.

"Pensamos que sería mejor probarla en alguien que no fuera humano... Alfred encajabas a la perfección y funcionó a las mil maravillas. Es cierto que todos llegasteis tarde, pero llegasteis. Como suele decirse, más vale tarde que nunca".

"¿Me utilizaste como conejillo de indias?" dijo Alfred, moviendo el cuello de un lado a otro con el pico bien abierto y avanzando por el suelo.

E-Z volvió a colocar su silla de ruedas entre ellos. "Retírate", le dijo a Alfred.

Eriel, Haniel y Ariel formaron un semicírculo alrededor del trío.

"Tienes razón, E-Z. Lo hecho, hecho está. Mejor que lo probaran conmigo, que con vosotros dos. Ahora poneos a ello", dijo Alfred.

"Sí, Eriel", dijo E-Z, "vuelvo a preguntar por qué estamos aquí".

"En primer lugar", bramó el arcángel, "el plan era que vosotros tres formarais una especie de trío".

"Ya nos lo habíamos imaginado", dijo Lia. Tenía las palmas de las manos abiertas para poder ver a los tres arcángeles al mismo tiempo. También miraba de vez en cuando alrededor de la sala para observar el entorno. Le resultaba familiar, con paredes metálicas como en la que había conocido a E-Z por primera vez. Sólo que mucho más espaciosa.

E-Z miró a su alrededor y miró a Lia. Estaba pensando lo mismo. Cuanto más miraba las paredes, más parecían cerrarse sobre él. Sentía frío y claustrofobia a pesar de que el espacio era enorme. Deseó que su silla de ruedas tuviera un botón como el de algunos coches para calentar el asiento.

"¡Silencio!" gritó Eriel. Como todos estaban en silencio, parecía fuera de lugar. Claro que no habían tenido en cuenta que él también podía leer sus pensamientos.

Alfred se rió.

Eriel cerró la brecha que los separaba y Alfred retrocedió. Eriel volvió a acortar distancias. Y así, una y otra vez, hasta que Alfred quedó contra la pared. Alfred alzó el vuelo. Eriel lo levantó con sus pies en forma de garras. Lo sostuvo por encima de los demás.

"Eriel, por favor", dijo Ariel. "Alfred es un alma buena".

Eriel lo bajó y levantó los puños. De ellos salieron rayos que rebotaron en el techo metálico del contenedor. Todos menos Eriel jugaron al dodgem con las cargas eléctricas voladoras. Eriel observó. Se reía.

Cuando se cansó de esta forma de entretenimiento. Cuando la confianza de Los Tres se puso a prueba, atrapó los rayos. Hizo un gran alarde de ello, mientras se los guardaba en los bolsillos.

"Ahora", dijo. "Os espera una nueva prueba. Hoy mismo. Uno de vosotros morirá".

E-Z se sobresaltó en su silla. Alfred gritó un involuntario "¡Hoo-hoo!" y Lia lanzó un grito de niña pequeña.

Eriel continuó, ignorando sus reacciones. "Estáis aquí para elegir. ¿Cuál de vosotros morirá hoy? Después de que elijáis, os explicaré las consecuencias a las que os enfrentaréis por dicha muerte". Eriel voló a unos metros de distancia y los otros dos ángeles se situaron a su lado, uno a cada lado.

En primer lugar, Ariel describió la muerte de Alfredo:

"No puedo hablarte de ningún detalle de este juicio. Lo único que puedo decirte, es que Alfred, si mueres hoy, no cumplirás tu acuerdo contractual. Por tanto, no volverás a ver a tu familia, ni ahora ni nunca. Tu muerte, sin embargo, sería hermosa. Porque, como en la vida, la muerte de un cisne siempre es bella. Majestuosa. Porque cuando un cisne muere, se transforma en un ángel. Tu transformación sería un nuevo comienzo para ti. Tu propósito sería mejorar tanto a los humanos como a los animales. Se te daría un nuevo nombre y un nuevo propósito. Se te valoraría de verdad en todos los sentidos. Y tu alma volvería a su lugar de descanso eterno".

Las lágrimas corrieron por las mejillas del cisne trompetista de Alfredo. Ariel le consoló envolviendo sus alas con las suyas.

En segundo lugar, Haniel habló de la muerte de Lia:

"Niña, que pronto te convertirás en mujer, como Ariel, no puedo darte ninguna información sobre la tarea que te espera. Lo único que puedo decirte, querida Cecilia, también conocida como Lia, es que si murieras hoy, ya no existirías. De ninguna forma. Tu muerte será sólo eso, una muerte. Definitiva. Será como cuando explotó la bombilla, habrías muerto. Tu pobre vida habría terminado entonces. Sin embargo, ahora estás aquí y tienes mucho que ofrecer al mundo. Ni siquiera has arañado la superficie de los poderes de que dispones. Sin embargo, si murieras hoy, esos poderes quedarían sin utilizar. Irías a la tierra, polvo al polvo. Un mero recuerdo para quienes te han conocido y amado. Pero tu alma también regresaría a su lugar de descanso eterno".

Lia cerró las manos para contener las lágrimas que caían de ellas. También caían de los ojos. Sus viejos ojos. Su cuerpo se estremecía cuando sollozaba. Estaba demasiado embargada por la emoción para hablar.

La pequeña Dorrit se acercó y le dio un codazo en el hombro. Haniel también intentó consolarla besándola en la frente.

Y entonces Eriel empezó a contar la historia de E-Z:

"E-Z, has conseguido muchas cosas desde que murieron tus padres. Se te han presentado pruebas. A veces, tareas a menudo insuperables para un humano. Sin embargo, las has superado con éxito. Has salvado vidas. No me has decepcionado. Sin embargo, sentimos". Vaciló mirando a un lado y a otro. "Siento especialmente que has frustrado tus poderes. A veces incluso los has negado. Has aprovechado el tiempo que te dimos para hacer del mundo un lugar mejor y lo has malgastado".

E-Z abrió la boca para hablar.

"¡Silencio!" gritó Eriel. "No intentes justificarte. Te hemos estado viendo jugar al béisbol y perder el tiempo con tus amigos como si tuvieras todo el tiempo del mundo para completar tus tareas. Pues bien, se acabó el tiempo. Si mueres hoy, tus pruebas estarían incompletas".

E-Z tenía una idea bastante clara de lo que vendría a continuación, pero tenía que esperar a que Eriel lo dijera. Que pronunciara las palabras para que fuera cierto.

Como supuso, Eriel aún no había terminado. "Dejarnos con las pruebas incompletas por las que se salvó tu vida. Eso sí que sería imperdonable. Si murieras hoy, perderías tus alas. Eso para empezar. Esas pruebas que aún no se te habían dado, nunca se te darían. Porque eras el único que podía completar las tareas. Nuestra única esperanza.

"Por eso, a los que hubieras salvado no los salvaría nadie, en ningún momento. Morirían por tu culpa. Todos los que hubieras salvado durante tus pruebas morirían.

"Sería como si nunca hubieras existido. Sus muertes serían definitivas. Completas. Cero oportunidad de vida después de la muerte para ninguno de ellos. Ni siquiera enviarlos al más allá sería una opción. Tu muerte entonces E-Z causaría estragos y traería el caos al mundo. Como el día en que tú y yo nos batimos en duelo. ¿Recuerdas cómo

era el mundo aquel día? Así sería la Tierra, todos los días".
Eriel les dio la espalda. Le vieron extender las alas, como si
se dispusiera a marcharse.

Todos guardaron silencio. Contemplando sus destinos.

Al cabo de un rato, Eriel rompió el silencio. "Ariel, Haniel
y yo os dejaremos por ahora. Podéis hablar entre vosotros
y decidir. Pero daos prisa. No tenemos todo el día".

El trío de arcángeles desapareció por el techo.

CAPÍTULO 16

Después de que los arcángeles se marcharan, Los Tres estaban demasiado aturdidos para decir nada. Hasta que E-Z rompió el silencio.

"Para mí no tiene sentido que nos hayan reunido a todos aquí. Que torturen a Alfred. Que nos traigan aquí. Luego nos digan que uno de nosotros tiene que morir. Y tenemos que elegir cuál. Es una barbaridad, incluso para Eriel".

Lia se paseaba con los puños cerrados. Estaba demasiado enfadada para hablar y no le importaba chocar con nada. De hecho, cuando lo hacía, lo pateaba.

Alfred intervino. "Creo que si alguien tiene que morir, debería ser yo. Mis poderes son muy limitados. Lo más probable es que me convirtieran en sopa de cisne, dada la complejidad de las pruebas. Como en la última prueba. Sé que me estabas ayudando E-Z. Fue muy amable por tu parte, pero sabía que era un lastre".

E-Z intentó interrumpir, pero Alfred continuó. "Por no mencionar que podría interponerme. Poner en peligro a alguno de vosotros. Llevo una vida triste y solitaria desde que me arrebataron a mi familia. Algún día la soledad es abrumadora. Ser miembro de Los Tres me ha ayudado, pero...

"Incluso como cisne, podía pensar en ellos. Recordarlos, amarlos. Sólo saber que murieron juntos y que están juntos en algún lugar me da paz. Aunque no esté con ellos, pero quizás lo esté hoy, si soy yo quien muere. Estoy dispuesta a correr ese riesgo. Además, cuando me vaya nadie en la Tierra me echará de menos".

"¡Te echaremos de menos!" dijo Lia.

"¡Claro que te echaremos de menos!" asintió E-Z, mientras cruzaba el piso, fijándose en una mesa que antes se había confundido con la pared. Se acercó a ella, sobre la que descubrió un montón de papeles que hojeó.

"Te agradezco el detalle", dijo Alfred. "Eh, ¿qué haces, E-Z? ¿De dónde ha salido esa mesa?"

Lia extendió ambas manos delante de ella para poder ver simultáneamente a E-Z y a Alfred.

E-Z siguió pasando páginas. Pronto estaban volando por toda la habitación. Daban vueltas en el aire como si los hubiera atrapado el ojo de un tornado.

Los Tres se agruparon y observaron la ráfaga de papeles. Luego, de golpe, cayeron sobre el pavimento.

Lia cogió uno de ellos y lo leyó mientras E-Z y Alfred miraban.

"¿Qué es esto?", exclamó. "Dice nuestros nombres. Cuenta nuestras historias. Nuestras historias. De nuestras muertes".

"¡Dice que ya estamos muertos!" dijo E-Z leyendo uno de los papeles que había trucado.

"Oh", dijo Lia, con una lágrima corriendo por su mejilla. "También dice que mi madre está muerta, al igual que tu tío Sam".

E-Z negó con la cabeza. "No puede ser verdad. No es verdad. Están jugando con nosotros". Miró a su alrededor. Algo había cambiado en la habitación. Las paredes. Ahora eran rojas. "¿Hemos entrado en otra dimensión o algo así? Mira las paredes. ¿Estamos en otro lugar, donde el futuro ya es pasado?".

Alfred cogió otra de las páginas caídas. Hablaba de la muerte de su mujer, de sus hijos y de su propia muerte. Y sin embargo, cuando se miró, se sintió, estaba vivo, con plumas: un cisne trompetero. "Quiero salir", dijo.

Lia sonrió. "¿Quieres decir fuera de esta habitación o de esta vida? Yo también quiero salir, quiero decir de este espeluznante contenedor metálico, pero no quiero morir. Ver el mundo a través de las palmas de las manos es extraño y genial al mismo tiempo. Poder leer los pensamientos, eso también mola. Pero cuando detuve el tiempo, fue increíble. Imagínate poder invocar ese poder, por ejemplo si alguien estuviera en peligro, o si hubiera una catástrofe. Imagina cuántas vidas podrían salvarse. Y ahora tengo diez años y quién sabe qué otros poderes me esperan".

"Como Dios", dijo E-Z. "Sé cómo te sentiste, Lia. Así me sentí yo también, cuando salvé a aquella primera niña, cuando salvé a las demás y cuando te salvé a ti".

Los tres formaron un círculo y unieron sus manos mientras recitaban las palabras: "Tenemos el poder. Nadie morirá hoy. Digan lo que digan". Giraron sobre sí mismos, recitando su nuevo mantra. Hasta que estuvieron preparados para convocar de nuevo a los arcángeles.

CAPÍTULO 17

Eriel llegó primero, con las cejas enarcadas y el labio torcido en señal de desprecio. A continuación llegaron Ariel y Haniel. Los dos permanecieron detrás de él, a la sombra de sus enormes alas. Eriel se cruzó de brazos, mientras los otros dos arcángeles se acercaban. Revolotearon a lados opuestos de sus hombros.

"Lo hemos decidido", dijo E-Z. "Nadie morirá hoy".

La risa de Eriel retumbó en el recinto metálico. Se elevó en el aire y luego cruzó los brazos sobre el pecho. Ariel y Haniel permanecieron en silencio, mientras la risa de Eriel aumentaba de tono, lo bastante como para herir los oídos de Alfred.

Alfred se desmayó, pero se recuperó rápidamente. Lia y E-Z le ayudaron a levantarse. Le sostuvieron hasta que la Pequeña Dorrit se acercó volando. Unos instantes después, Alfred estaba sentado encima de ellos en el unicornio. Estaba casi cara a cara con Eriel.

"Gracias, amigo", dijo Alfred.

"Me alegro de haberte ayudado", dijo la Pequeña Dorrit.

"¡Ya basta!" gritó Eriel, elevándose por encima de ellos. Intimidándoles con su tamaño, su morbidez, su voz atronadora. "¿Crees que puedes cambiar lo que será? Os he dicho lo que debe suceder, y no tenéis más remedio que obedecerme. No era una encuesta. Ni una democracia. Era una certeza. Porque está escrito...".

Entonces se dio cuenta de que el suelo estaba cubierto de papeles. Bajó volando y cogió uno. Luego se levantó, de modo que estaba cara a cara con Alfred. En la mano tenía la historia de Alfred.

"Veo que has leído el futuro. Ahora sabes la verdad, que vives en un universo paralelo. Lo que ocurre aquí, se propaga por los demás universos. En lugares donde existen tanto el futuro como el pasado".

Lia dejó caer la mano derecha y levantó la izquierda. Sus brazos no eran fuertes, pues aún se estaban acostumbrando a tener que sostenerlos.

Eriel voló por la habitación hasta un sofá rojo en el que se sentó. Los otros ángeles se le unieron, uno en cada brazo. Eriel se sentó cómodamente con las alas ni completamente desplegadas ni completamente desplegadas.

Después de ponerse cómodo, continuó. "En uno de los mundos, los tres ya estáis muertos. Has leído la verdad. En este mundo, aún hay esperanza. La esperanza existe, gracias a nosotros, es decir, a mí, Ariel, Haniel y Ophaniel. Os hemos elegido a vosotros tres, humanos, para que trabajéis con nosotros. Os hemos dado objetivos, y os hemos ayudado donde y cuando hemos podido. Mientras estamos con vosotros, sólo nosotros permitimos que vuestra existencia continúe. Sólo nosotros damos un propósito a vuestra vida. Si te niegas a seguir el camino que hemos elegido para ti, dejarás de existir en este mundo. Serás borrado, como nunca fuiste y nunca serías".

E-Z apretó los puños y su silla se tambaleó hacia delante. "En el documento, el documento sobre mi otra vida, decía que el tío Sam también había muerto. No estuvo en el accidente con mis padres. No forma parte de este trato. ¿Lo mataste, Eriel, para retenerme aquí?".

Sin esperar respuesta, Lia intervino. "En mi documento dice que mi madre ha muerto. ¿Cómo puede ser eso cierto? Por favor, dime que no es verdad".

Alfred, que ya se sentía mejor, saltó de la espalda de Little Dorrit. Se acercó al sofá y volvió a encontrarse cara a cara con Eriel.

E-Z miraba orgulloso a su amigo Alfred, el intrépido cisne trompetista.

"Y en los documentos, mis plegarias han sido escuchadas. Ya estoy muerto. He muerto con mi familia, como debía haber sido. Hubiera preferido que me dejaran morir. Haber muerto con ellos, en vez de reencarnarme en cisne trompetero. Eso fue después de que Haniel me rescatara del entremedio".

Eriel espantó a Alfred. "Ah, sí, el término medio. Había olvidado que te habían enviado allí. No te gustaba mucho, ¿verdad?

Alfred movió el cuello e hizo una mueca con el pico. Mostró sus dientes pequeños y dentados como si quisiera morder a Eriel.

"Retírate", dijo E-Z mientras rodaba hasta el sofá.

Alfred cerró el pico. Lia se acercó más. Ahora Los Tres estaban juntos frente a Eriel. Esperaron a que el arcángel dijera algo, cualquier cosa. Parecía que por una vez se había quedado mudo.

E-Z aprovechó la oportunidad para hacerse cargo de la situación.

"En los periódicos ponía que el tío Sam había muerto en el accidente con mi madre, mi padre y yo. No estaba en el coche con nosotros, para que esto hubiera ocurrido, tendrían que haberlo metido en el vehículo con nosotros. ¿Con qué propósito? Explicadnos vosotros, los llamados arcángeles. ¿Por qué cambiáis la historia para adaptarla a vuestros propósitos? Por cierto, ¿dónde está Dios en todo esto? Quiero hablar con él".

"¡Yo también!" exclamó Lia.

"¡Yo también!" replicó Alfred.

Eriel cruzó las piernas y extendió las alas. Se puso la mano en la barbilla y contestó: "Dios no tiene nada que ver con nosotros ni contigo, ya no". Bostezó, como si aquella tarea le aburriera.

"¿Y si te dijera que tu casa está ardiendo mientras hablamos? ¿Y si te dijera que ni el tío Sam, ni tu madre Samantha, Lia vivirán para ver otro día?".

"¡Cabrón!" exclamó E-Z.

"¡Lo mismo digo!" dijo Lia.

"Vamos", reprendió Eriel. "Aquí todos somos amigos. Amigos, ¿no? Tu casa podría incendiarse, cualquier cosa podría ocurrir mientras estemos en este lugar, suspendidos en el tiempo. Cuanto más tardéis en elegir, más caos crearéis en el mundo". Se puso en pie y sus alas se extendieron, haciendo que el trío retrocediera unos pasos.

Continuó: "E-Z, arriesgarías tu vida por tu Tío Sam, ¿verdad?". Asintió. "Claro que lo harías. Y Lia, arriesgarías tu vida para salvar la de tu madre, ¿verdad?". Lia asintió.

"Y Alfred, mi querido cisne trompetero. Mi amigo plumífero. ¿A cuál de los dos salvarías? ¿Si pudieras salvar sólo a uno de ellos?". Eriel sonrió, orgulloso de las rimas que había hecho.

"Salvaría a los dos", dijo Alfred. "Arriesgaría mi vida o moriría en el intento".

"Tienes un extraño deseo de morir, mi emplumado amigo".

Alfred se lanzó hacia Eriel.

"¡Y-o-u a-r-e n-o-t m-y f-r-i-e-n-d! Deja de jugar con nosotros. Tú nos reuniste. ¿Para qué? Para burlarte de nosotros. Para hacer llorar a una niña. No eres más que un, pero un, gran matón".

"Sí", dijo Lia. "Deja de intimidarnos".

"Lo que han dicho", añadió E-Z.

Eriel, ahora furioso, pasó de negro a rojo y de negro a rojo. Voló por la habitación y golpeó la mesa con los puños.

"¿Quieres la verdad? No puedes con la verdad". Sonrió. "Un pequeño inciso: me encanta la interpretación de Jack Nicholson en A few good men".

Era algo en lo que tanto Eriel como E-Z estaban de acuerdo. La actuación de Nicholson en aquella película era impecable.

"Déjate de melodramas y dinos qué quieres de nosotros".

"Ya lo hemos hecho", dijo Eriel. "Os dije que uno de vosotros debía morir hoy. Os dije que eligierais cuál. Está escrito: uno de vosotros debe morir. Debéis elegir. Ahora".

Alfred dio un paso adelante, con el cuello de cisne extendido. "Entonces seré yo".

Alfred se arrodilló, con el cuerpo tembloroso. Bajó la cabeza, como si esperara que el arcángel se la cortara.

En lugar de eso, los tres arcángeles aplaudieron. Juguetearon por la habitación. Chillaban como si fueran payasos a sueldo actuando en una fiesta de cumpleaños infantil.

Tras unos minutos de completa locura, los arcángeles se detuvieron.

"Ya está hecho", dijo Eriel.

Y entonces desaparecieron.

CAPÍTULO 18

Con E-Z en su silla de ruedas, Lia en Little Dorrit y Alfred el cisne, los Tres seguían surcando el cielo. Siguieron adelante durante algunos kilómetros, hasta que debajo de ellos divisaron un enorme puente metálico.

Un joven se tambaleaba en la cornisa dando todos los indicios de que iba a saltar.

E-Z sacó su teléfono y se dispuso a llamar al 911, mientras Alfred, sin dudarlo, volaba hacia el hombre. Guardó el teléfono y él y Lia lo siguieron.

Alfred revoloteó cerca del hombre, incapaz de hablar y de ser entendido por él, lo único que pudo decir fue: "¡Hoo-hoo!".

"¡Aléjate de mí!", gritó el hombre, haciendo señas al pobre Alfred, que sólo intentaba ayudar.

El hombre se acercó al borde, se quitó los zapatos y los vio caer al río. Vio cómo el agua los alcanzaba, arrastrando los zapatos con su boca hambrienta. Deseoso de ver más, se quitó la camiseta, que irónicamente decía "The End" en la parte delantera.

El joven contempló cómo su camiseta favorita se balanceaba y bailaba al descender. Mientras el agua se la tragaba, el hombre empezó a cantar:

"Doy vueltas alrededor de la zarza de moras.

La zarza de moras, la zarza de moras.

Aquí voy, alrededor de la morera,

en una mañana soleada".

Alfredo le oyó cantar. La rima le resultaba familiar. Esperó a que el hombre cantara otra estrofa. De hecho, quería que cantara más. Pero temía molestarle. El hombre no lo entendería, aunque intentara hablar con él.

Para entonces, E-Z esperaba una señal de Alfred. Por fin la obtuvo: Alfred les dijo a él y a Lia que no se acercaran más.

Alfred deseó que el joven pudiera entenderle. Tal vez, si se acercaba más, podría atraparlo. Se acercó, expandiendo al máximo sus alas.

El joven le vio. "Cisne", dijo. Entonces saltó.

El cisne trompetero era más grande que el cisne medio. Pero no lo bastante grande para atrapar a un hombre adulto. Sin embargo, intentó frenar su caída. Puso su vida en peligro para salvarlo. Pero hiciera lo que hiciera, el hombre seguía cayendo como un globo de plomo. En la hambrienta desembocadura del río.

Alfred, sin pensar en sí mismo, se zambulló tras él. Cómo pensaba sacar al hombre, nadie lo sabía. Algunos dicen que lo que cuenta es el pensamiento. En este caso, Alfred fue arrastrado por el peso del hombre.

Para entonces, E-Z ya flotaba sobre el agua, buscando al hombre o a Alfred para ayudarles. Ni Lia ni la pequeña Dorrit sabían nadar. Y E-Z no podía ir a por ellos con o sin su silla.

Exasperado, voló hacia la orilla, buscando cualquier señal de vida. Por fin la vio, algo que se balanceaba al otro lado. Se apresuró, llevó al hombre hasta donde esperaba Lia y, una vez que estuvo tosiendo, fue a buscar cualquier señal de Alfred el cisne.

Entonces lo vio. Medio dentro y medio fuera del agua. Bamboleándose con la marea.

"¡Alfred!", gritó, mientras levantaba la cabeza del cisne, dándose cuenta enseguida de que tenía el cuello roto. Alfred, el cisne trompetero, su amigo ya no existía. La hazaña de Eriel estaba hecha.

Lia, que había estado observando todos los movimientos de E-Z, vio el cuello de Alfred y gritó "¡Nooooooo!".

E-Z levantó el cuerpo sin vida del cisne sobre su silla de ruedas y lo sostuvo. También él empezó a llorar.

Detrás de ellos, el hombre al que Alfred había salvado gritó

"¡No estoy muerto! Soy yo, Alfred".

CAPÍTULO 19

PAUSA EN LA TIERRA.

Los pájaros se detuvieron en pleno vuelo. Al igual que los aviones. Y otros objetos voladores como globos y drones. Las balas dejaron de dispararse después de salir de la recámara. El agua dejó de fluir por las cataratas del Niágara. Los insectos dejaron de zumbar. El aire se detuvo.

Apareció Ophaniel, junto a Eriel, Ariel y Haniel. Con las manos en las caderas y la barbilla hacia delante, era más que evidente que estaba molesta.

En lugar de hablar, se giró en dirección a E-Z.

Estaba congelado, con la boca abierta. Su última palabra había sido: "¡NOOOOOOOOOOOOOOO!".

Ahora observó a Lia. La chica tenía una lágrima congelada en la mejilla. Había brotado de su antiguo ojo.

Ahora volvía a E-Z. Llevaba un cuerpo. El cuerpo de un cisne muerto.

Ahora, a Alfred, que ya no era un cisne. Había adoptado la forma de un hombre. Un hombre ahogado.

El mismo hombre que iba a sustituirle en Los Tres.

"¿Qué hay de malo en esta imagen?" inquirió Ophaniel, el soberano de la luna de las estrellas.

Nadie se atrevió a hablar.

"Eriel, tú mandas aquí. Primero, estropeas la prueba de vinculación con E-Z y Sam consiguiendo que, perdón por la expresión, te bateen fuera del parque.

"Ahora, por tu estupidez, Alfred el cisne se ha apoderado de un cuerpo humano. El cuerpo de la persona que, según te dije, debería ser miembro de Los Tres.

"Sabes a qué nos enfrentamos. Entiendes lo que nos depara el futuro si no ponemos las cosas en orden. Lo sabes".

Eriel se inclinó a los pies de Ophaniel, y luego se levantó del suelo antes de hablar. "Yo pronuncié las palabras, está hecho".

"¡Sí, dijiste las palabras y luego no te aseguraste de que la tarea se completara, imbécil!".

Se acercó al nuevo Alfred. "Lo siento, pero esto complica bastante las cosas, incluso para nosotros. Incluso con nuestros poderes, sacarle de este cuerpo humano y devolverle a su forma de cisne no será tan fácil. ¡Puede que tengamos que enviarle de vuelta al entremedio! Y eso no se lo merece. De hecho".

Ariel voló al lado de Ophaniel y preguntó: "¿Puedo hablar?".

"Puedes, si tienes alguna idea sobre Alfred que pueda ayudarnos a salir de este lío".

"Conozco a Alfred, mejor que nadie aquí. Aceptó ser él, sacrificarse. Lo volvería a hacer sin dudarlo un instante, aunque no hubiera nada para él. Es un sacrificio enorme para cualquier ser vivo, dar su vida para salvar a otro. Además, hay que tener en cuenta lo mucho que le han hecho sufrir a Alfred, tanto en su existencia humana como en su calidad de cisne. Es un alma excepcional y debería dársele una segunda oportunidad, y una tercera, y una cuarta si fuera necesario".

Eriel se burló: "Debería desaparecer, volver al entre y al medio para toda la eternidad. No es digno de...".

"¡No te he dado permiso para interrumpir!" gritó Ophaniel. Para evitar que interrumpiera en el futuro, ella le cerró los labios.

"Es cierto lo que dices, Ariel", dijo Ophaniel. "Alfred trabaja bien tanto con Lia como con E-Z. Quizá deberíamos darle una segunda oportunidad en este nuevo cuerpo. Al fin y al cabo, no estaba destinado a estar entre dos aguas. Era cosa de Hadz y Reiki. Les habríamos desterrado inmediatamente a las minas después de aquello. En lugar de eso, les dimos otra oportunidad con E-Z.

"Aun así, Eriel les envió a las minas. Así que bien está lo que bien acaba. Quizá Alfred merezca otra oportunidad. Veamos qué pasa, como dicen los humanos, toca de oído. Si funciona bien. Si no, este cuerpo puede reciclarse, puesto que el espíritu ya ha abandonado el edificio".

"Gracias", dijo Ariel, inclinándose ante Ophaniel. "Muchas gracias. Vigilaré la situación. No dejaré que Alfred te decepcione".

Ophaniel asintió, se elevó y pronunció las palabras REANUDACIÓN DE LA TIERRA.

El tiempo empezó a correr y el mundo volvió a ser como antes.

Ophaniel desapareció primero, los otros tres esperaron unos segundos antes de seguirle.

CAPÍTULO 20

"¡No puede ser!" exclamó E-Z, acercándose al nuevo Alfred. "Alfred, ¿eres tú? ¿De verdad puedes ser tú?"

Lia no tuvo que preguntar porque ya lo sabía. Corrió hacia Alfred y lo abrazó.

Alfred dijo, con su acento inglés: "Eriel debe de haber hecho un switch-a-roo".

Alfred, que sólo llevaba unos vaqueros, se estremeció. "Aunque tengo un frío que pela, me siento muy bien al volver a tener un cuerpo". Flexionó los músculos y corrió sobre el terreno para entrar en calor. Luego dio unas cuantas volteretas por el césped mientras E-Z y Lia se quedaban mirando con la boca abierta.

"¡Qué fanfarrón!" dijo la pequeña Dorrit.

Alfred, que acababa de fijarse en ella, se acercó y le pasó la mano por el pelaje. La sintió tan suave y cálida que se acurrucó en ella.

"Este es un giro bastante extraño de los acontecimientos", dijo E-Z, acercándose. "No sé muy bien qué pensar".

"Yo tampoco lo sé", dijo Alfred, "pero ¿podemos hablar de ello mientras comemos? Me muero de hambre y una hamburguesa con queso, ketchup y cebolla, acompañada de unas patatas fritas gigantes, me encantaría".

"Espera un momento", dijo E-Z. "Si eres este tipo, este tipo cuyo nombre ni siquiera sabemos, ¿qué pasa si alguien te reconoce?".

Alfred se agachó y se tocó los dedos de los pies. Se palpó la piel de la cara. Su pelo. "Cruzaremos ese puente cuando lleguemos a él". Sonrió, levantó la cabeza en dirección al cielo y dijo: "Gracias Eriel, dondequiera que estés".

Un avión sobre sus cabezas grabó las palabras en el cielo: Una vez más a la brecha, queridos amigos.

"Es una frase bastante extraña para escribir en el cielo", observó Lia. "¿Alguno de vosotros sabe lo que significa?".

E-Z negó con la cabeza: "Puedo buscarlo en Google". Sacó su teléfono.

"No hace falta", dijo Alfred. "Es de Shakespeare, atribuido al rey Enrique. Literalmente significa: "Intentémoslo una vez más", y creo que se dijo durante una batalla. Así que supongo que es un mensaje de mi Ariel, haciéndome saber que se me ha dado otra oportunidad". Se le llenaron los ojos de lágrimas.

E-Z desconfiaba de este cambio de acontecimientos. Se alegraba de que Alfred siguiera con ellos, pero se preguntaba a qué precio. "Estoy preocupado", admitió E-Z.

Lia dijo que ella también lo estaba.

"Ah, no te preocupes. Si Ariel me envía este mensaje, es que está de nuestro lado. Además, el hombre en cuyo cuerpo estoy ya no lo quería. Intenté salvarle, pero saltó de todos modos. Tal vez sea el destino, que yo te ayude con tus pruebas E-Z. Sea lo que sea, lo aceptaré. Lo daré todo. Eso sí, después de ponerme una camisa y unos zapatos".

"Me pregunto cuáles son tus poderes ahora Alfred. Quiero decir, si aún los tienes, o si tienes otros poderes. O ninguno. Desde que vuelves a ser humano", preguntó Lia.

Alfred se rascó la cabeza de pelo rubio. "Eh, no lo sé. Lo único que necesita una cura por aquí es mi antiguo cuerpo de cisne. No quiero correr el riesgo de que, si lo curo, acabe de nuevo en él".

"Me parece justo", dijo Lia. "Pero no podemos dejar ahí tu antiguo cuerpo de cisne, ¿verdad? Tenemos que enterrarlo".

Mientras contemplaban el cuerpo sin vida, desapareció en el aire.

"Bueno, eso resuelve el problema", dijo E-Z.

"Siento que debería decir algunas palabras, por el fallecimiento de mi viejo cuerpo. ¿A alguien le importa?"

Tanto E-Z como Lia inclinaron la cabeza.

Alfred recitó un fragmento del poema de Lord Alfred Tennyson titulado:

El cisne moribundo:

La llanura era herbosa, salvaje y desnuda,

amplia, salvaje y abierta al aire,

Que había construido por todas partes

Un bajo techo de gris lúgubre.

Con voz interior corría el río,

Por él flotaba un cisne moribundo,

y se lamentaba en voz alta.

Aquí Alfred hizo Hoo-Hoo y Hoo-Hoo hasta que las lágrimas llenaron todos sus ojos mientras el poema continuaba:

Era mediodía.

Continuaba el viento cansado

y se llevaba los juncos a su paso.

Permanecieron un momento en silencio.

Entonces Lia dijo: "Ahora vamos a ponerte ropa fresca y seca, y luego iremos todos a una hamburguesería. Yo también tengo hambre y sed".

E-Z negó con la cabeza. "Algo de comida estaría bien, pero sigo sospechando de Eriel. Aquí hay algo que no cuadra".

"Quizá lo averigüemos... ¡una vez que hayamos comido! Condúceme al paraíso de las hamburguesas con queso".

Empezaron a avanzar por el paseo marítimo. Siguieron caminando durante algún tiempo. Antes de darse cuenta de que estaban perdidos.

"Soy una excelente navegante", dijo la pequeña Dorrit, la unicornio, mientras bajaba volando para saludarles. "Subid a bordo Alfred y Lia. E-Z podéis seguirme".

Alfred metió la mano en el bolsillo de sus vaqueros y sacó una cartera. Dentro encontró unos cuantos billetes y la identificación del cuerpo en el que ahora residía. El joven se llamaba David, James Parker, de veinticuatro años. Mostró un carné de conducir.

"Bonita foto", dijo Lia.

"Sí, soy bastante guapo".

"Oh, hermano", dijo E-Z, y siguió adelante.

Arriba, arriba en el aire volaron los pasajeros de Little Dorrit. E-Z los siguió hasta que supo dónde estaba. Decidió pedir que añadieran un GPS a su silla de ruedas. Lástima que no hubieran pensado en ello cuando la modificaron.

Al descenso le siguió una rápida visita a una tienda de segunda mano. Alfred llevaba ahora una camiseta nueva, vaqueros, zapatillas y calcetines. Siguió una breve cola antes de que empezara el pedido de comida.

La pequeña Dorrit se hizo de rogar, mientras el trío se zampaba la comida. Todos tenían mucha hambre.

Alfred hizo ruidos de arrullo, demasiados para describirlos con mucho detalle. Cuando terminaron de comer, depositaron la basura en sus correspondientes cubos. Y se dirigieron a casa.

Cuando casi habían llegado, Alfred llamó a E-Z: "¡Tenemos que hablar!".

"¿Esto no puede esperar hasta que aterricéis?" preguntó la pequeña Dorrit. "Cuando acabe aquí, tengo sitios a los que ir, gente a la que ver".

"Qué grosero", dijo E-Z. "Adelante, Alfred o David o como te llames ahora".

"De eso quería hablarte", dijo Alfred. "¿Cómo vas a explicar mi transformación al tío Sam y a Samantha? Tío Sam y Samantha, os presento a Alfred, el cisne trompetista. Ahora se llama David James Parker. Gracias al cuerpo en el que entró y reside actualmente. Desde que el joven que era el anterior propietario del cuerpo se suicidó. En el puente de la calle Jones".

"Caramba", dijo E-Z. "Es cien por cien la verdad tal y como la conocemos, pero no podemos decirles la verdad".

"Mi madre se desmayaría si dijéramos eso. ¿Por qué no les decimos que Alfred el cisne voló hacia el sur? En busca de un tiempo más soleado. ¿O que encontró pareja? Entonces podemos presentar a Alfred como D.J., que suena mucho más amistoso que David James".

"Eres un genio", dijo E-Z. "Aunque, como mi amigo se llama PJ, las cosas podrían ponerse un poco confusas con un DJ y PJ. ¿Qué opinas, Alfred? ¿Tienes alguna preferencia?"

"No me gusta DJ. Suena demasiado común. Preferiría que me llamaran Parker. Parker el Mayordomo era uno de mis personajes favoritos de Thunderbirds".

"Pues Parker", terminó de decir E-Z mientras Lia soltaba un grito y Alfred se desmayaba: su casa había desaparecido. Quemada hasta los cimientos.

CAPÍTULO 21

"¡Oh, no!" gritó E-Z mientras corría hacia los restos en llamas. "Tengo que encontrar al Tío Sam y a Samantha. Tengo que hacerlo".

Su silla se cernía sobre los restos; todo estaba carbonizado. Un amasijo indistinguible de destrucción sin rastro de vida humana. Algunos objetos esporádicos estaban empapados de agua. Intermitentes señales de humo surgían aquí y allá de entre las brasas apagadas.

E-Z levantó los puños en el aire. "Ven aquí, Eriel, gargantuesco...".

"¡Idiota volador!" Parker terminó el insulto.

Lia intentó calmar a todos.

"¿Por qué has tenido que hacerlo? ¿Por qué? ¿Por qué?" gritó E-Z.

Lia cayó al suelo. Apoyó la cabeza en la rodilla de E-Z y Parker la abrazó justo cuando un coche chirrió hasta detenerse detrás de ellos.

Dos puertas se abrieron de golpe: Sam y Samantha.

Corrieron y se abrazaron, como si nunca hubieran esperado volver a verse. Todos derramaron una lágrima o dos, antes de separarse. Cuando se dieron cuenta de que el abrazo grupal incluía a un hombre que no conocían.

El desconocido era un hombre alto, que no tendría problemas para conseguir un puesto en los Raptors si fuera más joven. Iba vestido de pies a cabeza con un traje negro oscuro a rayas y zapatos a juego.

Los botones de su chaqueta desabrochados revelaban un traje negro con un tejido brillante, posiblemente de seda. Sus ojos negros azabache y su melena barrida por el viento contrastaban con su tez de hiedra. Parecía un cruce entre un agente funerario y un mago.

Extendió la mano: "Hola, soy el tío del seguro de Sam".

El tío Sam explicó que él y Samantha habían salido a comer algo. Al ver la expresión de E-Z, lo justificó: "No había podido dormir debido al desfase horario". Samantha y Sam intercambiaron miradas y asintieron. "Samantha y yo...".

"¡Oh, mamá!"

dijo E-Z, "Samantha y el tío Sam sentados en un árbol, k-i-s-s-i-n-g".

"Para", dijo Parker. "Los estás avergonzando".

Todas las miradas se dirigieron al tipo del seguro. Se llamaba Reginald Oxworthy. Estaba al teléfono. Gritando. "¿Qué quieres decir con que no cumple los requisitos?".

"¡Oh, no!" dijo Sam.

"Es cliente nuestro desde hace años, primero cuando vivía en otro estado y desde que se mudó aquí. Está cubierto, estoy seguro". Hubo una pausa. "Pues MIRA OTRA VEZ". Cerró el teléfono con un chasquido. "Siento todo esto".

Sam se acercó y los demás le siguieron. "¿Cuál es exactamente el problema?"

"Oh, ningún problema por así decirlo".

"A mí sí que me ha parecido un problema", dijo Samantha. Los demás asintieron.

Oxworthy se aclaró la garganta. "Les he dicho que vuelvan a comprobar tu póliza. Dame un...", sonó su teléfono. "Un segundo", dijo, alejándose de ellos. Le siguieron como un grupo de futbolistas en corro, escuchando cada palabra que decía. "Sí. De acuerdo. Entonces lo han confirmado. No hay problema, son cosas que pasan".

Sonrió a Sam y le hizo un gesto con el pulgar hacia arriba. Se apartó del séquito y continuó su conversación.

Se quedaron de pie, formando un grupo, mirando lo que quedaba de su casa. Un hogar en el que E-Z había vivido toda su vida. ¿Qué pasaría ahora? ¿Tendrían que reconstruirla en este lugar? Una casa nueva, sin historia ni significado. Una nueva casa que nunca sería un hogar para él. Nunca sería un lugar donde los fantasmas de sus padres, si es que los fantasmas existían, pudieran venir a visitarle.

Oxworthy se dirigió hacia ellos. "Bueno. Os pido disculpas por el retraso. Pero vuestras reservas de hotel están confirmadas. Podemos ponernos en marcha. Instalaros, cuando estéis listos".

"Gracias", dijo Sam. "¿Alguna idea ya de cuál fue la causa del incendio?"

"Tras una investigación preliminar, están seguros en un noventa por ciento de que la explosión fue causada por una fuga de gas. Pero no te preocupes por eso ahora. Tu póliza cubre todos los gastos de la estancia en el hotel. Te he reservado tres habitaciones. Eso debería bastar, ¿no?".

"Con eso bastará", dijo Sam. "Gracias, Reg.

"Tu póliza también cubre los gastos, para artículos de sustitución, necesidades, comida. No tendrás que pagar ni un céntimo en el hotel. Cualquier cosa que compres, envíame los recibos. Haz copias, quédate con los originales. Me encargaré de que te los reembolsen".

Sam y Oxworthy se estrecharon la mano.

"¿Alguien necesita que le lleven al hotel?" preguntó Oxworthy, y Lia y Samantha subieron al asiento trasero de su Mercedes negro.

E-Z y Parker subieron al coche del tío Sam.

"Creo que no nos han presentado", dijo el tío Sam, tendiendo la mano a Parker, que estaba en el asiento trasero.

"Encantado de conocerte", dijo Parker.

"Ah, tú también eres británico", dijo el tío Sam. "Hablando de eso, ¿dónde está Alfred?".

E-Z negó con la cabeza. "Te lo explicaré por la mañana. Y puedes continuar con lo que ibas a contarnos, sobre Samantha y tú".

"Me parece justo", dijo Sam, mirando por el retrovisor para ver que Parker estaba profundamente dormida. Encendió el coche y se alejó a toda velocidad.

"Todos hemos tenido un día bastante agitado", dijo E-Z.

"Ya me dirás".

Perdona, Eriel, por echarte la culpa de esto, pensó E-Z. Aunque un presentimiento en el fondo de su mente sugería que el jurado seguía deliberando sobre el asunto.

CAPÍTULO 22

Una vez que todos llegaron al hotel, se registraron en sus habitaciones, con el plan de reunirse más tarde para cenar a las 6 de la tarde.

El tío Sam tenía una habitación para él solo, pero entre su habitación y la de su sobrino había una puerta contigua. Parker también dormía en la habitación de E-Z, mientras que Lia y su madre compartían una habitación unas puertas más abajo.

Tras instalarse, Lia y Samantha decidieron comprar lo necesario. La máxima prioridad era ropa nueva, ya que todo lo que habían traído se había perdido en el incendio.

"¿Y nuestros pasaportes?" preguntó Lia.

"Menos mal que siempre los llevo en el bolso".

"¡Uf!" Las dos entraron en una tienda de diseño y enseguida empezaron a probarse la última moda norteamericana.

"¡Esto será muy divertido, ya que la compañía de seguros lo paga todo!" exclamó Samantha a través de la pared a su hija en el probador contiguo.

"Nada nos gusta más que ir de compras". dijo Lia. "Definitivamente me llevaré esto, y esto y esto".

De vuelta al hotel, Parker roncaba en la cama. E-Z daba vueltas por la habitación pensando en su ordenador perdido. Menos mal que no había avanzado demasiado en su novela Tattoo Angel, pero lo que más le preocupaba eran las cosas de sus padres. No podía creerse que se hubieran... DESAPARECIDO. No ayudaba el hecho de que hacía muchísimo tiempo que no los miraba. Pero, ¿por qué se culpaba a sí mismo? Los del seguro dijeron que la causa era una fuga de gas. Dijeron que estaban seguros en un noventa por ciento. ¿Por qué seguía pensando que todo era culpa suya porque podía haberlo evitado, haber detenido a Eriel cuando tuvo la oportunidad?

Sam asomó la cabeza en la habitación. "¿Estáis decentes?"

Parker se estiró.

"Sí, estamos decentes. Pasad".

"Voy a las tiendas a comprar algunas cosas esenciales. ¿Queréis darme una lista de lo que necesitáis, o queréis acompañarme?"

"Si se trata de comida, ¡cuenta conmigo! dijo Alfred.

"¡Siempre tienes hambre!"

"Qué quieres que te diga, hace tiempo que sólo como hierba".

E-Z captó la mirada de Sam y fingió fumar un cigarrillo imaginario.

El tío Sam se burló, preguntándose cómo su sobrino a los trece años sabía de esas cosas. Para cambiar de tema, cerraron sus habitaciones y se dirigieron al pasillo.

"¿Adónde vamos exactamente?" preguntó E-Z.

"Así es, no vamos de compras a la ciudad muy a menudo. Hay un centro comercial fantástico, al que llevo queriendo ir desde que me mudé aquí. No está lejos, así que pensé que podríamos charlar por el camino".

"¿Puedes contarnos qué ha pasado?" preguntó Parker.

"Sí, ¿cómo os liasteis Samantha y tú tan rápido?". preguntó E-Z.

"Hmmm", dijo Sam.

"Me refería al incendio", dijo Parker, lanzando a E-Z una mirada cruzada por encima del hombro.

Llegaron a la tienda. Parker y Sam entraron por las puertas giratorias, mientras que E-Z utilizó el botón de apertura de la puerta para entrar.

Una vez dentro, Parker se agachó para recolocarse los zapatos. E-Z sacó una elegante chaqueta vaquera de la percha y se la probó. Se puso delante de un espejo para comprobar cómo le quedaba. "Me queda bastante bien".

Sam se acercó para evaluar la situación: "Estoy de acuerdo, te queda muy bien. Parece hecho para ti".

"¿Qué te parece, Alfred?".

Sam hizo una doble toma. Parker dijo: "¿Quieres dejar de llamarme Alfred? ¿Quién era ese tal Alfred?"

"Eh, perdona, es el acento británico. Él también tenía uno. Alfred era, bueno, un amigo nuestro".

Sam volvió a mirar ropa. Estaba llenando una cesta con ropa interior y artículos de aseo.

"¿Qué te parece Parker?"

Cruzó el suelo para mirar más de cerca. "Me queda bien. Creo que deberías comprarlo. Pero será una pena cuando se te revienten las alas y se estropee".

Sam pasó a su lado y E-Z arrojó la chaqueta en su cesta. "Creo que también deberíais compraros algo necesario, como ropa interior. A menos que tengáis intención de ir en plan comando".

"¡Qué asco!" exclamó E-Z.

"Oh, conozco esa frase. Estoy segura de que su origen está en el Reino Unido".

"Ya veo por qué mi sobrino no para de llamarte Alfred. Es el tipo de cosa que él habría dicho".

E-Z fulminó a Parker con la mirada durante un segundo. Luego siguió a su tío de camino a la caja registradora, donde se detuvo, se probó un sombrero y lo arrojó a la cesta.

"Y ahora, ¿dónde se ha metido Parker?", preguntó. Sam siguió mirando alfileres de corbata mientras E-Z escudriñaba la tienda en busca de su amigo desaparecido.

Parker estaba inmóvil en medio del pasillo cuatro, con el brazo derecho levantado y el izquierdo bajado. La expresión de su rostro era inequívocamente zombi.

"¡Oh, no!" dijo E-Z al girar sobre sí mismo. "Eh, Parker", susurró. "¿Qué ocurre? Será mejor que tengas cuidado o alguien te confundirá con un maniquí".

Parker permaneció inmóvil.

"Espabila", dijo E-Z, golpeando a Parker con su silla. El cuerpo de Parker se ladeó y luego se desplomó. E-Z lo agarró justo a tiempo, sujetándolo por la parte posterior de la camisa. Intentó enderezar a su amigo, para que no pareciera tan rígido y maniquí, pero no fue tarea fácil.

El tío Sam se apresuró a ayudar. "¿Qué le pasa a Parker?"

"No lo sé. Tenemos que sacarlo de aquí".

"¿Toma drogas? Tiene una expresión extraña en la cara, como si hubiera visto un fantasma o algo así".

"No, no toma drogas, aparte de un poco de hierba de vez en cuando. Y los fantasmas no existen, por no hablar de que es de día. ¿Quizá pueda transportarlo en mi silla? Tenemos que sacarlo de aquí antes de que alguien se dé cuenta y llame a la policía.

"De acuerdo. No sé qué razón darían a la policía si la llamaran. ¡Hay un tipo en nuestra tienda que está imitando a un maniquí! Venid rápido".

"Qué gracioso", dijo E-Z. "Tú vete a registrar la salida y yo me quedaré aquí. Pensemos cómo podemos sacarle de aquí sin llamar demasiado la atención".

El Tío Sam fue a pagar mientras E-Z permanecía con Parker. Los clientes que se acercaban por el pasillo, tenían problemas para entrar y rodearlos. E-Z hizo girar su silla a la izquierda, luego a la derecha, para acomodar a los compradores.

Al final, cuando había varios clientes a la vez, empujó a Parker contra la pared. Al menos estaba fuera del camino. Luego se sentó a esperar a Sam.

"¡Estamos aquí!" gritó E-Z cuando lo vio.

"¿Por qué está de cara a la pared? ¿Y qué hacéis por aquí?".

"Había muchos clientes y estábamos en medio. ¿Has pensado cómo podemos sacarle de aquí?".

"Sí, voy a coger una de esas plataformas", dijo Sam.

"¿Por qué no coges un carro?" preguntó E-Z. "Llama menos la atención".

"Nunca podríamos meterlo en un carro. A menos que quieras sacar tus alas, cogerlo y dejarlo caer dentro".

"Tengo que pensar". Al cabo de unos minutos, se dio cuenta de que conseguir una plataforma era la mejor idea. "Sí, consigue una plataforma y te ayudaré a meterlo en ella. Cuando salgamos de la tienda, podré llevarlo en avión al hotel. El único problema será, cuando llegue allí, qué hacer con él entonces".

"Eso lo resolveremos cuando salgamos de la tienda". Sam fue a buscar un carro. En lugar de eso, volvió con una plataforma. Resultó ser una opción mejor. Pusieron fácilmente a Parker en ella y se dirigieron de vuelta al hotel.

"Volvamos andando, despacio y con cuidado", dijo E-Z. "Después de todo, no necesito volar. Nos lo tomaremos con calma, subiremos a nuestra habitación y lo pondremos en su cama".

"Luego devolveré la plataforma, tuve que prometer que la devolvería personalmente".

"Parece un plan. Uy".

Un grupo de compradores ocupaba casi toda la acera. Se detuvieron para dejarles pasar, luego continuaron de nuevo su camino y pronto estuvieron de vuelta en el hotel.

Una vez dentro, la plataforma no cabía en el ascensor normal, así que tuvieron que utilizar el ascensor de servicio. Hubo que convencer, es decir, sobornar al conserje. Una vez que el dinero cambió de manos, incluso les ayudó a sacar la plataforma del ascensor. También se ofreció a devolverla a la tienda cuando hubieran terminado. Oferta que Sam rechazó cortésmente.

Ahora, fuera de la habitación de E-Z y Parker, el ascensor se abrió y salieron Lia y su madre. Ambas llevaban numerosas bolsas cuando se percataron de la presencia de los chicos y la plataforma.

"¡Oh, no! ¿Qué ha pasado? preguntó Lia.

"No lo sé", dijo E-Z. "Ha dado una vuelta rara".

"Llevémosle dentro", dijo Sam.

Después de dejar las maletas, las chicas ayudaron a E-Z y a Sam a subir a Parker a la cama.

"Tal vez esté hechizado. sugirió Lia.

"Es un salto bastante extraño por tu parte", dijo Samantha. "Has visto demasiadas reposiciones de Embrujadas".

Lia se rió. "Sí, era una de mis favoritas. Me refiero a la versión anterior, la de la chica de Quién es el jefe".

"Me alegra saber que en Holanda también ves el canal de los viejos", dijo E-Z. Luego se acercó más a Parker. "Espera un momento. ¿Aún respira?"

Observaron la subida y bajada del pecho de Parker. No se produjo.

"Comprueba si hay latido, o pulso", sugirió Samantha.

"Hay latido", dijo Sam. "Y respira, pero es esporádico".

Samantha se inclinó y palpó la frente de Parker. "¡Dios mío, está ardiendo de fiebre!".

"¡Traed hielo!" gritó Sam, y luego, siguiendo su propia orden, salió corriendo al pasillo con el cubo de hielo a cuestas.

"¿No deberíamos llamar a un médico?" preguntó Samantha.

CAPÍTULO 23

"Estoy de acuerdo con mamá. Tenemos que llamar a una ambulancia, o quizá el hotel tenga un médico alojado aquí", dijo Lia.

E-Z hizo una mueca, enviando a Lia el mensaje: tenemos que deshacernos del tío Sam y de tu madre.

Sam regresó, con un cubo lleno de hielo. "Tenemos que meterlo en la bañera". Él y Samantha empezaron a levantar a Parker.

"¡Esperad!" dijo Lia. "Eh, Sam y mamá, ¿por qué no vais los dos a por mucho, mucho hielo? Tenemos que llenar la bañera antes de meterlo en ella, ¿no?".

"Eh, creo que están intentando deshacerse de nosotros", dijo Sam.

"Lo siento", dijo E-Z. "¿Puedes darnos unos minutos para intentar resolver esta situación de Parker?".

Samantha y Sam asintieron y salieron de la habitación.

E-Z recitó las palabras mágicas que invocaron a Eriel: Roch-Ah-Or, A, Ra-Du, EE, El.

El arcángel seguía sin aparecer. El hecho de que le ignoraran molestaba sobremanera a E-Z, ahora que sabía que Eriel le vigilaba constantemente.

Lia intentó contactar con Haniel, pero no obtuvo respuesta.

E-Z y Lia no supieron qué hacer cuando el corazón de Parker ralentizó sus latidos y casi se detuvo por completo.

Sin ser convocada ni con fanfarrias, Ariel llegó. Voló directamente hacia Parker. Le puso las manos en la frente. Vieron cómo caían lágrimas de sus ojos y se posaban en sus mejillas. Cantó una suave canción y esperó. Cuando él no se movió ni recobró el conocimiento, ella se volvió para marcharse. Pero antes de irse, se lamentó: "Se ha ido". Y segundos después ella también.

Aunque estuvieran en el piso 45 y aunque Alfred/Parker estuviera muerto. Otra vez. E-Z lo levantó de la cama y lo llevó hasta la ventana. Miró a Lia por encima del hombro.

Lloraba mientras él y Parker caían.

Cayendo, cayendo. Hasta que salieron las alas de la silla de ruedas de E-Z. Volaron, él y Alfred, él y Parker. Los dos eran iguales. Dos por el precio de uno.

Empezaba a delirar, mientras se elevaba más y más. Las partes metálicas de su silla se calentaban cada vez más.

Temió que se autoexplotaran.

Tenía que hacerlo bien. Tenía que hacerlo. Tenía que encontrar a Eriel.

La silla de ruedas empezó a convulsionarse, provocando la caída de E-Z y Alfred/Parker.

Aterrizaron sin silla en el silo, donde E-Z se aferró al cuerpo sin vida de su amigo.

No pasó mucho tiempo hasta que Eriel llegó y, suspendido en el aire frente a ellos, gritó: "Te dije que pasaría. Te lo dije y él aceptó. El trato estaba hecho".

E-Z sabía que esto era cierto, y sin embargo. "¿Por qué le diste esperanzas entonces, y por qué la cita de Shakespeare sobre darle una segunda oportunidad?".

Eriel miró el cuerpo inerte que E-Z sostenía. "Eso no fue obra mía".

"Entonces, ¿con quién tengo que hablar?" preguntó E-Z. "Tráemelo a mí. Dios, o quien esté al mando. Exijo verle".

CAPÍTULO 24

Eriel resopló y desapareció.

E-Z y Alfred/Parker se quedaron. El nombre Parker no era nada ni nadie para él. Alfred era su amigo y ahora que se había ido, iba a recordarle como Alfred y sólo Alfred.

Esperando algo y nada al mismo tiempo. E-Z acunó el cuerpo de su amigo muerto, deseando que volviera a la vida.

"¿Quieres una bebida?", preguntó la voz de la pared.

"Me gustaría que mi amigo volviera a estar vivo. ¿Puedes devolverle de nuevo a la vida? ¿Puedes ayudarme a salvarle?".

"Por favor, permanezcan sentados".

PFFT.

El relajante aroma de la lavanda llenó el aire. Se quedó dormido, en un estado de ensueño en el que revivía un recuerdo, un recuerdo que se había desplazado y cambiado para adaptarse a su situación actual.

Allí estaban la madre y el padre de E-Z, vivos y sanos, pero más jóvenes. Volvían del hospital en un coche que él nunca había visto. Su padre, Martin, salió corriendo del asiento del conductor para ayudar a su madre, Laurel, a salir del coche.

Y juntos, metieron la mano en el asiento trasero y sacaron una sillita de bebé. Miraron con cariño al bebé que había dentro, profundamente dormido.

"Es como su hermano mayor", dijo Martin.

"Sí, E-Z siempre se quedaba dormido en el coche", dijo Laurel.

"Ven dentro", arrulló Martin.

"Y conoce a tu hermano mayor", dijo Laurel, mientras el bebé abría brevemente los ojos y volvía a dormirse.

E-Z que había estado mirando por la ventanilla, con su tío Sam al lado. Deseando salir a saludar a su nuevo hermanito o hermanita.

"Espera a que entren", dijo el tío Sam.

"Vale", dijo E-Z, de siete años, con la cara pegada a la ventana acunada entre sus dos manos.

La puerta principal se abrió. "¡Estamos en casa!", llamó su madre Laurel.

E-Z corrió hacia la puerta principal, donde su madre y su padre lo abrazaron. Se pusieron en cuclillas para presentarle al nuevo miembro de la familia Dickens.

"Es tan pequeño", dijo E-Z.

"Es un él", dijo su padre.

"Oh".

"¿Quieres cogerlo?", preguntó su madre.

"Vale", dijo E-Z, cogiéndole de los brazos para que su madre pudiera colocar a su hermanito en él. "Aunque no quiero despertarle. ¿Le importaría?"

"No, no se despertará", dijo Laurel.

"Si lo hace, es porque quiere conocer a su hermano mayor".

"¿Tiene nombre?" preguntó E-Z, cogiendo al recién nacido en brazos y acunándole la cabeza.

"Todavía no, ¿quieres ponerle nombre?", preguntó su madre. "Bien, sujétale el cuello, así... muy bien. ¿Cómo has sabido hacer eso? Eres tan buen hermano mayor".

"Buen trabajo, colega", dijo su padre.

E-Z miró la cara del cisne y dijo: "A mí me parece un Alfred".

Las lágrimas rodaron por las mejillas de E-Z cuando los dos mundos chocaron. En uno acunaba a su hermanito llamado Alfred. En el otro acunaba el cadáver de Alfred en el silo.

"El tiempo de espera es ahora de siete minutos", dijo la voz de la pared.

"Siete minutos", repitió E-Z.

Pensó en Alfred, en sus poderes. En cómo podía curar a otras formas de vida, incluidos los humanos. Se preguntaba si Alfred había curado al joven. ¿Habría hecho el cambio él mismo? ¿Habría sido posible?

"Alfred", dijo E-Z. "Alfred, ¿puedes oírme?". Sacudió el cuerpo de su amigo. "¡Alfred!", dijo, una y otra vez con la esperanza de que su amigo pudiera oírle de algún modo.

Cuando el reloj de la pared inició la cuenta atrás, apareció Ariel. "No puedes tratar el cuerpo de esa manera. Es una vergüenza". Extendió las alas y fue a levantar el cuerpo inerte de Alfred de los brazos de E-Z con la intención de llevárselo.

"¡No!" dijo E-Z. "No te lo llevarás".

Ariel agitó las alas y luego el dedo índice hacia E-Z.

"Alfred ha abandonado el edificio, tú sostienes la piel, el traje que lo retenía. Alfred está ahora donde debe estar. Deja que su cuerpo se vaya".

E-Z se incorporó. Si Alfred estaba con su familia en algún lugar, si eso era cierto, entonces sí, lo dejaría marchar. Hasta entonces, se aferraba.

"¿Dónde está exactamente? ¿Está con su familia?"

Ariel revoloteó cerca, notablemente cerca, casi sentándose en la nariz de E-Z. "Eso no puedo decirlo".

"Entonces no voy a dejar que se vaya".

"De acuerdo", dijo Ariel. Resopló y desapareció.

Por encima de él, en el silo aparecieron dos figuras: un hombre y una mujer. Se acercaron a él y bajaron flotando. Cada vez más cerca.

Se frotó los ojos. ¿Estaba soñando otra vez? Eran su madre y su padre. Martin y Laurel. Ángeles, que venían a saludarle. Sacudió la cabeza. No podían ser ellos. No podía ser. Había soñado con ellos, con que trajeran a casa a un hermanito. Ahora estaban aquí, con él en el silo. Tan claro como el agua, pero ¿seguía durmiendo? ¿Soñando?

"E-Z", dijo su madre. "Esta persona, tu amigo Alfred, ha muerto. Debes dejarle marchar y continuar con tu trabajo. Debes completar las pruebas y el tiempo corre. Se te acaba el tiempo".

Martin, el padre de E-Z, dijo: "Es la única forma de que volvamos a estar todos juntos".

"Pero le mintieron", dijo E-Z. "Le dijeron que estaría con su familia. Ahora no puede estar con su familia, no así. ¿Cómo sé que no me mienten con lo de estar contigo? ¿Cómo sé que no eres una manipulación de Eriel para que cumpla sus órdenes?".

"¿Quién es Eriel?", preguntó su madre.

"No conocemos a Eriel", dijo su padre.

Aquello no tenía sentido. Éste era el lugar de Eriel. No importaba si lo conocían o no, él era el responsable de que estuvieran allí. Sabía cómo tirar de la fibra sensible de E-Z. Sabía cómo conseguir que hiciera lo que él quería.

¿Qué quería exactamente? ¿Y por qué utilizaba a sus padres para conseguirlo? Era una desvergüenza. En el aire, sobre él, flotaban sus padres, encendiendo y apagando sus sonrisas como si fueran marionetas. Fue entonces cuando supo con certeza que los dos fantasmas, o lo que fueran, no eran sus padres. Eran producto de su imaginación, o posiblemente de la de Eriel. Lo que no podía entender era por qué. ¿Por qué le manipulaban tan cruel y descaradamente?

"¡Despierta E-Z!"

Estaba de nuevo en su cama. En su casa.

Se dio la vuelta y volvió a dormirse... y aterrizó de nuevo en el silo... otra vez.

CAPÍTULO 25

Tres cosas parecidas a silos flotaban por la habitación como si estuvieran jugando a Seguir al Líder.

No eran silos. Eran auténticos lugares de descanso eterno llamados Atrapasalmas.

Cada vez que un ser vivo perecía, siempre que el cuerpo en el que vivía hubiera nacido con alma, algún día seguiría viviendo. Los Atrapasalmas eran muchos, demasiado numerosos para contarlos. Su número era mucho mayor de lo que los humanos podemos comprender. Más de un googolplex, que es el mayor número conocido.

Cuando llegó E-Z, como antes, fue depositado en el cazador de almas que le esperaba.

Alfred llegó a continuación, aún muerto su cuerpo fue depositado en su atrapaalmas.

Lia llegó la última, aún dormida en su atrapaalmas.

E-Z no tardó en empezar a sentir claustrofobia.

"¿Quieres una bebida?", le preguntó la voz de la pared.

"No, gracias", dijo tamborileando con los dedos en el brazo de su silla de ruedas, cuando apareció un ángel. Un ángel nuevo, uno que no había visto antes.

Era una mujer. Iba vestida con un vestido negro vaporoso y un birrete, como si participara en una ceremonia de graduación. En su rostro, de aspecto severo, había un par de gafas. Parecidas a las que llevaba Marilyn Monroe en el cartel del Café. La diferencia era que estas monturas emitían un líquido rojo que parecía sangre.

"E-Z", dijo, con voz temblorosamente alta. Su voz reverberó. "Bienvenido de nuevo a tu Atrapaalmas".

"¿Capturador de Almas?", dijo. "¿Así es como se llama esta cosa? A mí me parece más un silo. ¿Qué es un Atrapador de Almas?"

"Es un lugar de descanso eterno para las almas", dijo ella, como si ya hubiera respondido a la misma pregunta un millón de veces.

"¿Pero eso no es para cuando la gente está muerta? Yo no estoy muerto". Esperaba no estar muerto.

"¡Espera!", gritó ella.

De nuevo, hizo vibrar las paredes al hablar. Y sus dientes también vibraron. Tanto que prefería estar fuera, en la nieve, antes que tener que oírla pronunciar otra palabra.

"No te había dicho que éste era el turno de preguntas y respuestas. Por lo que veo, has completado con éxito la mayoría de tus pruebas. Aunque Alfred te ayudó en la prueba número dos. Como sabes, la asistencia no autorizada no está permitida".

E-Z abrió la boca para defender a Alfred, pero volvió a cerrarla. No quería arriesgarse a que volviera a levantar la voz. Le hubiera gustado que subieran la calefacción. Pero era un lugar para almas. Quizá las almas prefirieran el frío.

TICK-TOCK.

Ahora tenía una manta sobre los hombros.

"Gracias".

"Tienes razón, cuando mueras tu alma descansará aquí. O habría descansado aquí si te hubiéramos dejado morir. Pero te mantuvimos con vida. Teníamos buenas razones para hacerlo. Sin embargo, las cosas han cambiado. No ha funcionado. Por lo tanto, nos gustaría rescindir nuestro trato original".

"¿Qué quieres decir con rescindirlo? ¡Qué cara tenéis! ¿Intentar rescindir un acuerdo sólo porque soy un niño? Hay leyes contra el trabajo infantil. Además, he hecho todo lo que se me ha pedido. Claro que he tenido que aprenderlo todo sobre la marcha. Pero lo he hecho en las buenas y en las malas. He cumplido mi parte del trato y tú deberías cumplir la tuya".

"Oh, sí, has hecho lo que se te ha pedido. Ése es el problema: te falta iniciativa".

"¡Me falta iniciativa!" exclamó E-Z mientras golpeaba con los puños los brazos de su silla de ruedas. "El acuerdo era que tú me enviabas pruebas y yo averiguaba cómo vencerlas. He salvado vidas. No puedes cambiar las reglas a mitad del juego".

"Cierto, ése era el acuerdo original. Luego las cosas fueron mal con Hadz y Reiki -se olvidaron de borrar las mentes- para empezar y Eriel tuvo que involucrarse".

"Me envió pruebas y las completé. Incluso le vencí en un duelo".

"Sí, lo hiciste. Le había pedido que pusiera a prueba los vínculos entre tu tío Sam y tú".

"¿Que nos pusiera a prueba?"

"Sí. Un arcángel no está destinado a CREAR pruebas para un ángel en formación. Debido a tu, bueno, falta de iniciativa, Eriel tuvo que implicarse más de lo debido".

"¡Espera un momento! ¿Estás diciendo que tenía que salir a buscar mis propias pruebas? ¿Por qué nadie me informó de estos requisitos?"

"Esperábamos que lo averiguaras por ti mismo. Ha habido pistas. Pistas sobre el panorama general. Puntos en común. Esperábamos que tuvieras a otras personas con las que discutir las pruebas. Las pruebas que ya has completado. Que te centrarías en el problema. Que llegarais a la misma conclusión.

Que nos ayudarais. Tal vez incluso conquistarlo, sin que tuviéramos que dártelo con la cuchara. Te dimos todas las oportunidades, pero no lo hiciste. Así que vamos por otro camino".

"¿Comunes? Puede que sepa a qué te refieres".

"Si lo descubres y tomas la opción del Superhéroe... Eso funcionaría. Siempre que todo estuviera muy claro. Tenías la imagen completa. Conocieras los riesgos".

"Entonces, ¿seguiremos siendo un equipo? ¿Por qué no me lo explicas? ¿Me lo pones fácil?"

"En el pasado, aunque a tus compañeros se les daban poderes, que tú no poseías, no los utilizabas. En lugar de eso, los tres os quedabais sentados, perdiendo el tiempo, esperando a que todo ocurriera.

¿No te pareció extraño cuando Eriel apareció en el parque de atracciones? Estaba levantando los perfiles de Los Tres. Ése no es el trabajo de un arcángel. Es tu trabajo".

Sacudió la cabeza. "No estaba seguro al cien por cien de que fuera Eriel, hasta que se identificó al final. Antes de eso tenía mis sospechas. ¿Quién si no se vestiría como Abraham Lincoln?

"Además, pensé que nadie debía saberlo. Hasta ese momento, creía que los juicios eran secretos. Temía romper mi acuerdo contigo. Ophaniel dijo que si se lo contaba a alguien, perdería la oportunidad de volver a ver a mis padres. Seguí las reglas que se me impusieron. Creo que no entiendes el concepto de juego limpio".

"Esto no es un juego. Los arcángeles podemos hacer lo que queramos!", exclamó, acercándose a donde estaba sentado E-Z. Empujó la barbilla hacia delante. "Decidimos que eras más adecuado para el juego de los Superhéroes que para el de los Ángeles. Fue entonces cuando te ayudamos en el departamento de Relaciones Públicas. Para animarte a encontrar a tu propia gente a la que ayudar. Dios sabe que la Tierra está llena de ellos. Cómo los llamaba Shakespeare, los que maúllan y vomitan en brazos de su enfermera".

"No he leído nada de Shakespeare, pero soy pariente de Charles Dickens. No es que sea relevante. Pero, vale, entonces, quieres que continúe, como Superhéroe con Alfred, si vive y con Lia a mi lado. Podemos conseguir fácilmente mucho apoyo y publicidad de los medios de comunicación.

"Sigo comprometida contigo. Si nos das rienda suelta, el cielo será el límite. Conocemos a muchos chicos en la escuela y en la industria del deporte. Podemos crear una Línea Directa de Superhéroes y un sitio web. Podemos utilizar las redes sociales para conectar con gente de todo el mundo. La gente hará cola para que les ayudemos. Será un juego totalmente nuevo".

"Ah, por fin habla de iniciativa... pero mi querido muchacho, es demasiado poco y demasiado tarde. Como he dicho antes, queremos dejar de estar obligados contigo. Ya no estás vinculado a nosotros. Ya no tienes una deuda que pagar".

"Pero..."

"Los tres habéis demostrado que sólo estáis en esto por vosotros mismos. Cuando los ángeles sugirieron por primera vez que podríais ayudarnos, representarnos aquí en la Tierra, teníamos un plan. Con Alfred ocurrió lo mismo. Entonces apareció Lia. Desde entonces, hemos tenido cierto éxito con vosotros dos. La incluimos en el trío... pero ahora habéis quedado obsoletos".

"Salvamos a la gente, ayudamos a la gente".

"No me vengas con esas. Si te ofreciera la oportunidad de estar con tus padres hoy, aquí y ahora. Tirarías la toalla. Te irías sin preocuparte ni pensar en esas vidas que podrías haber salvado si las pruebas hubieran continuado.

"Lo mismo con Alfred, supongo -eso si sobrevive-. Se iría a un campo de margaritas con su familia sin pestañear. Y hablando de ojos, si Lia recuperara la vista, también se iría.

"Después de considerarlo detenidamente, nos hemos dado cuenta de que ninguno de vosotros está comprometido con otra cosa que no sea con vosotros mismos, por lo que hemos pasado al Plan B".

"Un momento. Definamos trabajo". Lo buscó en Google y se alegró al ver que tenía cuatro barras. "Según un diccionario online: realizar un trabajo o cumplir unas obligaciones regularmente a cambio de un sueldo o salario. Trabajé para ti, sin remuneración. Aparte de una promesa de compensación. Teníamos un acuerdo verbal.

"No estoy seguro de los detalles del trato que tenían Alfred o Lia, pero apuesto a que sus ángeles les ofrecieron incentivos similares. Yo cumplí mi parte del trato, y tú deberías cumplir la tuya. Tengo trece años y...", buscó en Google. "Sí, como pensaba según el Departamento de Trabajo de Estados Unidos, catorce es la edad mínima para trabajar".

Ella se rió y se reajustó las gafas. Se dio cuenta de que tenía sangre en las manos. Se las limpió en su prenda negra. "Las primeras leyes no son aplicables a los ángeles ni a los arcángeles. Sin embargo, es ingenuo por tu parte pensar que así sería". Hizo una pausa. "Estamos dispuestos a ofrecerte dos opciones. Opción número uno: Permanecerás aquí, en tu Atrapaalmas, el resto de tu vida".

"¿Qué?

Los cimientos mismos de su Cazador de Almas temblaron. La idea de ser enterrado vivo dentro de aquel contenedor metálico le daba náuseas.

"La vida que vivirás, pues tus días de respiración viviente transcurrirán como te prometieron esos arcángeles imbéciles. Con tus padres. Es decir, revivirás tu vida con tus padres desde el día en que naciste hasta el momento exacto en que expiraron sus vidas. Nunca estarías en una silla de ruedas, y ellos nunca morirían". Hizo una pausa. "Ahora, puedes hablar".

"¿Quieres decir que reviviré mi vida con mis padres, cada uno de los días que pasamos juntos, por toda la eternidad, una y otra vez?"

"Sí".

"¿Cuál es la opción número dos?"

"¿No lo adivinas?", preguntó con una sonrisa de dientes.

Su sonrisa era tan poco sincera que él tuvo que apartar la mirada.

Esperó.

"La opción dos significaría que volverías a vivir tu vida con tu tío Sam". Ella vaciló, acercándose más a E-Z. Él ya tenía frío, y ahora ella lo enfriaba aún más con cada batir de sus alas. Se cubrió con la manta. Ella continuó. "Como ya habrás adivinado, no te reunirás ni te reunirás nunca con tus padres con ninguna de las dos opciones. Recrearíamos el pasado. Sería como si vivieras en una obra de teatro o en un programa de televisión".

"¡Qué! ¡Eso no es lo que yo acepté!" exclamó E-Z. "¿Estás diciendo que Hadz Reiki, Eriel y Ophaniel me mintieron?"

"Mentir es una palabra muy fuerte, pero sí. Mira a tu alrededor. Las almas se depositan en compartimentos individuales. Se prepara de antemano un compartimento para cada alma".

"¿Dices que mis padres están cada uno en uno de ellos?".

"Sí, sus almas lo están".

"¿Y entonces qué les ocurre?"

"Pues que flotan en los cielos".

"Qué triste. Siempre pensé que mis padres estarían juntos, en algún lugar. Sé que eso era lo único que le daba a Alfred algún tipo de consuelo. Que su mujer y sus hijos estuvieran juntos en alguna parte. A nadie le gusta pensar que su ser querido muera solo. Y mucho menos pasando la eternidad dentro de un contenedor metálico a la deriva de un lugar a otro".

"Sentimentalismo humano. Las almas sólo existen. No viven ni respiran, ni comen, ni sienten demasiado calor ni demasiado frío. Los humanos no entienden el concepto".

Se burló.

"No pretendo insultar a tu especie. Pero cuando un cuerpo muere, lo que queda, el alma, es un concepto difícil de asimilar. Los cerebros humanos son demasiado pequeños para comprender las complejidades del universo. De ahí la creación de doctrinas religiosas. Escritas en términos sencillos. Fáciles de enseñar y seguir sin ninguna prueba".

"Puesto que las almas son más valiosas que los humanos como yo, ¿cómo podría vivir el resto de mi vida en uno de estos contenedores?".

"Hemos hecho ajustes, como ahora y antes. No tuviste problemas para existir aquí dentro cuando te trajimos, ¿ahora sí?".

"Aparte de la claustrofobia", dijo. "Y las veces que necesitaron calmarme con ese spray de lavanda".

"Ah, sí. La recurrencia de la claustrofobia dependerá, por supuesto, de la opción que elijas. Si eliges la Opción número uno, el entorno te sustentará en todos los sentidos hasta que tu alma esté preparada. Entonces podrás deshacerte de tu forma terrenal. Los humanos se adaptan, y te acostumbrarías. Además, estarás con tus padres, reviviendo recuerdos. Así pasarás el tiempo. Ahora, ¡ponle nombre a tu elección!"

"Espera, ¿y mis alas y las de mi silla? ¿Qué pasará con ellas?" Dudó: "¿Y los poderes de Alfred y Lia? Si elegimos la opción número uno, ¿volveremos a ser como antes? Es decir, ¿antes de que tú y los demás arcángeles os involucrarais en nuestras vidas?".

"Por supuesto, no vamos a arrancaros las alas, querido muchacho, ni a quitaros los poderes que ya tengáis. Somos arcángeles, no sádicos".

"Es bueno saberlo, así que, podemos seguir siendo Superhéroes".

"Podéis, pero tendréis que crear vuestra propia publicidad, porque cuando salgamos, saldremos para siempre".

"Por favor, permaneced sentados", dijo la voz de la pared, aunque E-Z no tenía mucha elección.

El arcángel no dijo nada. En lugar de eso, se distrajo limpiándose las gafas y volviéndoselas a poner.

"Una cosa más", preguntó E-Z, "sobre Alfred".

"Continúa, pero date prisa. Otro concepto que los humanos no entienden es que el tiempo existe en todo el universo. Tengo otros lugares en los que estar y otros arcángeles a los que ver".

"De acuerdo, me pondré a ello. Alfred está ahora en otro cuerpo humano. Si el alma permanece con el cuerpo, entonces, ¿hay dos almas dentro? ¿Está el cazador de almas esperando a dos almas?".

El ángel le dio la espalda. Se aclaró la garganta antes de hablar: "Yo, nosotros, esperábamos que no hicieras esa pregunta. Eres más listo de lo que esperábamos". Ella cerró los ojos y asintió: "Mhmmm". Permaneció con los ojos cerrados. E-Z miró si llevaba tapones en los oídos, ya que parecía estar escuchando a alguien. O quizá se lo estaba imaginando. Ella asintió. "De acuerdo", dijo.

"¿Hay alguien más aquí con nosotros?", preguntó.

Una nueva voz resonó a su alrededor. ¿Por qué todos los arcángeles tenían voces tan altas?

"Soy Raziel, el Guardián de los Secretos. E-Z Dickens, debes prestar atención a mis palabras. Pues una vez pronunciadas, no las recordarás. Ni que yo estuve aquí. Los Cazadores de Almas y sus propósitos no son de tu incumbencia. Has sobrepasado tus límites y no lo toleraremos. Te hemos dado generosamente dos opciones. Decide AHORA, o mi docto amigo tomará la decisión por ti".

E-Z empezó a hablar, pero entonces su mente se quedó en blanco. ¿De qué estaban hablando?

La arcángel volvió a cerrar los ojos, pronunció las palabras "Gracias" y la voz de Raziel no habló más.

***

Era como si el tiempo hubiera saltado hacia atrás. "¿Esperas que decida en el acto, sin darme tiempo a pensarlo? ¿Sin hablar con mi tío Sam o con mis amigos? Hablando de eso, ¿qué hay de Alfred, le dijeron que se reuniría con su familia? Y a Lia, le dijeron que recuperaría la vista".

"Como Alfred ya no está, tu decisión -sobrevivir o no en la Tierra- será su decisión. Su opción número uno será la misma que la tuya. ¿Querría revivir su vida con su familia una y otra vez? Puede que, al irse, ya esté teniendo sueños agradables sobre ellos. Por otra parte, nunca se sabe qué trucos puede jugar la mente. Puede que esté en un bucle de pesadillas y sólo tú puedas rescatarle a él y a su familia tomando la decisión correcta para él".

"¿Estás diciendo que nunca saldrá de él? ¿Definitivamente?"

"Eso no puedo decirlo. Lo único que sé es que el cazador de almas no está preparado para recoger su alma... todavía".

"¿Y Lia?"

"Sus ojos humanos han desaparecido en esta vida, como tus piernas. Puede revivir sus días de vidente, pero quizá prefiera que tú también elijas por ella. Al fin y al cabo, no ha tenido tiempo de crecer y madurar como lo haría una niña normal. Ya ha perdido tres años de su vida y este episodio de envejecimiento no sabemos si es algo aislado o si volverá a ocurrir".

"¿Quieres decir que tampoco sabéis lo que le va a pasar?"

"No, no lo sabemos. Además, sigue durmiendo".

"No puedo decidir esto, por los tres con un límite de tiempo. Es una gran decisión y necesito tiempo".

"Entonces lo tendrás". Apareció un reloj, con una cuenta atrás de sesenta minutos. "Tu tiempo empieza ahora. Dame tu respuesta antes de que llegue a cero. De lo contrario, todo lo que hemos hablado quedará invalidado. Y os encontraréis de nuevo en el hotel con el cadáver de vuestro amigo". Sus alas se agitaron y se elevó cada vez más.

"Espera, antes de irte", gritó.

"¿Qué pasa ahora?"

"¿Hay otros, quiero decir, otros chicos como nosotros?".

"Ha sido un placer conocerte", dijo ella.

"Definitivamente, el sentimiento no es mutuo", replicó él.

CAPÍTULO 26

A medida que pasaban los minutos, E-Z repasaba todo lo que le acababan de contar. Deseó que el silo fuera lo bastante ancho para poder moverse más. Al menos estaba sentado cómodamente en su silla de ruedas. Juntos eran como el dúo dinámico.

"¿Quieres comer algo?", preguntó la voz de la pared.

"Claro que sí", respondió. "Una manzana, unas palomitas -con sabor a queso estarían bien- y una botella de agua".

"Enseguida", dijo la voz, mientras una mesa metálica se colaba por una rendija de la pared que él no había visto antes. Se detuvo frente a él. De la rendija salió un gancho que transportaba primero la botella de agua. Luego un segundo gancho con un vaso. Le siguió un tercer gancho con una manzana. Antes de dejarla en el suelo, el gancho la pulió con una toalla. Luego salió un cuarto gancho, que llevaba un cuenco de palomitas.

"Gracias", dijo mientras los cuatro garfios saludaban y desaparecían de nuevo en la pared.

"De nada".

"¿Hay alguna posibilidad de que me hagas llegar mi ordenador? Quedó destruido en el incendio. Me gustaría poder hacer una lista de las cosas para tomar esta decisión".

"Claro que sí. Dame un minuto o dos".

Mientras terminaba la manzana y contemplaba las palomitas, de otra ranura de la pared opuesta apareció su ordenador portátil. El gancho lo mantuvo en alto, esperando a que E-Z moviera los demás objetos para acomodarlo. Cuando no lo hizo, aparecieron ganchos del otro lado. Uno recogió el corazón de manzana y desapareció de nuevo en la pared. Otro vertió el agua restante en el vaso. Luego volvió a sacar la botella vacía por la ranura de la pared. Como quería conservar las palomitas y el vaso de agua, los retiró de la mesa. El gancho dejó su portátil, y luego volvió por su ranura en la pared.

E-Z pensó que los ganchos eran unos accesorios geniales. Podría comercializarlos fácilmente en una gran cadena sueca.

Ahora que los ganchos habían desaparecido, levantó la tapa del portátil y lo encendió. Primero comprobó su archivo Tattoo Angel, ¡todo seguía allí! Estaba tan contento; habría llorado si el reloj no estuviera marcando el paso del tiempo.

"Muchas gracias", dijo, metiéndose en la boca un puñado de palomitas con queso. Y luego empezó a teclear. Decidió pensar en sí mismo en tercer lugar. Primero, escribir los pros y los contras de Alfred. De entrada, sabía que a Alfred no le importaría revivir su pasado con su familia repetidas veces. Posiblemente se habría decantado por esa opción de inmediato.

"Aun así, a E-Z le pareció que no era una opción que su familia hubiera querido que tomara. Ya que estaría reviviendo lo que ya fue, no avanzando. En la vida, estás destinado a avanzar. Para seguir aprendiendo y creciendo.

Cuanto más lo pensaba, más se daba cuenta de que sería como hacer un binge-watching de la historia de tu vida. Imagina tu vida veinticuatro horas al día en bucle permanente. Sin saber nunca cuándo acabaría. O si acabaría alguna vez. Eso podría convertirse en otro tipo de infierno. Uno en el que no soportaba pensar.

Salvo que supiera con certeza que Alfred siempre estaría en coma. A lo que el arcángel había aludido. Entonces, para él, tomar la decisión le evitaría malos sueños y pesadillas. Alfred estaría con su familia, para siempre. Aunque no fuera de verdad... podría ser suficiente. ¿Lo elegiría?

Miró la hora: quedaban cincuenta minutos. Empezó a pensar en el caso de Lia. Su sueño de convertirse en una famosa bailarina se había truncado. ¿Querría revivir la infancia, sabiendo que ese sueño nunca se cumpliría? Para ella, valdría la pena arriesgarse en el futuro. Los ojos en las palmas de sus manos la hacían especial, única... y era simpática. Incluso podría ser la última versión de una mujer maravilla, si fuera capaz de aprovechar todos sus poderes.

"¿E-Z?" dijo Lia. "Te oigo pensar, pero ¿dónde estás?".

Oh, no! Ahora que estaba despierta tendría que explicárselo todo, y eso llevaría tiempo y el tiempo se estaba acabando. Tendría que hacerlo, rápido. "Escucha, Lia -comenzó-, tengo una larga historia que contarte, por favor, no me detengas hasta que la historia esté completa. Se nos acaba el tiempo". Lo explicó todo, le llevó diez minutos. Pasaron otros diez minutos. Quedaban cuarenta minutos.

"Vale, E-Z, tú piensa en ti y yo pensaré en mí. Tomémonos cinco minutos y luego volveremos a hablar. El tiempo empieza ahora".

"Buen plan".

Cinco minutos después, el reloj indicaba que quedaban treinta y cinco minutos. E-Z preguntó a Lia si se había decidido.

"Sí", respondió. "¿Y tú?"

"Yo también", dijo. "Tú primero, en cinco minutos o menos si puedes".

"Para mí es una decisión bastante fácil, E-Z. No quiero quedarme en esta cosa y vivir mi vida aquí. Cuando el Cazador de Almas me traiga aquí, estaré muerto. No pasa nada. Pero no quiero estar confinada a la fuerza en este espacio. No cuando podría estar ahí fuera sintiendo el calor del sol, escuchando a los pájaros, con el viento en el pelo. Por no hablar de pasar tiempo con mi madre y con el Tío Sam, y espero que contigo. La vida es demasiado corta para desperdiciarla y me gustan mis nuevos ojos la mayor parte del tiempo". Se rió.

"Estoy de acuerdo y, si yo fuera tú, haría lo mismo".

"Gracias, E-Z. ¿Cuánto tiempo queda ahora?"

"Veinticinco minutos más", confirmó. "Ahora aquí está mi pensamiento, espero que en menos de cinco minutos. No me importa estar aquí dentro, no es muy diferente de estar ahí fuera. He aprendido que estar en una silla de ruedas no es el fin del mundo. De hecho, me he acostumbrado a ella. Puedo hacer cosas que antes hacía, como jugar al béisbol, y no lo hago fatal. Diablos, quizá algún día incluso lo jueguen en los Juegos Paralímpicos.

"Mis padres no querrían que malgastara mi vida viviendo en el pasado. Ni tampoco el Tío Sam. No estoy dispuesto a renunciar a todo, sólo porque esos arcángeles imbéciles hicieron unas cuantas promesas indecorosas. Así pues, estoy de acuerdo contigo. Nos largaremos de estas cosas de Atrapaalmas. Viviremos nuestras vidas hasta que acabemos de vivir. Y entonces sí que puede venir a atraparnos. Años más tarde, después de que, con suerte, hayamos contribuido a la humanidad y llevado una buena vida. Podríamos encontrar a otros como nosotros. Podríamos crear una línea directa de Superhéroes y trabajar juntos por todo el mundo. Podríamos utilizar nuestros poderes para hacer del mundo un lugar mejor. Podríamos vivir nuestras vidas al máximo; crear vidas inspiradoras de las que estaríamos orgullosos y nuestras familias también."

"¡Bravo!" exclamó Lia. "¿Pero hay otros como nosotros?".

"Se lo pregunté al ángel que me lo explicó todo, pero no me contestó. Eso me hace pensar que sí los hay". Miró el reloj. "Sólo quedan veintiún minutos".

"¿Y Alfred? ¿Se despertará algún día?"

"El ángel dijo que no lo sabía, que sólo el cazador de almas lo sabe... pero dijo que podría estar teniendo pesadillas. Si hay una posibilidad, está en un infierno viviente, entonces quizá sea mejor que le dejemos ir. Tal vez la opción número uno, que reviva la vida con su familia en bucle, sea la adecuada para él".

"No estoy de acuerdo. Ninguno de nosotros sabe con certeza cuándo vendrá a por nosotros el cazador de almas. Alfred no querría consumirse aquí, porque los malos sueños podrían encontrarle. No donde existe la posibilidad de que pueda ayudar o inspirar a alguien. Entramos aquí juntos y debemos salir juntos. En mi opinión, eso es todo".

Catorce minutos y corriendo.

Había abordado el tema de Alfred de una forma única ¿Tenía razón? ¿Querría Alfred, en efecto, renunciar a su familia en este escenario por un futuro desconocido? ¿Acaso no existimos todos en un mundo desconocido? Cambiando de rumbo, agachándonos y zambulléndonos. Abriendo ventanas, cerrando puertas. Dejando que nuestras emociones nos lleven por el mal camino y luego de vuelta. Se trata de vivir. Sí, Lia tenía razón. Era un hecho.

Quedaban ocho minutos en el reloj.

"Creo que tienes razón, Lia. Es todo para uno y uno para todos", dijo E-Z. "El arcángel me dijo que tenía que pronunciar las palabras antes de que se acabara el tiempo. Entonces nos encontraríamos todos de nuevo en el hotel... como si este interludio del Atrapador de Almas nunca hubiera ocurrido".

"Sin embargo, ¿crees que seguiremos recordando lo de los cazadores de almas? Es algo importante que aprendamos de esta experiencia. Aunque no la compartiéramos. Ten en cuenta que, en cierto modo, echa por tierra todo lo que sabemos sobre el cielo y el más allá".

Quedan cinco minutos.

"Así es, pero discutámoslo en el otro lado". Apretó los puños mientras el reloj marcaba cuatro minutos. "¡Lo hemos decidido!", gritó. "Sacadnos a los tres de estos, estos atrapaalmas... ¡YA!".

Las paredes del silo de E-Z empezaron a temblar. "¿Estás bien, Lia?", gritó. Ella no respondió. El suelo bajo sus pies parecía traquetear y retumbar. Luego empezó a girar, primero en el sentido de las agujas del reloj, luego en sentido contrario y después en el sentido de las agujas del reloj.

Su estómago se retorció por dentro. Vomitó palomitas cursis y masticó trocitos de manzana roja por todas partes.

Eran los únicos recuerdos que el Atrapaalmas tendría de él. Esperemos que durante mucho tiempo.

Agradecimientos

Queridos lectores,

Gracias por leer el primer y el segundo libro de la serie E-Z Dickens. Espero que os guste la incorporación de estos nuevos personajes y que estéis deseando saber qué ocurre a continuación.

¡El Libro Tres estará disponible muy pronto!

Gracias una vez más a mis lectores beta, correctores y editores. Vuestros consejos y ánimos me han mantenido en el buen camino con este proyecto, y vuestra aportación siempre ha sido/es de agradecer.

Gracias también a mi familia y amigos por estar siempre a mi lado.

Y como siempre, ¡feliz lectura!

Cathy

Sobre el autor

Cathy McGough vive y escribe en Ontario, Canadá
con su marido, su hijo, sus dos gatos y un perro.
Si quieres enviar un correo electrónico a Cathy, puedes
ponerte en contacto con ella aquí:
cathy@cathymcgough.com
A Cathy le encanta saber de sus lectores.

También por

Milton Keynes UK
Ingram Content Group UK Ltd.
UKHW030812130224
437765UK00014B/531

9 781998 304271